A FILHA DAS PROFUNDEZAS

RICK RIORDAN

A FILHA DAS PROFUNDEZAS

DAUGHTER OF THE DEEP

TRADUÇÃO DE GIU ALONSO E ULISSES TEIXEIRA

Copyright © 2021 by Rick Riordan
Copyright das ilustrações © 2021 by Lavanya Naidu
Publicado mediante acordo com Gallt & Zacker Literary Agency LLC.

A citação presente na epígrafe foi retirada de *20 mil léguas submarinas*, edição bolso de luxo publicada pela editora Zahar, em 2014, com tradução de André Telles.

TÍTULO ORIGINAL
Daughter of the Deep

PREPARAÇÃO
Marluce Faria

REVISÃO
Juliana Souza

PROJETO GRÁFICO
Joan Hill

ADAPTAÇÃO DE CAPA E DIAGRAMAÇÃO
Henrique Diniz

ARTE DE CAPA
Lavanya Naidu

DESIGN DE CAPA
Joann Hill

LETTERING ORIGINAL DE CAPA
Russ Gray

CIP-BRASIL. CATALOGAÇÃO NA PUBLICAÇÃO
SINDICATO NACIONAL DOS EDITORES DE LIVROS, RJ

R452f

  Riordan, Rick, 1964-
  A filha das profundezas / Rick Riordan ; tradução Giu Alonso, Ulisses Teixeira ; prefácio Roshani Chokshi. - 1. ed. - Rio de Janeiro : Intrínseca, 2021.
    336 p. ; 23 cm.

  Tradução de: Daughter of the deep
  ISBN 978-65-5560-108-4

  1. Ficção. 2. Literatura infantojuvenil americana. I. Alonso, Giu. II. Teixeira, Ulisses. III. Chokshi, Roshani. IV. Título.

21-73009   CDD: 808.899282
                            CDU: 82-93(73)

Meri Gleice Rodrigues de Souza - Bibliotecária - CRB-7/6439

[2021]
Todos os direitos desta edição reservados à
Editora Intrínseca Ltda.
Av. das Américas, 500, bloco 12, sala 303
22640-904 – Barra da Tijuca
Rio de Janeiro – RJ
Tel./Fax: (21) 3206-7400

A força criadora da natureza prevalece sobre o instinto destrutivo do homem.

— Júlio Verne,
Vinte mil léguas submarinas

PREFÁCIO

NÃO PEGUE UMA ESTRELA-DO-MAR PELO BRAÇO

Você sabia que mais de oitenta por cento do oceano continua inexplorado? OITENTA POR CENTO, GENTE! É bem possível que, neste exato momento, uma sereia e uma lula-gigante estejam dividindo um macarrão de macroalga, se perguntando quando a gente vai acordar e descobrir que Atlântida foi só um parque de diversões que deu terrivelmente errado. Quem sabe?

Ninguém pode afirmar com certeza, porque quase tudo no oceano é desconhecido. E eu morro de medo do desconhecido, então nem preciso dizer que morro de medo do oceano. Talvez isso tenha começado quando, aos dez anos de idade, peguei uma estrela-do-mar por um dos braços... e logo vi que estava segurando um único apêndice que não parava de se mexer. Na época, não sabia que os braços de uma estrela-do-mar podiam se regenerar. Achei que eu fosse uma assassina. Caí de joelhos e gritei de horror. (MALDITA SEJA MINHA PODEROSA FORÇA! TANTA INOCÊNCIA... DESTRUÍDA! SERÁ QUE ISSO SIGNIFICA QUE NUNCA MAIS PRECISO IR À ACADEMIA?)

Porém, quanto mais uma coisa me apavora, mais tendo a ficar obcecada por ela. E, desde esse encontro fatídico com a estrela-do-mar, o oceano, com seus estranhos habitantes — sim, estou falando de vocês, seus vários *equinodermos* e *ofíuros* —, tomou conta da minha mente como um lugar de poder inacessível, beleza inimaginável e potencial inexplorado.

A filha das profundezas, de Rick Riordan, captura cada faceta desse encanto e terror.

Se você algum dia desejou uma história que vai fazer seu coração bater mais forte, que vai deixar seus pulmões sem ar por causa de inúmeras reviravoltas e que vai exaurir sua alma pelo esforço de carregar um elenco de personagens fofinhos, sagazes e talvez sanguinários (ah, e uma criatura imensa das profundezas que, na verdade, só quer ser amada), você vai encontrar tudo isso e muito mais nas páginas a seguir. Nossa história começa com duas escolas rivais e um evento cataclísmico que lança a turma de segundo ano da Academia Harding-Pencroft, uma instituição de elite, em uma missão mortal: desenterrar um segredo sobre uma tecnologia poderosa o bastante para revolucionar o mundo. Fiquei roendo as unhas enquanto a tripulação desbravava máquinas de última geração, enigmas do fundo do mar e o tipo de tática militar que, de alguma maneira, fez com que *eu* me sentisse mais esperta, apesar de ter passado a maior parte do dia enrolada no meu cobertor.

Não consigo pensar em capitã melhor para liderar essa aventura aquática do que a formidável Ana Dakkar. Ana é tudo que eu queria ter sido aos quinze anos. Corajosa, brilhante, uma gênia linguística, amiga de um golfinho chamado Sócrates e — o mais importante para a Rosh adolescente e sonhadora — forçada a carregar um legado ancestral lendário.

Ana é uma das últimas descendentes do capitão Nemo, e é aí que as coisas ficam complicadas. Como a última Dakkar, ela não apenas sofre para aceitar uma herança que pode mudar a visão do mundo sobre a tecnologia, mas também luta para compreender questões mais grandiosas, como: o que os outros devem a nós, e o que nós devemos aos outros? É fácil tomar as decisões certas quando o planeta inteiro está nos observando. No entanto, quando estamos no fundo do mar, onde nem o sol nos encontra, podemos fazer coisas que nunca nem imaginamos...

Para mim, essa história é como o oceano. Algo tão eletrizante quanto aterrorizante e, não importa como a encararemos, simplesmente incrível. Aproveite!

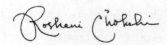

INTRODUÇÃO

Minha jornada submarina começou em 2008, em Bolonha, uma cidade italiana que não é banhada pelo mar. Eu estava lá para uma feira de literatura infantil, logo antes da data prevista para o lançamento de *A Batalha do Labirinto* e *The 39 Clues: O Labirinto dos Ossos*. Em um jantar no porão de um restaurante com uns catorze figurões da Disney Publishing, o presidente da divisão se virou para mim e perguntou: "Rick, tem alguma propriedade intelectual da Disney que você gostaria de usar como inspiração?" Eu não hesitei em responder: *"Vinte mil léguas submarinas."* Levei mais doze anos antes de me sentir pronto para escrever este livro, mas minha versão dessa história agora está em suas mãos.

Quem é o capitão Nemo? (Não, não é o peixe do desenho animado.)

Se você não conhece o capitão Nemo original, ele é um personagem criado pelo autor francês Júlio Verne no século XIX. Verne escreveu sobre ele em dois livros, *Vinte mil léguas submarinas* (1870) e *A ilha misteriosa* (1875), nos quais Nemo comanda o submarino mais avançado do mundo, o *Náutilus*.

O capitão Nemo era esperto, culto, cortês e extremamente rico. Também era colérico, amargo e perigoso. Imagine uma combinação de Bruce Wayne,

Tony Stark e Lex Luthor. Antes conhecido como príncipe Dakkar, Nemo lutou contra o governo colonial britânico na Índia. Em retaliação, os britânicos mataram sua esposa e seus filhos. Essa era a história de origem do supervilão/super-herói Dakkar. Ele mudou seu nome para *Nemo*, que em latim significa *ninguém*. (Fãs de mitologia grega: esse era um *Easter egg* ou uma referência a Odisseu, que disse ao ciclope Polifemo que seu nome era Ninguém.) Nemo dedicou o resto de sua vida a aterrorizar as forças coloniais europeias em alto-mar, afundando e saqueando seus navios e fazendo-os temer o invencível "monstro marinho" que era o *Náutilus*.

Quem não gostaria de ter esse tipo de poder? Quando eu era criança, sempre que mergulhava em um lago ou até em uma piscina, gostava de fingir que era o capitão Nemo. Eu podia afundar navios inimigos impunemente, passear pelo mundo sem ser detectado, explorar profundezas nunca vistas, descobrir ruínas fabulosas e tesouros inestimáveis. Podia submergir para o meu reino secreto e nunca voltar ao mundo da superfície (que era meio horrível, de qualquer forma). Quando enfim escrevi sobre Percy Jackson, filho de Poseidon, pode apostar que meus antigos sonhos sobre o capitão Nemo e o *Náutilus* foram grande parte do motivo para que Percy fosse um semideus do mar.

Agora, sendo sincero, quando criança eu achava o ritmo dos livros de Júlio Verne muito lento. Mas gostava das edições ilustradas do meu tio, e adorava assistir à versão cinematográfica da Disney de *Vinte mil léguas submarinas* — mesmo as partes mais toscas em que o Kirk Douglas dançava e cantava, e a lula gigante de borracha atacava o submarino. Só quando fiquei mais velho me dei conta de como as histórias originais são ricas e complexas. Nemo era ainda mais interessante do que eu imaginava. E comecei a vislumbrar pequenas aberturas na narrativa, espaços deixados por Verne para possíveis sequências...

Por que o capitão Nemo ainda é importante?

Verne foi um dos primeiros escritores de ficção científica. No século XXI, pode ser difícil apreciar quanto suas ideias eram revolucionárias, mas Verne imaginou tecnologias que só viriam a existir centenas de anos depois.

Um submarino com propulsão própria que podia circum-navegar o mundo continuamente e nunca precisava atracar para se abastecer? Impossível! Em 1870, submarinos ainda eram invenções recentes que não inspiravam confiança — latas de sardinha perigosas que tinham mais chance de explodir e matar todo mundo a bordo do que de completar uma viagem em torno do planeta. Verne ainda escreveu livros como *A volta ao mundo em 80 dias*, numa época em que era impensável fazer essa viagem tão rápido, e *Viagem ao centro da Terra*, descrevendo um feito que ainda está muito distante da tecnologia humana, mas quem sabe um dia?

As melhores ficções científicas moldam a forma como seres humanos veem o futuro. Júlio Verne fez isso melhor do que qualquer outro. Lá atrás, no século XIX, sugeriu o que *poderia* ser possível, e os seres humanos responderam à altura. Quando as pessoas falam sobre a velocidade com que um avião ou navio consegue dar um giro pelo globo, ainda usam *A volta ao mundo em 80 dias* como referência. Em certo momento, oitenta dias era um período incrivelmente curto para circum-navegar o planeta. Hoje em dia, podemos fazer a mesma viagem em menos de oitenta horas de avião, e em menos de quarenta dias pelo mar.

O livro *Viagem ao centro da Terra* inspirou gerações de espeleólogos a explorar sistemas de cavernas e incentivou geoengenheiros a descobrir como as camadas da Terra funcionam.

O capitão Nemo, por outro lado, fez com que refletíssemos sobre a importância dos oceanos para o futuro do planeta. Sabemos que a maior parte da Terra é coberta por água e que oitenta por cento dos oceanos *ainda* está inexplorado. Descobrir como usar o poder do mar, e como viver *com* o poder do mar em face das mudanças climáticas, pode ser crucial para a sobrevivência humana. Verne anteviu tudo isso em seus livros.

Nemo e sua tripulação conseguem viver de forma autossuficiente sem jamais tocar terra firme. O mar dá conta de todas as suas necessidades. Em *Vinte mil léguas*, Nemo diz a Aronnax que o *Náutilus* é inteiramente elétrico e tira toda a sua energia do oceano. Em *A ilha misteriosa*, Cyrus Harding especula que, quando o carvão acabar, os humanos descobrirão como extrair energia do hidrogênio abundante do oceano. Esse *ainda* é um objetivo que as pessoas estão tentando alcançar hoje, e é uma das razões pelas quais decidi que Nemo deve ter desvendado o segredo da fusão a frio.

Em *Vinte mil léguas*, a tripulação de Nemo usa armas elétricas de Leiden que são mais eficazes e elegantes do que armas normais. Eles têm uma riqueza quase ilimitada graças à pilhagem de muitos navios naufragados. Descobriram os segredos da agricultura subaquática, então comida nunca é um problema. E o mais importante: eles têm *liberdade*. São independentes das leis de qualquer nação, podendo ir e vir como bem entenderem. Respondem apenas a Nemo. Se isso é uma coisa boa ou ruim... acho que depende do que você pensa sobre Nemo!

A importância do mar, a importância de imaginar novos avanços tecnológicos — todas são grandes razões para ainda se ler Júlio Verne. Mas ainda há mais uma coisa fundamental a se considerar. Verne criou o capitão Nemo como um príncipe indiano cujo povo sofreu sob o colonialismo europeu. Seu personagem explora temas que continuam sendo tão relevantes hoje quanto eram na época vitoriana. Como encontrar voz e poder quando a sociedade nega esses privilégios? Como lutar contra a injustiça? Quem escreve os livros de história e decide quem são os "mocinhos" e os "bandidos"? Nemo é um fora da lei, um rebelde, um gênio, um cientista, um explorador, um pirata, um cavalheiro, um "arcanjo da vingança". Ele é um cara complicado, o que o torna bem divertido de se ler. Eu era fascinado pela ideia de lançar seu legado para o século XXI e ver com o que seus descendentes estariam lidando tantos anos depois.

O que *você* faria se tivesse o poder do *Náutilus* sob seu comando? Espero que *A filha das profundezas* o inspire a pensar sobre suas próprias aventuras, assim como Júlio Verne me inspirou. Se prepare para mergulhar. Vamos fundo!

ACADEMIA HARDING-PENCROFT

CASA GOLFINHO
comunicação, exploração, criptografia, contrainteligência

CASA TUBARÃO
comando, combate, sistemas de armas, logística

CASA CEFALÓPODE
engenharia, mecânica aplicada, inovação, sistemas de defesa

CASA ORCA
medicina, psicologia, educação, biologia marinha, memória comunal

A TURMA DE SEGUNDO ANO DA HARDING-PENCROFT

GOLFINHO
Ana Dakkar, representante
Lee-Ann Best
Virgil Esparza
Halimah Nasser
Jack Wu

TUBARÃO
Gemini Twain, representante
Dru Cardenas
Cooper Dunne
Kiya Jensen
Eloise McManus

CEFALÓPODE
Tia Romero, representante
Robbie Barr
Nelinha da Silva
Meadow Newman
Kay Ramsay

ORCA
Franklin Couch, representante
Ester Harding
Linzi Huang
Rhys Morrow
Brigid Salter

CAPÍTULO 1

OS DIAS QUE DESTROEM a nossa vida têm uma coisa em comum.

Eles começam iguais a qualquer outro. Não percebemos que o nosso mundo está prestes a explodir em um milhão de pedacinhos horríveis até ser tarde demais.

Na última sexta-feira do meu segundo ano, acordo no dormitório às cinco da manhã, como sempre. Eu me levanto com cuidado para não incomodar minhas colegas de quarto, visto o biquíni e vou para o mar.

Adoro o campus de manhã cedo. No nascer do sol, as fachadas de concreto branco dos prédios ficam cor-de-rosa e turquesa. O gramado do pátio central está vazio, exceto por gaivotas e esquilos que continuam sua guerra eterna pelas migalhas que deixamos. O ar cheira a maresia, eucalipto e rolinhos de canela frescos assando no refeitório. A brisa fresca do sul da Califórnia me dá um arrepio nos braços e nas pernas. Em momentos assim, não acredito que tenho a sorte de estudar na Academia Harding-Pencroft.

Isso se eu sobreviver às provas do fim de semana, é claro. Posso ser carregada pelo mar de maneira humilhante, ou morrer embolada em uma rede no fundo de algum obstáculo submarino... Mas, ei, ainda é melhor do que fechar o período com cinco milhões de questões de múltipla escolha em uma prova padronizada.

Sigo o caminho de cascalho que leva até o mar.

A pouco menos de cem metros do prédio de guerra naval, os penhascos mergulham no Pacífico. Lá embaixo, espuma branca corta o mar azul-aço. Ondas ribombam e reverberam em torno da curva da baía, parecendo o ronco de um gigante.

Meu irmão Dev está me esperando na beira do penhasco.

— Está atrasada, Ana Banana.

Ele sabe que eu odeio esse apelido.

— Eu te empurro sem pensar duas vezes — ameaço.

— Bom, você pode tentar.

Quando Dev sorri, ele aperta um olho mais do que o outro, como se não conseguisse equalizar a pressão nos ouvidos. As meninas dizem que é fofo. Não tenho tanta certeza disso. Seu cabelo escuro é arrepiado na frente como um ouriço-do-mar. Ele fala que é seu "estilo". Eu acho que é só porque ele dorme com um travesseiro na cara.

Como de costume, ele está usando sua roupa de mergulho preta da HP, com o brasão prateado dos Tubarões na frente, indicando sua casa. Dev acha que sou doida por mergulhar de biquíni. Em geral, ele é um cara durão. Mas, quando se trata de frio, ele é meio fracote.

Começamos nosso alongamento pré-mergulho. Esse é um dos poucos pontos na costa da Califórnia de onde podemos pular sem rachar a cabeça nas pedras. Os penhascos são íngremes e se lançam diretamente para as profundezas da baía.

É quieto e tranquilo a essa hora da manhã. Apesar das responsabilidades de Dev como capitão da casa, ele nunca está ocupado demais para o nosso ritual matutino. Eu amo isso nele.

— O que você trouxe hoje para o Sócrates? — pergunto.

Dev faz um gesto para o lado. Duas lulas mortas brilham no gramado. Por estar no último ano, Dev tem acesso ao estoque de comida do aquário. Isso significa que pode roubar uns presentinhos para o nosso amigo da baía. As lulas têm mais ou menos trinta centímetros da cauda aos tentáculos — melequentas, prateadas e marrons como alumínio enferrujado. *Loligo opalescens*. Lula-da-Califórnia. Tempo de vida: seis a nove meses.

Não consigo desligar o fluxo de informação. Nossa professora de biologia marinha, dra. Farez, nos treinou bem até demais. A gente aprende a decorar os detalhes porque tudo, literalmente *tudo*, cai nos testes dela.

Sócrates tem outro nome para as *Loligo opalescens*. Ele chama de café da manhã.

— Maneiro. — Pego as lulas, ainda geladas do freezer, e entrego uma para Dev. — Está pronto?

— Ei, antes de mergulhar... — A expressão dele fica séria. — Eu queria te dar uma coisa.

Não sei se ele está falando a verdade ou não, mas sempre caio nas distrações dele. Logo que prende a minha atenção, ele se vira e pula do penhasco.

Solto um palavrão.

— Ah, seu...

Quem larga na frente tem mais chance de encontrar Sócrates primeiro. Inspiro fundo e pulo atrás dele.

Saltar de penhascos provoca uma sensação incrível. Caio de uma altura de dez andares, o vento e a adrenalina gritando nos meus ouvidos, então atravesso a água gelada.

O choque no meu sistema é bem-vindo: o frio repentino, o ardor do sal nos meus cortes e arranhões. (Se você não fica com cortes e arranhões quando estuda na HP, não está fazendo os exercícios de combate direito.)

Passo no meio de um cardume de cantarilhos-cobre — dezenas de brutamontes plissados em laranja e branco, que parecem carpas punks. Mas o jeito marrento é só fachada, porque eles se dispersam imediatamente com uma explosão de EITA! Dez metros abaixo de mim, vejo o redemoinho cintilante de bolhas que Dev deixou para trás. Vou atrás dele.

Meu recorde de apneia estática é de cinco minutos. É óbvio que não consigo prender a respiração por tanto tempo quando estou me movendo, mas, mesmo assim, essa é minha especialidade. Na superfície, Dev tem a vantagem da força e da velocidade. Debaixo d'água, tenho a resistência e a agilidade. Pelo menos é o que o digo a mim mesma.

Meu irmão flutua sobre a areia do fundo do mar, as pernas cruzadas como se estivesse meditando há horas. Ele está escondendo a lula atrás das costas, porque Sócrates apareceu e está cutucando seu peito como quem diz: *Anda logo, eu sei o que você trouxe para mim.*

Sócrates é um animal lindo. E não digo isso só porque minha casa é a Golfinho. Ele é um golfinho-nariz-de-garrafa macho e jovem, de quase três metros de comprimento, com a pele cinza-azulada e uma faixa escura proeminente na nadadeira dorsal. Eu sei que ele não está sorrindo *de verdade*. Sua boca comprida só tem esse formato. Mesmo assim, é absurdamente fofo.

Dev mostra a lula. Sócrates a arranca da mão dele e engole de uma vez só. Dev sorri para mim, uma bolha de ar escapando dos seus lábios. Sua expressão diz: *Haha, o golfinho gosta mais de mim.*

Ofereço a minha lula para Sócrates. Ele fica feliz da vida de repetir a refeição. Até me deixa fazer carinho na sua cabeça, que é lisa e retesada como um balão de água, e depois esfrego suas nadadeiras peitorais. (Golfinhos não resistem a um cafuné nas nadadeiras peitorais.)

Então Sócrates faz uma coisa que me pega de surpresa. Ele se agita, empurrando minha mão com o bico em um gesto que passei a ler como *Vamos!* ou *Rápido!* Então gira e nada para longe, a força de sua cauda empurrando a água contra o meu rosto.

Acompanho com os olhos até ele desaparecer na escuridão do mar. Espero seu retorno. Ele não volta.

Não consigo entender.

Em geral, Sócrates não come e foge. Gosta de brincar com a gente. Golfinhos são naturalmente sociáveis. Na maioria das vezes, ele nos acompanha até a superfície e pula por cima da nossa cabeça, ou brinca de esconde-esconde, ou nos bombardeia com estalos e guinchos que sempre parecem perguntas. Foi por isso que o batizamos de Sócrates. Ele nunca dá respostas — só faz perguntas.

Mas hoje ele parecia agitado... quase preocupado.

Pelo canto do olho, vejo a luz azul da grade de segurança se estender pela boca da baía — um padrão de losangos brilhantes com que já me acostumei nos últimos dois anos. Enquanto observo, as luzes piscam, se apagam e logo voltam a acender. Isso nunca tinha acontecido antes.

Olho para Dev. Ele não parece ter notado a mudança na grade. Então aponta para cima: *Aposto que chego primeiro.*

Ele bate as pernas em direção à superfície, me deixando em meio a uma nuvem de areia.

Não quero sair ainda. Estou curiosa para ver se as luzes vão se apagar de novo, ou se Sócrates vai voltar. Mas meus pulmões estão queimando. A contragosto, vou atrás de Dev.

Depois que nos encontramos na superfície e recupero o fôlego, pergunto se ele viu a grade piscar.

Ele estreita os olhos.

— Tem certeza de que você não estava só desmaiando?

Jogo água na cara dele.

— Estou falando sério. É melhor a gente falar com alguém.

Dev limpa a água dos olhos. Ainda parece cético.

Para ser sincera, nunca entendi por que temos uma barreira submarina de última geração na boca da baía. Sei que teoricamente ela está ali para proteger a vida marinha, impedindo a entrada de caçadores, mergulhadores hobbistas e gente do Instituto Land, nossa escola rival, que sempre tenta nos pregar alguma peça. Mesmo assim, parece exagero, até para uma escola que forma os melhores cientistas marinhos e cadetes navais. Não sei exatamente como a grade funciona. Mas *sei* que ela não deveria piscar.

Dev percebe que estou preocupada de verdade.

— Tudo bem — diz ele. — Pode deixar que eu relato o que você viu.

— E o Sócrates estava esquisito.

— Um golfinho estava esquisito. Tá, relato isso também.

— Eu poderia falar, mas, como você sempre diz, sou só uma aluna insignificante do segundo ano. Você é o grande e poderoso capitão da Casa Tubarão, então...

É sua vez de jogar água em mim.

— Se a conversa paranoica acabou, eu tenho *mesmo* uma coisa para te dar. — Ele tira uma corrente brilhante do bolso de seu cinto de mergulho. — Feliz aniversário adiantado, Ana.

Ele me entrega o colar: uma pérola negra engastada em ouro. Levo um segundo para entender o que ele está me dando. Sinto um aperto no peito.

19

— É da mamãe? — Mal consigo dizer a palavra.

A pérola era a peça central da mangala sutra da mamãe, seu colar de casamento. Também é a única coisa dela que nos restou.

Dev sorri, embora seus olhos revelem uma melancolia familiar.

— Pedi para ajeitarem a pérola. Você vai fazer quinze anos semana que vem. Ela ia querer que você usasse.

É a coisa mais fofa que ele já fez por mim. Estou quase chorando.

— Mas... por que você não esperou até a semana que vem?

— Você parte hoje para fazer as provas do segundo ano. Queria que estivesse com a pérola para dar sorte. Só por via das dúvidas, né, para não correr o risco de passar vergonha.

Ele sabe mesmo como estragar um momento bonito.

— Ah, cala a boca.

Ele dá risada.

— Estou brincando, claro. Você vai mandar muito bem. Você sempre manda muito bem, Ana. Só tome cuidado, viu?

Sinto meu rosto corar. Não sei o que fazer com tanta afeição e tanto carinho.

— Bom... O colar é lindo. Obrigada.

— Disponha.

Ele encara o horizonte, um ar de preocupação nos olhos castanho-escuros. Talvez esteja pensando na grade de segurança, ou talvez esteja *de fato* nervoso com as minhas provas no fim de semana. Ou talvez esteja pensando no que aconteceu dois anos atrás, quando nossos pais voaram nesse horizonte pela última vez.

— Vamos. — Ele abre outro sorriso reconfortante, como fez tantas vezes por mim nos últimos anos. — A gente vai se atrasar para o café.

Sempre com fome, e sempre em movimento — o capitão perfeito dos Tubarões.

Meu irmão nada em direção à praia.

Olho para a pérola negra da minha mãe. O talismã que deveria lhe garantir vida longa e proteção contra o mal. Infelizmente para ela e para meu pai, a pérola não fez nem uma coisa nem outra. Observo o horizonte, me perguntando para onde Sócrates foi e o que ele estava tentando me dizer.

Então começo a nadar atrás de Dev, porque de repente não quero ficar sozinha na água.

CAPÍTULO 2

NO REFEITÓRIO, DEVORO UM mexido de tofu com nori — delicioso como sempre. Depois corro para o dormitório e pego minha bolsa de viagem.

Nós, do segundo ano, ficamos no segundo andar do Edifício Shackleton, acima dos calouros. Nossos quartos não são tão espaçosos quanto os apartamentos do Edifício Cousteau, onde ficam os alunos do terceiro e quarto anos. E *definitivamente* não são tão legais quanto as suítes que o pessoal do quinto ano tem no Zheng He. Mesmo assim, são mil vezes melhores do que os alojamentos apertados que dividimos no primeiro ano, quando éramos calouros na HP.

Acho que é melhor eu explicar logo isso. A Harding-Pencroft é uma escola de ensino médio com duração de cinco anos. Somos divididos em quatro casas, com base no resultado dos nossos testes de aptidão. Chamamos a academia pela sigla HP. E, sim, já ouvimos todas as piadas com Harry Potter. Obrigada pela tentativa.

Quando chego ao meu quarto, minhas amigas estão surtando.

Nelinha está enfiando ferramentas, roupas extras e cosméticos na mochila. Ester está organizando cartões de fichamento como uma doida. Ela tem tipo doze pilhas, todas com cores específicas, etiquetas e textos em realce. Seu cachorro, Top, late e salta para cima e para baixo como um pula-pula peludo.

É o pandemônio de sempre, mas não consigo conter um sorriso. Eu amo a minha equipe. Por sorte, os alojamentos não são por casa. Se fossem, eu nunca me sentiria à vontade para relaxar com as minhas melhores amigas.

— Gata, não exagera — diz Nelinha para Ester, enfiando mais chaves de soquete e rímel na mochila. (Nelinha chama todo mundo de "gata". É sua marca registrada.)

— Eu *preciso* dos meus fichamentos — argumenta Ester. — E dos biscoitos do Top.

Au! Top concorda com um latido, se esforçando ao máximo para tocar o teto com o focinho.

Nelinha olha para mim e dá de ombros: *fazer* o quê?

Hoje ela está com um look tipo Rosie, a Rebitadeira. Seu cabelo castanho volumoso está preso com uma bandana verde. As pontas da camisa jeans de manga curta estão amarradas em um nó, deixando a barriga marrom-clara à mostra. Sua calça capri bege não perde as manchas de graxa, mas sua maquiagem, como sempre, está perfeita. Sério, Nelinha pode estar se arrastando pelo sistema de bombas do aquário ou consertando o motor de um barco, mas *ainda assim* fica estilosa.

Seus olhos se arregalam quando ela vê a pérola negra no meu pescoço.

— Que bonito! De onde veio *isso*?

— Presente de aniversário adiantado do Dev — respondo. — Era, hã... Era da minha mãe.

Seus lábios se abrem em um O. Minhas amigas já ouviram todas as histórias trágicas da minha família. Eu, Nelinha e Ester no mesmo quarto é tipo um campeonato de histórias tristes.

— Bom, eu tenho a saia e a blusa perfeitas para combinar com ela — comenta Nelinha.

Nelinha é ótima para dividir roupas e maquiagem. Somos mais ou menos do mesmo tamanho e temos um tom de pele parecido — ela é brasileira e tem a pele marrom-clara; eu sou descendente de indianos Bundeli —, então ela normalmente me deixa super bem-arrumada para os bailes da escola ou para um sábado de folga na cidade. Mas hoje não é esse tipo de dia.

— Nelinha, a gente vai passar o fim de semana todo num barco — relembro.

— Eu sei, eu sei — diz a garota que se arrumou toda só para a viagem de ônibus até o navio. — Mas quando a gente voltar. Talvez para a festa de fim de ano!

Ester guarda mais biscoitos de cachorro na bolsa.

— CERTO — anuncia ela, então dá uma volta e examina o quarto para ver se esqueceu alguma coisa.

Ela está usando sua camiseta azul da Casa Orca e um short florido por cima de um maiô. Seu rosto está vermelho, o cabelo loiro com frizz apontando para todos os lados. Já vi fotos de Ester quando era bebê: bochechas gordinhas boas de apertar, olhões azuis arregalados, uma expressão surpresa de *O que estou fazendo neste universo?*. Ela não mudou muito.

— ESTOU PRONTA! — conclui.

— Volume, gata — diz Nelinha.

— Me desculpe — fala Ester. — Vamos! A gente vai perder o ônibus!

Ela odeia chegar atrasada. É uma das ansiedades que o Top deveria ajudá-la a controlar. Nunca entendi como ele poderia deixar alguém *menos* ansioso, mas é o animal de assistência emocional mais fofo que eu já vi. Parte Jack Russell, parte Yorkie, parte tornado.

Ele fareja minha mão enquanto segue Ester para fora do quarto. Talvez eu não tenha limpado todos os restos de lula que estavam debaixo das minhas unhas.

Pego a bolsa de viagem que arrumei ontem à noite. Não vou levar muita coisa. Uma muda de roupa. Roupa de mergulho. Faca de mergulho. Relógio de mergulho. Ninguém sabe como vão ser as provas do fim de semana. Provavelmente serão submarinas (dã), mas o pessoal mais velho não nos diz nada específico. Nem mesmo Dev. Eles levam os votos de confidencialidade *muito* a sério. É irritante.

Corro para alcançar minhas amigas.

Para chegar ao pátio central, temos que descer as escadas e passar pela ala do pessoal do primeiro ano. Por um bom tempo, achei que fosse uma falha de design bem chata. Então percebi que os dormitórios devem ter sido planejados assim de propósito. Isso significa que os calouros têm que sair da nossa frente várias vezes por dia, olhando para nós, do segundo ano, com expressões de medo e admiração. Já nós, toda vez que passamos por eles, podemos pensar: *Por mais insignificante que a gente seja, pelo menos não somos esses pobres coitados.* Parecem muito pequenos, jovens e assustados. Eu me pergunto se a gente era assim ano passado. Talvez o pessoal mais velho *ainda* nos veja dessa forma. Imagino Dev rindo.

Do lado de fora, o dia lindo está esquentando. Enquanto corremos pelo campus, penso em todas as aulas que vou perder por causa da viagem.

O ginásio: seis paredes de escalada; dois percursos de cordas; salas quentes e frias para yoga; quadras de basquete, raquetebol, vôlei e *bungee ball* (meu favorito). Mas sexta-feira é dia de artes marciais. Minha manhã se resumiria a ser jogada na parede em lutas de malla-yuddha. Não posso dizer que vou sentir falta.

O aquário: entre os locais privados de pesquisa, soube que esse é o maior do mundo, com mais variedade de vida marinha que Monterey Bay, Chimelong e Atlanta. Operamos unidades de resgate e reabilitação para tartarugas-de-couro, lontras e leões-marinhos (que são todos meus bebês preciosos), mas hoje seria meu dia de lavar o tanque das enguias, então tchauzinho!

O natatório: três piscinas, incluindo a Buraco Azul, grande e profunda o bastante para fazer simulações com submarinos. A única piscina maior do que essa fica na NASA. Por mais que eu adore minhas aulas de mergulho indoor, prefiro sempre o oceano.

Por fim, passamos pelo Edifício Verne, a ala de pesquisa de "nível ouro". Não tenho ideia do que acontece ali. Só podemos entrar a partir do quarto ano. Em meio aos prédios brancos do campus, a fachada de placas áureas do Verne se destaca como um dente de ouro. Suas portas escuras de vidro parecem zombar de mim: *Se você fosse descolada o suficiente como o seu irmão, talvez pudesse entrar. HAHAHAHA.*

Era de se imaginar que, dos quarenta alunos mais velhos, pelo menos *um* estaria disposto a contar alguma fofoca sobre as aulas de nível ouro, mas nada disso. Como eu falei, o compromisso que eles têm com a confidencialidade é absoluto e irritante. Para ser sincera, não sei se vou conseguir ser tão discreta se chegar lá, mas esse é um problema para outro ano.

No pátio central, os alunos do quinto ano estão relaxando no gramado. Eles não têm mais aulas, só falta fazerem as provas finais e se formarem, esses sortudos. Então vão seguir rumo às melhores universidades e às suas carreiras promissoras. Não vejo Dev, mas a namorada dele, Amelia Leahy, capitã da minha casa, acena para mim do outro lado do gramado. Em língua de sinais, ela diz: *Boa sorte*.

Respondo da mesma forma: *Obrigada*.

E penso comigo mesma: *Vou precisar*.

Eu não deveria estar tão preocupada. Nossa turma só tem vinte pessoas, e o número máximo de aprovações é exatamente esse. Perdemos dez alunos no ano de calouros. Mais quatro este ano. Teoricamente, todos nós podemos sobreviver ao corte. Além disso, minha família estuda na HP há gerações. E sou a representante de classe da Casa Golfinho. Eu teria que me esforçar muito para ser expulsa...

Eu, Ester e Nelinha somos quase as primeiras a chegar ao ônibus. Mas é claro que Gemini Twain chegou antes de nós. Ele está parado na porta com uma prancheta, pronto para anotar nomes e distribuir pontapés.

O representante dos Tubarões é alto, negro e magro. Pelas costas, todo mundo o chama de Homem-Aranha, porque ele parece o Miles Morales de *Homem-Aranha no Aranhaverso*. Mas ele não é tão legal, nem de longe. Chegamos a uma trégua no ano passado, mas ainda não gosto dele.

— Nelinha da Silva. — Ele marca um tique ao lado do nome, mas não a encara. — Ester Harding. Representante Ana Dakkar. Bem-vindas a bordo.

Ele diz isso como se o ônibus de passeio fosse um navio de guerra.

Faço uma leve mesura.

— Obrigada, representante.

O olho dele dá um tremelique. Tudo que eu faço parece incomodá-lo. Não dou a mínima. No nosso ano de calouros, o cara fez a Nelinha chorar. Nunca vou perdoá-lo por isso.

Bernie é nosso motorista hoje. Ele é um velhinho simpático, aposentado da Marinha. Tem um sorriso amarelado de café, cabelo grisalho e mãos nodosas como raízes de árvore.

O dr. Hewett está sentado ao lado dele, repassando a agenda do dia. Como sempre, Hewett está pálido, suado e desgrenhado. Ele cheira a naftalina. Sua disciplina é a de que menos gosto, ciência marinha teórica, ou CMT. A maioria dos alunos diz que significa "Como morrer de tédio".

Hewett é muito rígido, então esse não é um bom sinal para as nossas provas. Eu e minhas amigas nos sentamos no fundo do ônibus, o mais longe possível dele.

Assim que todos os vinte alunos estão a bordo, o ônibus parte.

No portão principal, os seguranças fortemente armados acenam e sorriem para nós, como quem diz *Tenham um bom dia, crianças! Não morram!* Imagino que a maioria das escolas não tenha esse nível de segurança, nem uma frota de pequenos drones de vigilância que passam toda hora pelo campus. Mas é estranho como logo nos acostumamos com isso.

Quando pegamos a Rodovia 1, me viro para observar o campus — uma coleção de prédios que lembram cubos de açúcar, brilhando no topo do penhasco acima da baía.

Uma sensação familiar toma conta de mim: *Não acredito que o estudo aqui.* Então lembro que não tenho outra *escolha* a não ser estudar aqui. Depois do que aconteceu com os nossos pais, é a única casa que eu e Dev temos no mundo.

Fico me perguntando por que não vi Dev no café da manhã. O que será que a equipe de segurança disse quando ele mencionou a luz trêmula na grade de segurança? Provavelmente não era nada, como ele mesmo achou.

Ainda assim, seguro com força a pérola negra no meu pescoço.

Penso nas últimas palavras que a minha mãe me falou: *Daqui a pouquinho estaremos de volta.* E aí ela e meu pai desapareceram para sempre.

CAPÍTULO 3

— **SEGUNDO ANO** — diz o dr. Hewett, como se fosse um insulto.

Ele está de pé no corredor, se apoiando com uma das mãos nas costas de uma poltrona. Ele respira pesadamente no microfone do ônibus.

— As provas deste fim de semana serão bem diferentes do que vocês imaginam.

Isso chama a nossa atenção. Todo mundo olha para Hewett.

O professor tem a silhueta de um sino de mergulho — ombros estreitos que se alargam até uma cintura ampla, onde sua camisa amassada está parcialmente presa na calça. Com o cabelo grisalho bagunçado e olhos inchados e tristes, ele parece um Albert Einstein depois de uma noite de cálculos malsucedidos.

Ao meu lado, Ester ajeita os cartões de fichamento. Top está com a cabeça apoiada no seu colo, o rabo batendo de leve na minha coxa.

— Em trinta minutos — continua Hewett —, chegaremos a San Alejandro.

Ele espera o burburinho parar. Associamos San Alejandro a compras, filmes e karaokê de sábado à noite, não às provas de fim de ano. Mas até faz sentido que comecemos por lá. O navio da escola costuma ficar ancorado no porto.

— Nós vamos direto para as docas — afirma Hewett. — Sem desvios, sem saidinhas para comprar bebidas. Seus celulares permanecerão *desligados*.

Alguns alunos resmungam. A Harding-Pencroft controla rigidamente todas as comunicações pela intranet da escola. O campus é uma zona morta de sinal. Você quer pesquisar os hábitos de reprodução das águas-vivas? Sem problema. Quer assistir a alguma coisa no YouTube? Boa sorte.

Os professores dizem que é para nos manter focados nos estudos. Suspeito que seja mais uma medida de segurança, como a grade submarina, os seguranças armados e os drones de vigilância. Não entendo, mas são os fatos.

Em geral, quando vamos para a cidade, parecemos gado desidratado chegando a um lago. Saímos correndo para o primeiro lugar com Wi-Fi de graça e aproveitamos até a última gota.

— Darei mais instruções quando estivermos no mar — diz Hewett. — Mas já adianto que hoje vocês descobrirão qual é o verdadeiro significado da Academia. E a Academia vai descobrir se vocês são capazes de sobreviver às suas exigências.

Quero acreditar que Hewett só está tentando nos deixar assustados. O problema é que ele nunca faz ameaças vazias. Se ele diz que teremos mais dever no fim de semana, nós teremos mesmo. Se ele prevê que noventa por cento da turma vai tirar nota baixa no próximo exame, nós tiraremos mesmo.

Ciência marinha teórica *deveria* ser uma aula leve e divertida. Passamos a maior parte do tempo imaginando como será a tecnologia oceânica daqui a cem ou duzentos anos. Ou o que teria acontecido caso a ciência tivesse tomado um rumo diferente. E se Da Vinci tivesse se esforçado mais para desenvolver o sonar quando ele o descobriu em 1490? E se os planos do "navio mergulhador" de Drebbel não tivessem se perdido no século XVII, ou se o submarino anaeróbico a vapor de Monturiol não tivesse sido abandonado em 1867, devido à falta de financiamento? Será que a nossa tecnologia hoje seria mais avançada?

É legal pensar nisso tudo, mas, ao mesmo tempo... não é algo prático. Hewett age como se suas perguntas tivessem respostas certas. Tipo, é *teórico*. Como você pode dar nota baixa para uma redação só porque a pessoa fez uma suposição diferente da sua?

Enfim, eu queria que o coronel Apesh, nosso professor de táticas militares, nos acompanhasse nessa excursão. Ou o dr. Kind, nosso professor de condicionamento físico. Hewett não consegue se arrastar dez metros sem perder o fôlego. Não sei como ele vai avaliar provas que, imagino, serão desafios submarinos muito exigentes fisicamente.

Ele entrega o microfone para Gemini Twain. Gem separou os grupos para o fim de semana. Serão cinco times de quatro, com um membro de cada casa. Mas, primeiro, ele precisa informar algumas regras.

É claro que precisa. Ele é *muito* Tubarão. Se comandasse um time de futebol de bebês, ainda assim teria delírios de grandeza. Em uma semana, as crianças estariam marchando em perfeita ordem. Então declarariam guerra contra outro time de bebês.

Ele recita uma lista de suas regras preferidas. Eu me distraio. Começo a olhar pela janela.

A rodovia faz curvas para lá e para cá, seguindo o relevo dos penhascos. Em um momento, não vemos nada além de árvores. No próximo, é possível ver o litoral inteiro até a HP. Quando a escola aparece, percebo algo estranho na baía. Uma linha fina na água se dirige à base dos penhascos, bem onde eu e Dev mergulhamos hoje de manhã. Não consigo ver o que está deixando esse rastro. Não tem barco nenhum. E o movimento é rápido e reto demais para ser um animal marinho. Algo submarino, com propulsão.

Sinto um frio na barriga, como se estivesse de novo em queda livre.

O rastro se divide em três segmentos. Parece um tridente, cada ponta correndo para espetar o litoral sob a escola.

— Ei! — chamo minhas amigas. — Ei, olhem aquilo!

Quando Ester e Nelinha chegam à janela, a vista já sumiu atrás das árvores e dos penhascos.

— O que era? — pergunta Nelinha.

Então a onda de choque nos atinge. O ônibus estremece. Pedregulhos caem na estrada.

— Terremoto!

Gem larga o microfone e agarra o assento mais próximo para se equilibrar. O dr. Hewett é jogado com força contra a janela.

Rachaduras se espalham pelo asfalto enquanto o ônibus derrapa perto da mureta. Todos nós, vinte jovens bem treinados, gritamos como criancinhas.

De alguma forma, Bernie consegue controlar o ônibus.

Ele reduz a velocidade, procurando um lugar para estacionar. Fazemos outra curva, e a HP volta a aparecer, só que agora...

Ester berra, o que faz Top ganir no seu colo. Nelinha pressiona as mãos contra o vidro.

— Não. Não é possível. Não.

— Bernie, para! — grito. — Para aqui!

Ele estaciona em um mirante, um dos pontos bonitos da estrada em que os turistas podem parar e tirar fotos do Pacífico. A vista é aberta até a HP, mas não há nada de bonito agora.

Alguns alunos choram, com o rosto colado nas janelas. Meu estômago revira de incredulidade.

Outra onda de choque nos atinge. Assistimos, horrorizados, enquanto mais um imenso pedaço de terra se desprende e cai na baía, levando o último daqueles lindos cubos de açúcar.

Atravesso o corredor do ônibus, empurrando todos que estão no caminho. Soco as portas até Bernie abri-las. Corro para a beira do penhasco e aperto a mureta de aço gelado.

Começo a murmurar orações desesperadas: "Saudações ao senhor Shiva, aquele que possui três olhos, que permeia e nutre a todos. Que todos nós possamos estar livres da morte..."

Mas não estamos livres.

Meu irmão estava naquele campus. Assim como outras cento e cinquenta pessoas e um aquário cheio de fauna marinha. Mais de dois quilômetros quadrados da costa californiana desabaram no oceano.

A Academia Harding-Pencroft desapareceu.

CAPÍTULO 4

ALGUNS DOS MEUS COLEGAS se apoiam na mureta e choram. Outros se abraçam. Outros procuram desesperadamente um sinal de celular, tentando mandar mensagens para os amigos ou pedir ajuda. Eloise McManus grita e joga pedras no oceano. Cooper Dunne anda de um lado para outro como um leão enjaulado, chutando os pneus dianteiros do ônibus, e depois os traseiros.

Rímel escorre pelas bochechas de Nelinha como chuva suja. Ela está de pé consolando Ester, que está sentada no cascalho de pernas cruzadas, soluçando no pelo marrom e branco de Top.

Gemini Twain diz o que todos nós estamos pensando:

— Isso é impossível. — Ele balança os braços, apontando para onde nossa escola ficava. — *Impossível!*

Não estou realmente ali. Estou flutuando a um palmo do meu corpo. Sinto meu coração disparado no peito, mas é uma batida distante, abafada, como uma música que toca no quarto abaixo do meu. Minhas emoções estão envoltas em um véu. Minha visão pisca nas beiradas.

Percebo que estou dissociando. Já conversei sobre isso com o psicólogo da escola, dr. Francis. Já aconteceu antes, quando recebi a notícia sobre os meus pais. Agora Dev se foi. Dr. Francis se foi. A capitã da minha casa, Amelia. Dr. Farez. Coronel Apesh. Dr. Kind. As lontras bebês que alimentei ontem no aquário. A moça simpática do refeitório, Saanvi, que sempre sorria para mim e às vezes fazia gujiyas de coco quase tão bons quanto os da minha mãe. Todo mundo na HP... Isso não pode estar acontecendo.

Tento controlar minha respiração. Tento me ancorar no meu corpo, mas sinto que vou sair flutuando e evaporar.

Dr. Hewett desce com dificuldade do ônibus. Limpa o rosto com um lenço. Bernie vem atrás, carregando uma mala preta de suprimentos. Os dois homens conversam aos sussurros.

Leio os lábios de Hewett. Não posso evitar, sou uma Golfinho. Meu treinamento se resume basicamente a comunicação. A reunir informações. Desvendar códigos. Pesco as palavras *Land* e *ataque*.

Bernie responde: *Participação interna.*

Devo ter entendido errado. Hewett não pode estar falando do Instituto Land. Nossas escolas são rivais desde sempre, mas isso não é uma das peças que pregamos uns nos outros, como os ovos que eles jogaram no nosso iate, ou o tubarão branco que nós roubamos. Isso é aniquilação. E o que Bernie quis dizer com *participação interna*?

Respiro fundo. Controlo meu choque e o comprimo no diafragma, como faço com o oxigênio antes de mergulhar.

— Eu vi o ataque — anuncio.

Todos estão distraídos demais para me ouvir.

Eu repito, mais alto:

— EU VI O ATAQUE!

O grupo fica em silêncio. Dr. Hewett me encara.

Gem para de andar, e não gosto de como ele está me olhando. Ele fecha as mãos em punhos.

— Como assim, *ataque*?

— Foi algum tipo de torpedo — relato. — Pelo menos, acho que foi.

Descrevo o rastro que se movia em direção aos penhascos e a forma como se separou em três partes logo antes do impacto.

— Não pode ser — diz Kiya Jensen, outra Tubarão. — A grade estava lá. Qualquer coisa que tentasse passar seria neutralizada.

Minhas pernas tremem.

— Hoje de manhã, eu e Dev...

A dor borbulha na minha garganta, ameaçando me sufocar.

Ah, meu Deus, Dev. Seu sorriso torto com os olhinhos apertados. Seus olhos castanhos travessos. Seu cabelo ridículo amassado pelo travesseiro. Vendo-o todo dia não me deixava jamais esquecer como era o rosto do nosso pai. Podia dizer a mim mesma que ele e minha mãe não tinham desaparecido por completo. Mas agora...

Todo mundo está me observando. Estão esperando, desesperados para entender. Eu me forço a continuar. Descrevo a falha estranha que percebi nas luzes da grade.

— Dev ia relatar o que aconteceu — explico. — Provavelmente estava com a equipe de segurança quando...

Faço um gesto na direção norte. Não consigo olhar para lá de novo, mas sinto o imenso buraco na paisagem onde a Harding-Pencroft ficava. É como a dor distante que sinto na mandíbula depois de um dente ser arrancado.

— Um torpedo? — Tia Romero, a representante da Casa Cefalópode, balança a cabeça. — Mesmo com múltiplas ogivas, um único míssil jamais causaria tanto dano. Para provocar um desmoronamento dessa magnitude...

Ela olha para os outros Cefalópodes. Eles começam a sussurrar entre si. Cefalópodes são solucionadores de problemas. É o que eles fazem, assim como eu leio lábios. Dê a eles uma caixa de Lego, diga que precisam construir um supercomputador usando as peças, e eles não vão descansar até descobrirem uma maneira. Só Nelinha se mantém distante do grupo, vigiando Ester em silêncio.

— Não importa *como* aconteceu — decide Gem. — Precisamos voltar e procurar sobreviventes.

— Concordo — falo.

Em qualquer outro dia, isso daria uma manchete de jornal. Eu e Gem não concordamos em nada desde que começamos na HP há dois anos.

Ele assente, sério.

— Pessoal, de volta para...

— Não. — O dr. Hewett se aproxima mancando, segurando o tablet na curva do braço. Manchas de suor se espalham por sua camisa. Sua pele está pálida e amarelada.

Atrás dele, Bernie se ajoelha e abre a mala de suprimentos. Lá dentro, protegidos por isopor, há uma dúzia de drones prateados do tamanho de beija-flores.

Hewett toca no painel de controle em seu tablet. Os drones despertam com um zumbido. Erguem-se de seus berços de isopor, se reúnem no alto em uma nuvem de luzes azuis e motores minúsculos, então voam pelo litoral rumo à escola.

— Os drones farão a busca. — A voz de Hewett treme de raiva ou tristeza, talvez uma mistura das duas. — Mas aconselho que vocês não esperem sobreviventes. O Instituto Land lançou um ataque preventivo. Eles queriam nos eliminar. Temo um ataque assim há dois anos.

Toco a pérola negra no meu pescoço.

Por que Hewett está falando do IL e da HP como se fossem Estados soberanos? O Instituto Land não poderia simplesmente destruir um pedaço do litoral californiano e *matar* mais de cem pessoas.

O rabo de Top bate na minha perna. Ele enfia a cabeça no colo de Ester, exigindo carinho, tentando tirá-la do sofrimento.

— Dr. Hewett... — Franklin Couch, o representante da Casa Orca, parece prestes a explodir. — Talvez nossos amigos estejam feridos. Presos nos escombros. Temos o dever...

— SILÊNCIO! — ruge Hewett.

De repente, estou de volta à minha primeira aula de CMT, quando Daniel Lekowski — que foi reprovado naquele ano — ousou perguntar para que servia a disciplina de ciência marinha teórica. Sei como Hewett fica assustador quando está com raiva.

Bernie fica parado atrás do professor. Não diz nada, mas sua presença parece diminuir a raiva de Hewett para o nível DEFCON 5.

— Vamos seguir para San Alejandro — continua Hewett, com a voz mais equilibrada. — Me escutem com atenção. Talvez vocês sejam os últimos remanescentes da Harding-Pencroft. Não podemos falhar. As provas estão canceladas. Em vez disso, vocês vão aprender tudo o que for necessário para o serviço ativo. A partir de agora, estamos em guerra.

Os vinte alunos olham fixamente para ele. Parecem tão assustados quanto eu. Sim, a gente teve treinamento de táticas militares. Muitas pessoas formadas na HP vão para as melhores escolas navais do planeta: Annapolis, Kuznetsov, Dalian, Ezhimala. Mas não somos soldados da Marinha. Não ainda, pelo menos. Não somos nem formados. Somos só um bando de adolescentes.

— Vamos para as docas — anuncia Hewett. — Quando estivermos em segurança no mar, darei mais instruções. Enquanto isso, Gemini Twain?

— Sim, senhor.

Gem dá um passo à frente. Está pronto para receber ordens, para liderar nossa turma. Os Tubarões são treinados justamente para o comando militar.

— O armamento padrão está no porta-malas do ônibus? — pergunta Hewett.

— Sim, senhor.

— Arme sua equipe — diz o professor. — Armas em punho até segunda ordem.

Gem estala os dedos. Os outros quatro Tubarões correm para pegar as caixas de armas.

Um choque gelado de realidade começa a me trazer de volta ao meu corpo. Quando os Tubarões recebem a permissão de se armar, sei que estamos realmente em perigo.

— Representante Twain — continua Hewett. — Agora, você tem um único objetivo.

Os olhos dele brilham.

— Compreendo, senhor.

— Não — interrompe Hewett. — Acho que não compreende. Deste momento em diante, você é responsável por uma vida acima de todas as outras. Você não sairá do lado dela. Vai protegê-la até seu último suspiro. Vai *garantir* que ela continuará viva, não importa o que aconteça.

Gem parece confuso.

— Eu... Como assim, senhor?

Hewett aponta para mim.

— Ana Dakkar precisa sobreviver.

CAPÍTULO 5

ERA SÓ O QUE FALTAVA.

Minha escola foi destruída. Meu irmão provavelmente está morto. Estamos de volta ao ônibus, indo para San Alejandro como se nada tivesse acontecido. E agora, além de tudo, tenho Gemini Twain como guarda-costas particular.

Por que eu?

Não sou a Ester, que é descendente de um dos fundadores da escola. Minha família não é rica, poderosa nem famosa. Os Dakkar estudam na HP há gerações, mas esse também é o caso de muitas outras famílias. Tampouco sou a única do grupo que pode ter perdido um irmão no ataque. O irmão de Brigid Salter é — *era* — do quarto ano. Kay Ramsey tinha uma irmã um ano mais velha do que a gente. Brigid e Kay parecem prestes a desabar, mas nenhuma das duas tem um guarda-costas.

O dr. Hewett está sentado na primeira fileira, observando o tablet. As manchas de suor na camisa se transformaram em diversos continentes.

Só me resta torcer para que os drones encontrem sobreviventes na HP.

Não consegui enviar uma mensagem para Dev. Isso não me surpreende. A região toda ainda é um buraco negro de sinal telefônico, mas eu precisava tentar. Agora, Hewett confiscou nossos celulares e os trancou em um cofre. Sinto como se estivesse tentando viver com um braço amarrado atrás das costas.

Hewett nos garante que seus drones vão alertar os serviços de emergência. Fico esperando ambulâncias, viaturas policiais e caminhões de bombeiros passarem gritando por nós em direção à HP. Essa é a única estrada para lá. Até agora, nada. A escola é tão isolada que, se Hewett não chamar as autoridades, pode levar horas até alguém notar que um pedaço gigante do litoral desapareceu no mar.

Temo um ataque assim há dois anos.

Então por que ele não nos *avisou*?

Talvez seja coincidência que, dois anos atrás, meus pais tenham morrido em uma expedição científica para a Harding-Pencroft. Um acidente trágico, a administração nos disse. Sempre que eu pedia detalhes — por que Tarun e Sita Dakkar estavam naquela expedição, o que eles estavam procurando —, os professores da HP pareciam sofrer de amnésia seletiva. Imaginei que estivessem tentando me poupar, deixando para o dr. Francis a tarefa de me ajudar a lidar com o luto.

Agora, não tenho tanta certeza.

De repente me vem a imagem de Amelia Leahy, a capitã da minha casa, namorada do Dev, tomando sol no pátio central hoje de manhã. Ela sorriu e me desejou boa sorte.

Amelia estava muito animada para se formar. Tinha grandes planos: o Corpo de Fuzileiros Navais, caminho mais rápido para a escola de comunicação em Twentynine Palms. Nos seus cinco anos na HP, ela aprendeu doze idiomas. Conseguia desvendar códigos linguísticos que deixavam até os nossos professores perdidos. Seu objetivo era se tornar a comandante de inteligência mais jovem da história dos Fuzileiros. Agora, ela está morta.

Tento inspirar e expirar com calma. Não está dando muito certo.

Começo a chorar. Estou tremendo de raiva. Por que consigo me segurar quando penso em Dev, mas desabo ao pensar na morte de sua namorada? O que tem de errado comigo?

— Ei, gata... — Nelinha apoia a mão no meu ombro. Não parece certa do que dizer. Só me entrega uma caixa de lenços.

É... Hoje um lenço só não vai ser suficiente. E eu não sou a única pessoa sofrendo.

Na janela, Ester ainda está fungando, seus olhos inchados. Escreve furiosamente nos cartões de fichamento, tentando processar todo esse horror. Top, sentindo quem precisa mais dele, se aproxima de mim e toca meus joelhos com o focinho: *Oi, olha como eu sou fofinho. Me ame.*

Gem está do outro lado do corredor. Seus dentes estão trincados como uma armadilha de urso. Ele tem uma Sig Sauer P226 em cada lado do cinto, como um atirador do Velho Oeste. São suas "gêmeas", motivo pelo qual ele é chamado de Gemini. Apoiado no seu joelho está um rifle de assalto M4A1.

Esta é mais uma das coisas estranhas em que não penso muito: a Harding-Pencroft tem permissão para usar equipamento de nível militar no nosso treinamento. Isso parece bem útil agora, já que pelo visto estamos em guerra com outra escola.

O ônibus está estranhamente silencioso. Todos parecem perdidos nos próprios pensamentos sombrios.

Enfim, Gem me pergunta:

— Você sabe o que está acontecendo?

Seus olhos castanhos refletem a paisagem do lado de fora. Nunca vi Gem demonstrar qualquer sinal de estresse. No entanto, uma gota de suor escorre pela lateral do seu rosto.

Não o culpo por querer respostas. Fico grata por ele não parecer amargo ou com raiva de mim. Sei que ele também não tem a menor vontade de ser minha babá.

Balanço a cabeça.

— Sinceramente, não tenho a menor ideia.

E é verdade. Mesmo assim, sinto que estou mentindo. Dá para ouvir a culpa na minha voz. Odeio essa sensação.

Gem tamborila com o polegar na coronha do rifle.

— Vou precisar da ajuda de vocês. De todas vocês. — Ele faz um gesto para indicar Ester e Nelinha. — A gente não se dá tão bem...

Nelinha bufa.

— ... mas vocês sabem que o que vou falar agora é verdade. — Gem dá uma olhada no corredor, então baixa a voz. — Nós quatro somos os melhores das nossas casas. Não quero ofender Tia e Franklin, eles são ótimos no que fazem. Mas, se vamos entrar em guerra, vocês são as pessoas que eu escolheria, mesmo não sendo representantes.

— Me sinto lisonjeada — resmunga Nelinha.

— Só estou dizendo...

— ... e mandando mal — interrompe Nelinha.

— Ele tem razão. — Ester não tira os olhos do cartão, agora quase todo tomado por letrinhas minúsculas. — Tia é a melhor na parte teórica, mas as notas da Nelinha em mecânica aplicada e engenharia de combate são mais altas. Franklin tem habilidades médicas mais avançadas do que eu, mas... — Ela dá de ombros.

Gem abre um sorriso seco.

— Mas você é Ester Harding.

— Eu ia dizer que sou melhor em todo o resto — responde ela. — Mas acho que seria uma coisa rude de se dizer. É rude?

A gente nem responde. Ester é Ester. Todos nós sabemos que ela odiaria ser representante. Também sabemos que ela é uma Orca da cabeça aos pés. Seus cartões de fichamento são só um apoio emocional, como Top, porque sua mente retém mais informação sobre a HP, história natural e ecossistemas marinhos do que todos os livros na nossa biblioteca recém-destruída. Ela não gosta muito de humanos, com exceção de mim e da Nelinha, e prefere de longe a companhia dos animais. Quando se trata de comunicação não verbal com outras espécies, ela tem uma empatia extraordinária. Ester sabe o que os animais — e às vezes até as pessoas, embora seja mais difícil para ela — pensam e sentem. Consegue prever suas ações com uma precisão assustadora... contanto que seu nervosismo não a derrube.

Gem continua.

— Vamos ter que trabalhar juntos para entender o que aconteceu. E para decidir o que vamos fazer de agora em diante. Vocês sabem que o Hewett não está contando tudo para a gente.

— Ele não está contando *nada* — rebate Nelinha.

— Mas, se vou proteger a Ana...

— O que não pedi que fizesse — interrompo.

Gemini parece prestes a fazer um comentário irritado. Ele nunca fala palavrão. É supercertinho. Mas acho que *queria*.

— Ninguém pediu nada disso. — Sua voz continua calma. — Temos que pensar em uma resposta. Primeiro, precisamos saber com o que estamos lidando. Como o Instituto Land poderia destruir a nossa escola inteira?

Ester estremece. Top imediatamente me abandona e pula para o colo dela, forçando-a a acariciá-lo. Nunca me senti tão grata pelo fato de Ester, e de todos nós, termos esse furacão peludinho e carente.

— Detonadores sísmicos — teoriza Nelinha. — Um torpedo com três ogivas. Impactos simultâneos em pontos de fratura ao longo da base dos penhascos...

— Espera aí — disse Gem. — Isso é coisa de CMT. Pura ficção científica. Essa tecnologia não existe.

— Seis ogivas — argumenta Ester. — Precisariam de seis. Ana provavelmente não viu as outras porque estavam no fundo do mar. O ataque só funcionaria se eles conseguissem hackear os sistemas de segurança da escola. Não só a grade. Eles precisariam despistar os drones, o sonar de longo alcance, os mísseis interceptadores...

— A gente tem mísseis *interceptadores*? — questiona Nelinha.

As bochechas de Ester ficam da cor de um morango.

— Eu não podia dizer isso.

Depois vou fazer mais perguntas a Ester. Estou curiosa para saber o que mais ela, sendo da família Harding, sabe e não pode contar. No momento, temos problemas mais urgentes.

— Todos os sistemas de segurança da HP são autossuficientes — comento. — Os firewalls têm firewalls. Não tem como ninguém hackear o sistema sem ser detectado.

— A menos que... — começa Nelinha.

Minha boca fica seca.

— Sim Eu ouvi Bernie e Hewett falando sobre isso quando a gente desceu do ônibus.

— "Ouviu", né? — Gem faz aspas no ar.

— Tá, eu fiz leitura labial.

Gem estreita os olhos. As outras casas não sabem detalhes sobre o treinamento dos Golfinhos. Imagino que ele esteja repassando os últimos dois anos na cabeça, se perguntando o que mais eu posso ter "ouvido".

— E o que eles disseram?

Olho para o dr. Hewett, ainda mexendo no tablet. Não sei o que está vendo no painel de controle, mas ele não parece nada satisfeito.

— Bernie mencionou "participação interna". O que significa...

— Que alguém na HP nos sabotou. — Agora Gem com certeza está engolindo um palavrão. — E, se essa pessoa não queria morrer no ataque...

— Ela teria que estar neste ônibus.

CAPÍTULO 6

MEIA HORA DEPOIS, CHEGAMOS às docas onde o nosso navio de treinamento, o *Varuna*, está atracado.

Enquanto os outros alunos tiram as bagagens do porta-malas do ônibus, puxo os Golfinhos para um canto no estacionamento: Lee-Ann, Virgil, Jack e Halimah.

— *Tá fealltóir againn* — digo a eles.

Isso pode ser traduzido como *Há um traidor entre nós*, o que parece apropriado.

Temos usado o irlandês como nosso código interno desde o início do ano. A língua irlandesa é tão pouco utilizada, que dificilmente alguém vai entender uma palavra da nossa conversa. Todo ano, os Golfinhos escolhem o próprio idioma. A turma de Amelia aprendeu copta. Os alunos do quarto ano estudaram maltês. Os do terceiro ano escolheram latim porque não têm imaginação. Se você não tem talento para idiomas, acaba sendo excluído bem rápido da Casa Golfinho.

Revelo as minhas suspeitas aos meus colegas de casa. Sabotagem. Traição. Assassinato a sangue-frio.

É muita coisa para assimilar.

Contar a eles é um risco. Não tenho ideia de quem traiu a escola. Pode ter sido um deles. Mas não posso começar a suspeitar de todos. Preciso de ajuda.

O foco dos Golfinhos é a comunicação e a exploração, mas também somos versados em espionagem. Quero os meus colegas de casa em alerta máximo.

Halimah Nasser parece tão furiosa que imagino um vapor borbulhando sob o seu hijab.

— Como encontramos o traidor? E o que fazemos com ele?

— Por enquanto — respondo —, só observem e escutem.

Em irlandês, *"Bígí ag faire agus ag éisteacht"*. *Fiquem observando e escutando*. Mais uma vez, a frase resume bem as coisas.

O rosto de Lee-Ann Best está vermelho como um tomate. Ela é a melhor em contraespionagem. Provavelmente está encarando essa notícia como um insulto pessoal. Ela analisa as expressões dos nossos colegas de classe, sem dúvida avaliando o potencial de traição de cada um.

— Eu tinha amigos nas outras séries.

— Todos nós tínhamos — diz Jack Wu.

Ele indica o dr. Hewett com um leve aceno de cabeça.

— Ana, você sabe por que o professor lhe atribuiu um Tubarão?

O Tubarão em questão, Gemini Twain, não está perto o bastante para nos ouvir. Ele observa o cais em busca de qualquer sinal de ameaça. Gostaria que não levasse a função de guarda-costas tão a sério.

As docas não estão cheias, mas Gem recebe alguns olhares estranhos dos pescadores locais. Imagino que aqueles homens não estejam acostumados a ver um menino de catorze anos de sentinela, portando duas pistolas e um rifle de assalto do Exército. Gem faz um cumprimento cortês e lhes deseja um bom dia. Os homens se afastam rapidamente.

— Não faço ideia — falo. — Tomara que a gente descubra quando estiver no mar.

Virgil Esparza, que olhava em silêncio para o chão de conchinhas trituradas, diz:

— Ele dava aula no Instituto Land, sabiam?

Meus ombros enrijecem.

— Quem?

Ele indica o dr. Hewett com a cabeça.

Fico tão chocada que não consigo lembrar como se fala *Tá falando sério?* em irlandês.

— Segundo ano! — grita Hewett. — Juntem-se aqui!

Dou aos meus Golfinhos uma última ordem em língua de sinais, batendo na minha têmpora com a ponta de quatro dedos: *Fiquem atentos*.

Ocupamos os nossos lugares. Quinze de nós formam um semicírculo de frente para o dr. Hewett: Golfinhos, Cefalópodes, Orcas. Os Tubarões se posicionam em torno do perímetro, com as armas em punho. Gemini Twain vai para o lado do dr. Hewett, onde pode ficar de olho em mim e mostrar para todo mundo que é o aluno mais poderoso do segundo ano.

Ester coça as orelhas de Top. Ele se senta perto dela, paciente, os olhos castanhos fixos em Hewett como quem diz: *Viu? Posso ser um bom menino.*

Para a minha surpresa, Nelinha deu um jeito de lavar o rosto e reaplicar a maquiagem. Como fez isso tão rápido? Ela me dá uma piscadela, em um gesto de solidariedade.

Meu coração dói. Amo tanto os meus amigos... Amo essa turma toda, até as pessoas de quem não gosto muito. Odeio quem quer que tenha destruído o nosso mundo.

Hewett encerra a conversa com três seguranças da HP que vieram andando do píer. Imagino que estivessem a bordo do *Varuna*, cuidando do navio até a gente chegar. Todos parecem abalados. Hewett deve ter lhes contado sobre o ataque.

Por um momento, fico aliviada. Pelo menos vamos ter o apoio de mais adultos.

Em seguida, Hewett dá uma ordem para eles. Identifico as palavras *Ganhem tempo para nós*.

Os guardas, com uma expressão sombria, assentem e correm até o ônibus. Bernie está atrás do volante, o motor ligado. Assim que os guardas entram no veículo, ele fecha as portas. Acena de forma pesarosa para mim, o rosto mostrando preocupação e um pedido de desculpas. Então começa a dirigir, amassando conchinhas sob os pneus.

Por que Hewett dispensaria três bons guardas? Por que mandaria Bernie para longe, junto com o nosso ônibus?

Não há mais nenhuma escola para a qual retornar. *Ganhem tempo para nós* parece perturbadoramente um comando que se daria a um esquadrão suicida.

Essa situação toda está errada. Não quero que Hewett seja o nosso único supervisor adulto. Lembro-me do que Virgil disse: *Ele dava aula no Instituto Land.*

Isso sem mencionar sua condição física, que está longe de ser boa. Seu rosto é quase tão desprovido de cor quanto o seu cabelo seboso e desgrenhado. Tento adivinhar quantos anos ele tem. Sessenta? Setenta? Difícil saber.

Eu me pergunto em que momento o professor deu aula no Instituto Land e como veio parar aqui. Não sei muito sobre a nossa escola rival. Eles seguem o mesmo currículo básico da HP — ciências marinhas, guerra naval. Talvez o IL enfatize um pouco mais a parte da guerra, enquanto a HP tende mais para a pesquisa científica, mas com frequência nossos ex-alunos trabalham lado a lado nos maiores institutos navais e marítimos do mundo. Pela maneira como os veteranos falam do IL, parece que todos os estudantes de lá são sociopatas e que os professores são demônios com chifres e rabos pontudos. Sempre pensei que estivessem exagerando. Depois desta manhã, eu entendo.

Hewett olha contrariado para o seu tablet. Então, nos observa como se não conseguisse decidir o que lhe traz mais decepção.

— Segundo ano, vocês têm que entender que essa não é mais uma viagem de fim de semana. É um compromisso de longo prazo. Todos vocês estão em perigo, não apenas Ana Dakkar.

Os outros olham para mim. Que vergonha.

— Sim, sim — diz Hewett, reconhecendo os olhares preocupados. — Vou explicar assim que estivermos fora de alcance.

Fora do alcance de *quê*? Ele não especifica.

Olho para o que está logo atrás. O navio de treinamento da escola, com seus quase quarenta metros, nos aguarda na ponta do píer seis. O *Varuna* é, de longe, a maior embarcação do porto. Adoro o fato de seu nome homenagear o deus hindu do mar. Em geral, quando vejo seu casco branco e brilhante, sinto orgulho e entusiasmo. O brasão da HP está pintado na proa, e os ícones das quatro casas — Tubarão, Golfinho, Cefalópode, Orca — aparecem nos quadrantes de um leme antigo. As palavras ACADEMIA HARDING-PENCROFT se desenrolam abaixo. Hoje, a visão me faz lutar contra uma nova torrente de lágrimas. O navio é tudo o que nos resta da Academia.

Hewett continua:

— Sei que vocês têm perguntas...

— Eu tenho — interrompe Rhys Morrow, uma das Orcas mais ousadas. — Senhor, nossas famílias vão pensar que estamos mortos. Temos que entrar em contato com eles...

— *Não* — dispara Hewett. — Srta. Morrow, sei que é difícil ouvir isso. Mas, por ora, suas famílias estarão mais seguras, *você* estará mais segura, se o mundo pensar que você morreu. Vamos torcer para que o Instituto Land ainda não tenha percebido que esta turma escapou do ataque. Se pudermos desaparecer antes de eles...

Hewett olha para o tablet e franze a testa. Qualquer resquício de sangue no seu rosto parece se esvair. Gem segura seu braço antes que o homem caia.

Gem observa a tela com uma expressão confusa. Ele sussurra uma pergunta que consigo ouvir bem, sem precisar ler os lábios:

— Senhor, o que é *isso*?

Os olhos de Hewett têm mais vida do que o resto de seu corpo. Estão incandescentes de medo.

— Todos a bordo — ordena. — Temos que partir *AGORA*.

CAPÍTULO 7

NÃO É TÃO SIMPLES ASSIM.

Em uma embarcação de quarenta metros, não dá para simplesmente ligar a ignição e pisar no acelerador. É preciso guardar os suprimentos, checar os sistemas e desfazer os nós. Nos últimos dois anos, trabalhamos no *Varuna* uma meia dúzia de vezes. Conhecemos o navio e sabemos quais são as nossas funções. Ainda assim, leva um tempo para estarmos preparados.

Para piorar, esbarramos toda hora em equipamentos que nunca vimos a bordo. No convés, vários caixotes de metal do tamanho de máquinas de lavar estão amarrados e cobertos por lona. Na parte de baixo, os corredores estão lotados de caixas menores que parecem baús militares — cada uma com um leitor biométrico de digitais e a etiqueta AUTORIZAÇÃO DE NÍVEL OURO.

Já vi caixas como essas na escola, mas só de longe. Em geral, são transportadas para dentro e para fora do Edifício Verne sob proteção armada. O que quer que tenha dentro delas é ultrassecreto. Apenas o corpo docente e os veteranos têm permissão para acessá-las.

De repente, estamos cercados pelos contêineres. É como se tivéssemos passado dois anos proibidos de tocar nas obras de arte, para agora encontrar Picassos por todo lado. É preocupante pensar que Hewett transportou tanta propriedade valiosa da escola para o *Varuna*, pouco *antes* de a HP ser riscada do mapa.

Talvez fosse mais fácil adivinhar no que Hewett está pensando se eu soubesse o que há nas caixas. Dev nunca me deu a menor pista. Sempre que eu o perturbava com isso, ele dizia: *Você já vai descobrir.*

Não pense no Dev, me repreendo.

Mas é impossível. A simples tarefa de continuar o meu dia é como atravessar um campo minado submarino. Amanhã vai ser igualmente difícil. E o dia seguinte também. Alguém pode achar que o horror de perder os meus pais me ensinou estratégias para lidar com esse tipo de catástrofe. Mas não. Na verdade, só torna a facada no meu peito ainda mais dolorosa.

Tento guardar esses sentimentos na minha própria caixa de ouro. Tenho um trabalho a fazer. Verifico as baterias do sistema de comunicação, a antena parabólica, a antena VHF e o transdutor sonar 3-D. Gemini me segue de perto, alternando entre dar ordens aos seus Tubarões e se certificar de que não estou sendo atacada por leões-marinhos ninjas.

Logo que saímos do ancoradouro, a voz de Hewett surge no alto-falante:

— Representantes, apresentem-se no passadiço.

Franklin e Tia já estão lá quando eu e Gem chegamos. Tia está pilotando. Franklin olha apreensivo para o dr. Hewett, que está esparramado no assento do capitão, ofegando como se tivesse corrido dez quilômetros.

— Senhor — diz Franklin —, me deixe pelo menos medir sua pressão.

O que aconteceu com o professor?, me pergunto. Isso parece ser mais do que uma reação ao estresse...

— Estou bem. — Com um gesto, Hewett o afasta. Então, o professor se esforça para ficar de pé e caminha com dificuldade até a mesa do passadiço. — Venham cá, vocês quatro.

Tia Romero parece desconfortável com essa ordem, já que é a responsável pela vigia. Ela checa o piloto automático e o ECDIS (ou Sistema de Apresentação de Cartas Eletrônicas e de Informações) mais uma vez antes de se juntar a nós. Gostaria que Tia tivesse ficado no leme. Quero que ela pilote na velocidade máxima para que possamos escapar do que quer que o dr. Hewett tenha visto no painel de controle. É enlouquecedor não saber do que estamos fugindo.

Sobre a superfície laminada da mesa, está uma caixa de nível ouro. Quando sinto Gemini Twain respirando no meu cangote, penso em como essa caixa seria grande o suficiente para contê-lo, assumindo que eu consiga dobrar seu corpo mais de uma vez.

— Em condições normais — diz o dr. Hewett —, a informação que estou prestes a dar para vocês seria revelada aos poucos. As provas deste fim de semana seriam o seu primeiro contato com a verdadeira missão da Harding-Pencroft.

— Verdadeira missão? — Frank coloca uma mecha de cabelo azul atrás da orelha esquerda. Ele nunca me pareceu o tipo rebelde, mas *adoro* desse gesto de revolta contra o nosso código de vestimenta. — A missão da escola não é nos preparar para uma carreira marítima?

— Em parte — responde Hewett. — Ter nossos ex-alunos em posições de poder nos ajuda de diversas maneiras. Nosso propósito, porém, é prepará-los para algo muito maior. — Ele olha feio sobretudo para mim. — Vocês estavam destinados a se tornar os guardiões dos segredos da Harding-Pencroft, agentes do seu grande objetivo. É uma responsabilidade enorme. Nem todo estudante tem sucesso.

Essa conversa sobre segredos e objetivos me dá um arrepio. Não sei o que significa, mas, quando ele fala que nem todo estudante *tem sucesso*, tenho a sensação de que quer dizer *sobrevive*. Eu me pergunto o que Dev achava desse "grande objetivo".

Olho para os outros representantes. Parecem tão confusos quanto eu.

Hewett então dá o mesmo suspiro de quando distribui as notas dos nossos trabalhos.

— E agora vocês precisam de um curso intensivo. Dakkar, abra a caixa.

Os músculos da minha lombar ficam tensos. Nos últimos dois anos, me avisaram: se você tentar abrir uma caixa de nível ouro antes do quarto ano, será expulsa, isso se a tentativa não te matar. Acho que Hewett não mandaria Gem proteger a minha vida a qualquer custo se quisesse simplesmente me matar com uma armadilha. Mesmo assim...

Pressiono a mão no leitor biométrico. A tampa abre como se estivesse me esperando.

Lá dentro, aninhadas em espuma preta, estão quatro das armas mais estranhas que eu já vi.

— Caramba! — diz Gem. Esse é o máximo de empolgação que já o vi expressar. Seus olhos brilham como se fosse uma criança na frente de uma árvore de Natal. Ele olha para o dr. Hewett. — Posso...?

Hewett assente.

Com cuidado, Gem pega uma das armas. Ela é grande demais para ser uma pistola, pequena demais para ser uma espingarda. Seria tipo um lança--granadas em miniatura? Um sinalizador maior que o comum? O que quer que seja, foi feito à mão com muito esmero. Seu cabo de couro foi trabalhado para ter o formato de uma onda. O cano dourado parece galvanizado com alguma liga de cobre. Fios correm por seu exterior como vinhas trançadas. O pente carregado é muito pequeno e grosso para qualquer tipo de munição que eu conheça. Ele é banhado pela mesma liga dourada, e alguém se deu ao trabalho de gravar o brasão da HP.

Duvido que essas armas funcionem. São muito ornamentais, como as pistolas de duelo ou as espadas de um oficial do século XIX — obras de arte que não foram feitas para serem usadas. Eu nunca pensei isso sobre qualquer arma de fogo, mas estas são estranhamente belas.

— É uma arma de Leiden — diz Gem, maravilhado.

O nome não significa nada para mim. Olho para Franklin, nosso representante da Orca. A Casa Orca sabe tudo sobre fatos históricos obscuros e curiosidades esquisitas. Seus membros destruiriam qualquer pessoa no *Jeopardy*. Eles são muito bons em outras coisas também, mas gostamos de chamá-los de Casa Wikipédia.

Franklin assente.

— Júlio Verne.

Hewett comprime os lábios, como se o nome do autor fosse um fato desagradável, mas necessário.

— Sim. Bem. Por mais chocante que seja, algumas das coisas que ele relatou estão corretas.

Eu me lembro agora. No verão antes do nosso ano de calouros, tivemos que ler *Vinte mil léguas submarinas* e *A ilha misteriosa*, de Júlio Verne, as primeiras obras de ficção científica sobre tecnologia marinha. Eu achava que o objetivo dessa tarefa fosse *Vamos expandir as nossas mentes com algumas leituras "divertidas" (entre aspas) sobre o mar!* Para ser sincera, achei os livros lentos e irritantes. O enredo não avançava. A linguagem era muito datada. Os personagens eram um bando de cavalheiros arrogantes da era vitoriana dos quais eu não gostava.

Dois dos personagens principais de *A ilha misteriosa* são Harding e Pencroft, homens com o mesmo sobrenome dos fundadores da escola. Na época, pensei *Tá, isso é meio estranho.* Em dado momento do livro, quando o capitão Nemo, comandante sci-fi do submarino, diz que seu nome verdadeiro é príncipe Dakkar, admito que senti um arrepio na espinha. Mas os livros eram apenas ficção. Como um dos prédios mais importantes da HP era o Edifício Verne, supus que os fundadores da instituição fossem fanáticos pelo autor. Talvez tenham recrutado a minha família gerações atrás só para fazer uma piada interna, porque gostavam do nosso sobrenome.

Fora isso, aprendi duas coisas importantes com Júlio Verne. Primeiro, o título *Vinte mil léguas submarinas* não é o que eu imaginava. O velho capitão Nemo não mergulhou a uma *profundidade* de vinte mil léguas. Isso equivaleria a mais de cem mil quilômetros, o que teria afundado o seu submarino na Terra e o teria levado a percorrer um quarto da distância para a lua. Na verdade, o título significa que ele viajou a *distância* de cem mil quilômetros debaixo d'água, o que ainda era bem louco para os padrões do século XIX. Ele circum-navegou o globo sete vezes e meia naquela lata-velha enferrujada, o *Náutilus*.

A outra coisa que tirei do livro: Verne tinha pensado em ideias legais que nunca funcionariam. Uma delas era a arma de Leiden. Acho que o nome veio de uma pesquisa sobre eletricidade que uns cientistas holandeses fizeram na cidade de Leiden no século XVIII. Também tenho certeza de que errei essa questão na prova do dr. Hewett.

— Não pode ser real. — Tia Romero pega outra arma e remove o pente.

— Cuidado, representante — adverte-a Hewett.

Estou perdendo a paciência.

Nossa escola foi destruída por sei-lá-o-quê. Meu irmão pode estar morto. Estamos fugindo do Instituto Land, indo para sei-lá-onde. Agora, parece que o nosso grande segredo de nível ouro é que o dr. Hewett gosta de fazer cosplay.

Ele trouxe armas ornamentais de brinquedo do Júlio Verne, para que a gente corra pelo barco o fim de semana todo, finja atirar uns nos outros e grite *pow-pow!* Estou começando a duvidar de sua sanidade. E estou começando a duvidar da *minha* sanidade por seguir suas ordens.

— Senhor. — Eu me esforço para não deixar transparecer a minha raiva. — Será que pode nos dizer o que está acontecendo e aí brincamos com essas coisas depois?

Aguardo os gritos. Estou preparada para isso. Já não dou a mínima. Mas, em vez disso, ele me observa com uma expressão triste e pesada — o tipo que eu sempre recebia dos professores da HP quando mencionavam os meus pais.

— Representante Twain, posso? — solicita Hewett, estendendo a mão.

Relutante, Gem lhe entrega a arma de Leiden.

O dr. Hewett a examina, talvez verificando os ajustes. Dá a Gem um sorriso cansado.

— Espero que me perdoe, representante. Vai ser mais rápido do que explicar.

— Senhor? — pergunta Gem.

Hewett atira nele. O único som é um chiado de alta pressão. Por um milissegundo, Gem é envolvido pelos ramos brancos e tremeluzentes da eletricidade.

Então, seus olhos ficam vesgos e ele desaba no chão.

CAPÍTULO 8

— VOCÊ O MATOU!

Franklin corre até Gem.

Hewett gira um botão na coronha da arma e diz casualmente:

— Matei?

Tia olha para mim alarmada, perguntando em silêncio o que devemos fazer.

Estou paralisada entre o desejo de ajudar Gem e a necessidade de atacar o nosso professor.

Franklin pressiona dois dedos no pescoço de Gem.

— N-não. Ele está com bastante pulsação.

Ele olha feio para o dr. Hewett.

— Você não pode sair por aí *eletrocutando* as pessoas!

— Não haverá dano permanente — garante Hewett.

— Esse não é o ponto — falo, sob o risco de levar um tiro.

Ao ouvir que Gem não vai morrer, Tia volta a examinar a arma de Leiden que está em sua mão. Como uma boa Cefalópode, ela a coloca sobre a mesa e começa a desmontá-la. Em torno do seu rosto, a massa de cabelo encaracolado cor de bronze balança e quica, como as bobinas de uma máquina elaborada. Ela retira um projétil do topo do pente e o ergue para inspecioná-lo. É um losango branco e brilhante mais ou menos do tamanho de um… bem, para falar a verdade, a primeira coisa que me vem à cabeça é um absorvente interno.

— Algum tipo de vidro? — pergunta Tia.

— Não exatamente — responde Hewett. — Cada projétil está em uma garrafa de Leiden. Ela retém uma carga elétrica que é liberada com o impacto. Mas o invólucro é feito de um tipo especial de carbonato de cálcio secretado.

— Como uma concha de abalone — falo.

Hewett parece satisfeito.

— Exatamente, representante Dakkar.

Tento não ficar orgulhoso por ter acertado a resposta. Não estamos mais na sala de aula. Além disso, ele acabou de atirar no meu guarda-costas.

— Se o invólucro é expelido — continuo —, ele é secretado *do quê*?

Hewett apenas sorri. De repente, não quero mais saber.

— No momento do tiro, todos os traços do projétil são destruídos — explica ele. — O efeito do choque pode durar de alguns minutos a uma hora, dependendo da constituição física do alvo.

Como se fosse a sua deixa, Gem acorda bufando. Ele se levanta, balançando a cabeça.

— O que aconteceu?

— Hewett atirou em você — responde Franklin.

Gem olha para Hewett com admiração, como se não achasse que o velho fosse capaz de uma atitude tão ousada.

— Você está bem — diz Hewett. — De pé, representante. Eu estava prestes a explicar. Caso aconteça outro ataque do Instituto Land, vocês devem usar essas armas. Vão ver que são mais confiáveis do que as armas convencionais.

A admiração de Gem se transforma em descrença.

— Mais confiáveis do que as minhas Sig Sauers?

— Não estou duvidando das suas habilidades, sr. Twain — responde Hewett. — Sei que você tem as melhores pontuações de tiro ao alvo da história da escola. Mas nossos inimigos terão armaduras muito eficazes contra armas de fogo comuns.

— O Kevlar não é perfeito...

— Não estou falando de Kevlar. — O olhar de Hewett fica mais sério. — Além do mais, vamos atirar para incapacitar, não para matar. Não somos o Instituto Land. Somos melhores do que isso.

Seu tom é tão amargo que me pergunto se estava errada por suspeitar dele. Hewett parece genuinamente enojado pelo seu antigo empregador. Só queria entender por que ele os deixou e decidiu nos agraciar com a sua presença.

— O alcance das armas de Leiden é limitado — continua Hewett. — No entanto, qualquer contato com o corpo do alvo vai liberar a carga. Vocês vão ver que as armas são precisas até uma distância de trinta metros.

— Um terço do alcance das minhas armas normais — murmura Gem.

— Vamos torcer para que não seja necessário testar as suas habilidades com qualquer uma das armas — diz Hewett secamente. — Mas precisamos estar preparados. Há mais três caixas como essa no arsenal. Programei as fechaduras para as digitais de todos os representantes. Sr. Twain, arme os seus Tubarões primeiro. Depois, o restante da tripulação.

Tia balança a cabeça, confusa.

— Senhor... como essas coisas *funcionam*? Isso não deveria ser possível.

Hewett franze o rosto, em sua famosa expressão de *Deus, dai-me paciência*.

— Representante Romero, o impossível é simplesmente algo possível para o qual ainda não temos o conhecimento científico.

— Mas...

— Entendo que é muito para absorver — diz ele. — Em geral, durante as provas do segundo ano, eu apresento a arma de Leiden e paro por aí. Costumo deixar as tecnologias alternativas mais inusitadas para sábado e domingo.

— Tecnologias alternativas? — pergunta Franklin.

— *Mais* inusitadas? — Gem parece animado, como se estivesse se voluntariando para outra prática de tiro ao alvo.

— Infelizmente, não temos tempo de sobra — diz Hewett, ignorando as duas perguntas. — Para sobreviver, precisaremos de tudo que temos. Srta. Romero, vê o estojo naquela parede? Espero que se lembre da minha aula sobre camuflagem optoeletrônica.

Tia arqueia a sobrancelha.

— Como a pele de um polvo.

— Exato. O estojo contém módulos de projeção. Eles devem ser instalados no exterior do casco do navio, logo acima da linha da água, a intervalos de um metro. Entendeu?

— Eu... hã, sim?

— Ótimo. — Hewett olha pela janela. Parece frustrado ao ver como ainda estamos perto da costa. — Sr. Couch, há outro estojo no banco logo atrás de você. Dentro dele, há uma unidade de dispersão de pulso. Por favor, instale-a na proa. Isso deve obstruir qualquer sinal de radar ou sonar.

— Hã... — O rosto de Franklin está quase tão azul quanto a sua mecha de cabelo, como se ele tivesse esquecido de respirar pelos últimos minutos. — Sim, senhor.

— Agora, srta. Dakkar...

— Tecnologia alternativa — disparo.

Sinto que estou saindo de um transe, ou talvez entrando em um. A essa altura, não sei se consigo reconhecer a diferença. Nem mesmo corrijo Hewett quanto ao *srta. Dakkar*, que me soa extremamente condescendente.

— Sua aula — falo. — Ciência marinha teórica. Todas as tecnologias bizarras e perigosas que você apresentou. Elas não são nada teóricas, não é?

Ele faz aquela expressão triste de novo.

— Ah, minha querida. Eu sinto muito.

Esse pedido de desculpa me assusta mais do que qualquer outra coisa que ele poderia ter dito. E *minha querida*? Ele só me chama de representante Dakkar (meu título correto), srta. Dakkar (que eu odeio) ou às vezes *Ei, você aí*, se estive particularmente entusiasmado.

Parece perigoso continuar fazendo perguntas. A sensação é de que estou no penhasco mais alto que já vi. Mas mergulho mesmo assim.

— Você disse que Júlio Verne *relatou* algumas coisas corretamente. Não falou que ele *previu* ou *imaginou*. Está nos dizendo que os acontecimentos dos livros são reais?

Hewett abaixa a arma de Leiden. A ponta do seu dedo passa pela elaborada fiação que há no cano.

— É a pergunta de sempre: de onde os autores tiram as suas ideias? No caso de Verne, a resposta estava em entrevistas pessoais. Ele ouvia rumores. Procurava testemunhas oculares. Essas testemunhas mentiram para ele sobre certos detalhes para se protegerem. Verne mudou outros fatos para fazer com que suas histórias parecessem, bem, *histórias*. Mas, sim, minha querida, a maior parte das narrativas é verdadeira.

Um silêncio frágil recai sobre o passadiço. Os únicos sons vêm do motor e da batida das ondas na proa. Os outros representantes parecem tontos. Quando Hewett volta a falar, eles se aproximam como se tentassem ouvir uma voz em um fonógrafo de cem anos.

— Desde a fundação da escola — diz ele —, conseguimos reproduzir algumas das tecnologias alternativas de Nemo. Ainda há muita coisa que não entendemos. A missão da Harding-Pencroft é proteger o seu legado, mantendo essa tecnologia longe da sociedade humana, e frustrar as investidas do Instituto Land, que usaria esse conhecimento para dominar o mundo. Temo que, a partir de hoje, o equilíbrio de poder que existia há cento e cinquenta anos entre as nossas escolas foi rompido. O Instituto Land está perto da vitória final.

Estudo a expressão aflita do dr. Hewett. Meus nervos parecem um cardume de arenques que nadam freneticamente em direções opostas. Por fim, não consigo mais conter o caos. Começo a rir.

Devem achar que eu fiquei maluca. Mas não consigo parar. Minha vida virou de cabeça para baixo *outra vez*. Perdi meu irmão, minha escola, meu futuro. Estou funcionando há horas na base da adrenalina. E estamos conversando sobre o capitão Nemo!

Abraço meu corpo. Perco o fôlego e afasto as lágrimas. Tenho quase certeza de que, quando eu parar de rir, vou chorar até morrer. Franklin dá um passo na minha direção. Ele deve ter percebido que estou à beira de um colapso. Até Gem e Tia parecem preocupados.

Os olhos de Hewett continuam tão escuros quanto tinta de lula.

— Sinto muito, srta. Dakkar.

— *Representante* — corrijo-o, embora seja difícil parecer séria quando estou arfando histericamente.

Hewett franze o cenho.

— Gostaria que tivéssemos mais tempo. Passamos quase um ano orientando seu irmão aos poucos. Ele estava sendo treinado para liderar, para continuar de onde seus pais pararam. Ele demonstrou muito potencial, mas a pressão quase o destruiu. Agora, infelizmente, tenho que pedir ainda *mais* de você. Gostaria...

Ele é interrompido por um *ding* no seu tablet. Eu ainda não tinha ouvido o aparelho fazer barulho, e, apesar de ser um som alegre, posso ver pela expressão de Hewett que a notícia não é boa.

— Eles nos encontraram — anuncia o professor.

As mãos de Gem repousam sobre suas pistolas.

— É o que vi na sua tela mais cedo? O que era *aquilo*?

— Não há tempo — diz Hewett. — Alerte a tripulação. Estamos sendo atacados!

CAPÍTULO 9

ELES IRROMPEM DO MAR.

Só tenho tempo de gritar "Estão chegando!" antes de mergulhadores surgirem na superfície a estibordo, se movendo a pelo menos vinte quilômetros por hora em pequenos veículos de propulsão subaquática, mais rápidos do que qualquer um que eu já tenha visto. Noto oito inimigos, alguns carregando estranhas armas prateadas semelhantes a arpões pneumáticos, outros com... espera, são *lança-granadas* ali?

Duas latas de metal do tamanho de um punho quicam e rolam nos corredores ao lado do passadiço, chiando e soltando gás por todo o convés.

— Granadas de atordoamento! — grita Gem.

Fecho os olhos e tapo os ouvidos, mas as explosões ainda deixam a minha cabeça tilintando. Por um momento, só consigo cambalear aturdida entre as nuvens de fumaça azul. Quando eu e meus colegas nos recuperamos da confusão, nossos inimigos já prenderam ganchos no corrimão a estibordo, descartaram os veículos e os tanques de oxigênio, e começaram a subir a bordo como se tivessem praticado esse ataque por meses.

Eloise e Cooper são os primeiros a revidar. Eles atiram nos agressores com suas M4A1s, mas é como se estivessem usando balas de cera. Os projéteis viram fumaça quando atingem as roupas de mergulho dos nossos oponentes, fazendo-os recuar, mas sem causar danos visíveis.

Dois rivais atiram com as armas prateadas. Pequenos arpões empalam o ombro de Eloise e a perna de Cooper. Arcos brancos de eletricidade surgem dos projéteis, e os dois Tubarões desabam.

Grito de raiva. Meus amigos que estão a estibordo, a maioria ainda desarmada, atacam os invasores. É uma manobra desesperada, mas uma investida coletiva contra rivais armados é melhor do que sermos alvejados um por um, e parece que temos vantagem numérica. Quero me juntar a eles — despedaçar esses agressores com minhas próprias mãos por terem destruído a minha escola, por terem tirado a vida de Dev —, mas Gem me segura.

— Atire se tiver chance. — Ele me entrega uma arma de Leiden. — Mas *fique atrás de mim*, por favor. — Fico irritada com suas ordens degradantes, mas obedeço. Ele berra para os colegas de casa que restaram: — Dru, Kiya!

Gem lança para cada um deles uma arma da sua caixa de nível ouro, como se fosse um Papai Noel militar.

— Apontem e atirem!

Instruções perfeitas para um Tubarão.

Outros dois invasores estão subindo pelo corrimão. Gem os faz pagar pelo atraso e atira no peito de ambos. Eles tombam para trás, brilhando como pisca-piscas defeituosos até atingirem a água. Talvez as roupas de mergulho os façam boiar. Talvez eles recuperem a consciência antes de se afogarem. No momento, essa não é minha maior preocupação.

Dru Cardenas atira em outro intruso. Infelizmente, a eletricidade também atinge Nelinha, que estava esmurrando a mesma pessoa com uma chave de soquete. Ambos caem.

Restam cinco inimigos, lutando com mais ou menos dez membros da nossa tripulação que estavam no convés na hora certa. Por que eles nos atacariam com tão poucas pessoas? E onde está o dr. Hewett? Ele ainda não saiu do passadiço. Quando eu começava a acreditar que ele talvez não fosse um traidor, meu pêndulo de confiança volta para *dúvida extrema*.

Não consigo tirar muitas conclusões sobre os nossos oponentes. Máscaras e capuzes de mergulho ocultam seus rostos. Ainda assim, é possível ver claramente a insígnia do Instituto Land no peito de cada traje: um antigo arpão prateado, sua corda formando um círculo em torno das letras IL.

Nossos agressores devem ser veteranos — parecem mais altos e mais velhos do que nós, mas não adultos. Com certeza o Instituto Land tem professores treinados em combate, seguranças armados, ex-alunos crescidos. Se pegar a gente é tão importante para eles, por que mandaram alunos? E, por pior que pareçam essas armas de arpão, pelo visto não foram feitas para matar. Após destruir toda a nossa escola, por que hesitariam em usar força letal?

Eu me pergunto se isso pode ser uma pegadinha... algum exercício de treinamento. Não. A destruição da HP foi bem real.

Mas essa história toda é muito estranha...

Minhas mãos estão suando na arma de Leiden. Não consigo um bom ângulo. Depois do que aconteceu com Nelinha, não vou atirar a esmo na multidão com uma arma que não entendo muito bem.

Um invasor atira à queima-roupa em Meadow Newman, usando uma pistola de miniarpão de Leiden. Ela desaba, faíscas elétricas surgindo ao seu redor. Ester se vinga e dá uma trombada no cara — ela é ótima em futebol americano —, jogando-o no chão. Top se junta a eles, mordendo o pescoço do invasor, o que sem dúvida é uma forma de apoio emocional. Não fosse o estranho tecido à prova de balas, o inimigo se tornaria almoço de Top. No entanto, ele consegue se arrastar de costas, gritando e tentando tirar o demônio fofinho de nove quilos que está grudado à sua traqueia.

Isso está fácil demais, murmuro para mim mesma, embora duvide que meus colegas inconscientes fossem concordar. Nesse momento, seis estão fora de combate, alguns sangrando devido aos ferimentos causados pelos arpões.

Mesmo assim, sinto que alguma coisa não está batendo...

Talvez o Instituto Land não estivesse esperando oposição. Depois de destruírem a escola, talvez pensassem que encontrariam um bando de estudantes apavorados, implorando por suas vidas. Os quatro inimigos que sobraram estão resistindo com chutes e socos, usando seu tamanho e sua força superiores, mas é apenas uma questão de tempo até conseguirmos derrotá-los. Gem, Dru e Kiya mantêm as armas em punho, embora suas posturas indiquem que até eles já começaram a relaxar. Acham que estamos quase ganhando.

O IL planejou esse ataque cuidadosamente. Seus movimentos foram sincronizados. Eles fizeram a entrada mais chamativa possível a estibordo. Por que estragariam tudo agora? A não ser...

— Gem! — grito.

Ele não parece me ouvir. Entre os tiros, os motores e o tilintar residual das granadas de atordoamento, não fico surpresa. O barulho é suficiente para cobrir quase qualquer coisa. Todos os três Tubarões olham para a frente, me mantendo atrás deles e encarando a ameaça óbvia.

Pense como um Golfinho, digo a mim mesma. *Espionagem, não ataque frontal.*

Sinto como se mil caranguejos descessem pelas minhas costas. *É uma distração.*

— GEM! — grito outra vez.

Começo a me virar para checar o bombordo do navio, mas a minha reação foi lenta demais. Talvez eu ainda esteja em choque por causa do luto, talvez tenha ficado aturdida com as granadas. Só girei noventa graus quando alguém atrás de mim me dá uma chave de braço. Sinto uma dor aguda, como o ferrão de uma vespa na lateral do meu pescoço.

O terror frio percorre as minhas veias, junto com o que quer que eles tenham injetado em mim. A arma de Leiden escorrega dos meus dedos dormentes.

Fui treinada em muitas formas de escapar de um enforcamento, mas meus joelhos viram geleia. Meus braços pendem inúteis ao meu lado. Não consigo sentir nada além de pânico aumentando no meu peito. A bombordo do *Varuna*, vejo agora a lancha que trouxe meu raptor. Outro soldado do IL comanda o motor de popa.

Os Tubarões estão gritando. Pelo menos consegui chamar sua atenção. Dru e Gem cercam o inimigo, as armas em riste. Kiya chega primeiro ao corrimão a bombordo, percebe a lancha e imediatamente atira no homem que está na popa. Acaba atingindo apenas o motor. O homem atira de volta, e Kiya desaba em uma brilhante gaiola de Faraday.

— PAREM DE ATIRAR! — grita o sujeito que me pegou. — Ou Ana Dakkar morre!

Ele se vira e fica de costas para o corrimão, me deixando entre ele e os Tubarões. O raptor sabe o meu nome. É claro... eu era o alvo esse tempo todo. Não entendo o motivo, mas o ataque inteiro foi só para me capturar.

Gem e Dru mantêm as armas de Leiden apontadas para nós. A estibordo do convés, o último soldado do IL cai quando Tia Romero o acerta na virilha com um extintor de incêndio.

Troco olhares com Gemini Twain. Tento dizer *Atire em nós dois*, mas minha voz não sai.

— Eu não faria isso — diz meu raptor para Gem. — Talvez você não tenha visto a agulha no pescoço da sua amiga. Horrível o que se pode fazer com o veneno de uma cobra marinha. Ela vai sobreviver, a menos que vocês, alunos do segundo ano, façam alguma coisa idiota com essas armas de Leiden. Se derem um choque em mim, vão dar um choque nela. No momento, isso não seria *nada bom* para o sistema nervoso da sua amiga.

Lentamente, Gem abaixa a arma de Leiden. Então, com a mesma velocidade, ele saca as Sig Sauers.

— E se eu der um tiro na sua boca? — sugere ele, calmo e educado, como se estivesse oferecendo uma toalha úmida para o nosso convidado limpar as mãos. — Não me diga que a sua cara também é à prova de balas.

Gem tem uma excelente mira, mas isso não diminui o meu pânico. O rosto do meu raptor está colado ao meu.

— Você pode ter uma mira perfeita, Twain, isso não importa — rosna o rapaz. Ele também conhece Gem. Fez seu dever de casa. — A agulha *vai* entrar no pescoço dela. Uma segunda dose desse veneno? Com certeza seria fatal. Vou sair agora, com a Dakkar. E você não vai fazer nada para impedir.

— Você vai deixar os seus amigos para trás? — Gem aponta o cano de uma das armas para a pilha de soldados inconscientes que agora decoram o nosso convés. — Que tal fazermos uma troca?

Meu captor bufa.

— Pode ficar com eles. Já cumpriram sua função. Mas esta aqui? — Ele aperta ainda mais o meu pescoço. — Nenhum de nós pode deixar que *ela* seja morta, não é?

Meu captor e eu caímos para trás — em queda livre pela lateral do *Varuna*. Vejo o céu azul de relance. Sinto o *tunc* do impacto quando mergulhamos na água. Então, o mar gelado se fecha sobre o meu rosto como as dobras de uma mortalha.

CAPÍTULO 10

QUANDO EMERGIMOS, ME ENGASGO e cuspo água. Vejo de forma embaçada os meus colegas de turma reunidos, os rostos preocupados a bombordo do *Varuna*. O dr. Hewett também está lá, parecendo enjoado. Gemini Twain agora porta a M4A1, a mira do rifle fixa no meu raptor.

Desligaram os motores do *Varuna*. O mundo está em silêncio, exceto pelo bater das ondas contra o casco e pela respiração entrecortada do raptor no meu ouvido. Deve ser difícil ficar me puxando, me usar como escudo humano enquanto ele nada de volta para a lancha. Tomara que se afogue.

Acima de nós, Gem diz, sombrio:

— Tenho uma boa visão, senhor.

Ele provavelmente não queria que a gente ouvisse esse comentário, mas o mar carrega as vozes para longe. A ideia de ele atirar revira o meu estômago. Com as ondas do oceano, e com os movimentos do navio e do meu raptor, seria um tiro difícil até mesmo para Gem. Além disso, imagino que o invasor ainda tenha a pequena agulha hipodérmica à mão em algum lugar. Espero que dê uma injeção em si mesmo.

— Abaixe a arma, sr. Twain — ordena Hewett.

Sério?, penso. *É só o que vai fazer, Hewett?*

— É isso aí — zomba nosso inimigo. — Abaixe a arma, sr. Twain.

Hewett aperta os olhos.

— Caleb South, reconheço a sua voz. Não faça isso.

Caleb solta um palavrão. Aparentemente, ele gosta de Hewett tanto quanto eu.

Chegamos à lancha. Outro par de mãos grosseiras me agarra. O homem que estava no motor me puxa para dentro.

— Dave — diz o meu raptor, ainda na água. — Mantenha a agulha na direção dela enquanto eu subo.

Ótimo. Fui sequestrada por dois malfeitores chamados Caleb e Dave. Fico imaginando que menções eles ganharam no anuário do Instituto Land. Talvez tenham sido as pessoas com mais chances de abrir um restaurante de família, ou quem sabe uma horta comunitária.

Meus membros ainda não estão funcionando, mas posso sentir um formigamento nos pés. O efeito da toxina está passando. Tento falar. Tudo que sai é um gorgolejo.

Caleb South sobe no barco. Ele me puxa para cima de si mesmo, então estou mais uma vez bloqueando a linha de tiro de Gem. Dave corre para a popa e começa a mexer no motor.

— Rápido, Dave — comanda Caleb.

— Estou tentando — murmura Dave. — Aquela menina idiota atirou no motor.

Isso me deixa feliz. Tomara que o motor exploda na cara do Dave.

O dr. Hewett fala com eles do convés.

— Caleb, me escute. Isso é loucura.

— É, eu me lembro das suas aulas. — O tom de voz de Caleb é tão tóxico quanto a sua seringa envenenada. — Nossos planos são loucura, blá-blá-blá. Mas o *Aronnax* está funcionando agora, e a Harding-Pencroft não existe mais, então talvez você seja o louco por ter deixado o IL, hein?

Não sei o que é o *Aronnax*. Só o nome já me dá arrepios. Parece afiado e pesado como um cutelo. Por outro lado, o fato de eu sentir arrepios é uma boa notícia. Tento mover a cabeça. Ela cai para o lado. Estou quase pronta para o combate.

— Seu novo brinquedo não é nada — diz Hewett para Caleb. — A Dakkar é tudo.

— *Brinquedo?!* — grita Caleb.

— Depois do que vocês fizeram com a Academia, com o irmão da Ana? — fala Hewett. — Ela é insubstituível.

Não gosto da maneira como Hewett fala de mim. Parece que sou uma mercadoria valiosa, e não uma pessoa. Fico pensando se ele vai começar a barganhar, talvez sugerir que eu seja partida ao meio para que eles possam dividir os lucros.

Sinto os dedos de Caleb tremendo na minha garganta. Ele está ficando nervoso, e mantém a agulha em cima da minha artéria carótida. Não gosto dessa combinação.

Na popa da lancha, Dave deixa escapar um triunfante "Rá!".

O motor faz uma série de ruídos e ganha vida.

— Adeus, dr. Hewett — diz Caleb conforme a lancha se afasta. — Você era um péssimo professor mesmo.

Bem, Hewett pode não ser cúmplice dos estudantes do IL, mas também não é uma grande ajuda para mim. Só consigo pensar em uma saída. Gorgolejo alto o suficiente para chamar a atenção de Caleb.

Ele aperta ainda mais a minha garganta.

— O que foi, Dakkar?

Balbucio como se estivesse tentando dizer algo importante. Sinto que ele se aproxima de mim. É da natureza humana — ele quer saber o que estou dizendo. Calculo o timing e o ângulo. Então, uso a única arma que possuo. Jogo a minha cabeça para trás e ouço o barulho satisfatório de seu nariz se quebrando.

Caleb grita e solta o meu pescoço — só por um segundo, mas é suficiente. Seus dedos úmidos perdem a tração na minha garganta enquanto me afasto do veneno em sua mão e me jogo do barco.

Respiro fundo antes de a minha cabeça atingir a água. Meus membros parecem fios de macarrão encharcados, mas consigo manter o peito aberto para flutuar. Boio na superfície e ouço o assovio de uma arma de Leiden disparando do *Varuna*. Dave urra de dor.

Caleb rosna e mergulha na água atrás de mim. Dois tiros da M4A1 de Gem acertam as costas da sua roupa de mergulho. Caleb me pega pelos cabelos e começa a me puxar para a lancha, que está se afastando da gente.

— Eles me mandaram levar você viva — diz ele. — Mas, se não for possível...

Pelo rabo do olho, vejo Caleb levantando a mão livre. A agulha da injeção se projeta de um anel no seu dedo do meio. Isso me faz lembrar um brinquedo que dá choque no aperto de mão, pegadinha que Dev fazia comigo quando éramos pequenos. Não quero que esse seja o meu último pensamento.

Gem atira outra vez. A bala ricocheteia na testa encoberta de Caleb e cai na água a poucos centímetros da minha orelha.

— Pare de atirar! — grita Hewett.

Tento lutar. Meu corpo não me obedece. Caleb ri de escárnio. O sangue nas suas narinas faz parecer que ele tem presas de morsa.

— Você não vale esse trabalho todo — afirma.

Ele afasta a mão para me dar um tapa com o anel envenenado, mas a ajuda surge de onde eu menos esperava. Bem ao nosso lado, uma massa de pele cinza-azulada e macia explode do mar. Caleb leva um golpe e desmaia sob o peso de um golfinho-nariz-de-garrafa de duzentos e setenta quilos.

As ondas que se formam me empurram para baixo. Meus seios nasais ficam cheios de água salgada. Estou afundando, tentando me debater com meus membros fracos.

Então, o golfinho escorrega para baixo de mim e me empurra gentilmente para cima. Abraço sua nadadeira dorsal, marcada por uma faixa escura proeminente.

Chegamos à superfície. Minha primeira palavra é uma mistura de um engasgo com um gemido.

— Sócrates?

Não faço ideia de como ele me encontrou ou como sabia que eu precisava de ajuda, mas seus estalos e guinchos familiares não me deixam dúvida do que ele está dizendo: *Eu tentei te avisar, humana boba.*

Encosto o meu rosto em sua testa macia e morna, e começo a chorar.

CAPÍTULO 11

NÃO DEIXAMOS CALEB SE AFOGAR.

Se tivéssemos feito uma votação, talvez ele não tivesse recebido apoio suficiente, mas o dr. Hewett insistiu em tirá-lo da água. Kiya e Dru o arrastaram para ser interrogado.

Quanto ao resto dos agressores do IL, tiramos suas armas, prendemos seus braços com algemas de plástico e os colocamos à deriva na lancha. O dr. Hewett garante que alguém os buscará logo — a Guarda Costeira, se eles tiverem sorte, ou seus colegas de turma, se não tiverem.

— O Instituto Land não recompensa o fracasso — diz ele. — É melhor partirmos.

Tia Romero olha para ele com descrença.

— Senhor, fomos atacados. Temos pessoas feridas. Nós mesmos deveríamos chamar a Guarda Costeira.

Hewett lança a ela um olhar de pena.

— As autoridades não podem nos ajudar, representante. Só as colocaríamos em perigo também. Termine as suas modificações e ligue os motores. O *Aronnax* não deve estar muito longe.

Tia não parece feliz, mas sai rapidamente para obedecer à ordem.

A Casa Orca tem muito trabalho médico pela frente. Meadow, Eloise, Cooper e Robbie Barr têm ferimentos causados pelos miniarpões. Franklin acha que vão ficar bem, mas precisarão de pontos.

— Completamente desnecessário — reclama ele, analisando um dos ganchos de quinze centímetros. — Se alguém já vai eletrocutar uma pessoa, por que furá-la com um arpão?

Não tenho resposta. No entanto, não me surpreende o fato de o Instituto Land ter desenvolvido uma arma de Leiden que também causa dor desnecessária.

O restante da tripulação sofreu apenas machucados menores. Franklin insiste que eu vá até a enfermaria para que ele faça alguns testes. Digo que estou bem.

Ele não acredita em mim. Nem Nelinha e Ester, mas a última coisa que quero é ficar confinada em um quartinho debaixo do convés, ligada a um monte de monitores. Preciso de ar livre e do mar. Preciso observar Sócrates nadando ao lado do navio, tagarelando comigo feliz da vida. Depois de tudo que aconteceu hoje, meu sequestro me deixou tremendo de choque, terror, vergonha e raiva. Veneno de cobra marinha não é a única toxina que estou tentando expulsar do meu sistema.

Como o dr. Hewett ordenou, os Cefalópodes correm por todo o navio para terminar as modificações de tecnologias alternativas. A unidade de dispersão de pulso foi instalada para bloquear os radares e sonares. Módulos de projeção foram fixados no casco para camuflagem dinâmica. Do corrimão onde estou, não dá para ver nada de diferente no navio, mas os Cefalópodes parecem animados. Conversam uns com os outros, esbaforidos, sobre especificações e parâmetros como se estivessem discutindo feitiços mágicos.

— Dá para acreditar nisso? — Nelinha sorri enquanto passa por mim. Levar um choque da arma de Dru não a desanimou nem um pouco. Pelo contrário, parece ter recarregado as suas baterias. O sorriso se desfaz, contudo, quando eu não respondo. Ela repousa a mão no meu ombro. — Tem certeza de que está bem, gata?

Então Kay, sua colega de Casa, grita:

— Ah, para! Olha esses tempos de reação de fase óptica!

E Nelinha sai correndo.

Ela é a amiga mais carinhosa que alguém poderia ter, mas precisamos aceitar que, às vezes, seremos substituídos por uma nova geringonça brilhante.

Em questão de minutos, o *Varuna* segue viagem.

Estamos indo na direção oeste. Sócrates nos acompanha sem nenhum problema. Ele e eu conversamos da melhor maneira que conseguimos, mas, como sempre, são apenas perguntas e nenhuma resposta.

Gostaria de saber como me encontrou e se ele entende que Dev não está mais aqui. Um golfinho não pode me dizer essas coisas.

Não, isso não é verdade. Sei o bastante sobre a inteligência e a forma de comunicação dos golfinhos para saber que ele tem plena capacidade de me contar. A linguagem deles é infinitamente mais complexa e detalhada do que os idiomas humanos. Eu só não consigo entendê-lo tão bem.

— Obrigada — digo a ele, usando também a língua de sinais para tornar o que estou falando mais visual. — Gostaria de poder retribuir.

Ele me dá seu sorriso lateral de golfinho. Imagino que esteja dizendo *É, você me deve um montão de lulas.*

Uma voz atrás de mim fala:

— Fui ofuscado por um golfinho.

Gemini Twain está apoiado em um cabrestante. Seus braços estão cruzados, sua expressão, abatida. O cabelo escuro está salpicado com água salgada.

— Minha única função era proteger você — diz ele. — Me desculpe.

Estou tentada a falar rispidamente *Eu não preciso de um protetor*, mas ele parece tão deprimido que não tenho coragem.

— Não se sinta mal por isso, Miles Morales — respondo.

Ele dá uma leve risada.

— Não é tão fácil assim.

Gem mexe no colarinho, como se estivesse usando uma gravata apertada demais.

Não sei muita coisa sobre ele. Depois de sua altercação com Nelinha no nosso ano de calouros, decidi que só falaria com ele o absolutamente necessário. Mas imagino que a Harding-Pencroft também não tenha sido sempre fácil para ele. Até onde sei, Gem é o único aluno da HP que faz parte da Igreja de Jesus Cristo dos Santos dos Últimos Dias. Como um garoto negro e mórmon de Utah, um estado sem litoral nenhum, se interessou por uma carreira marítima? Nunca perguntei. Agora, espero que tenhamos mais chances de conversar — não porque eu goste dele, ou porque sinta que *precise* gostar dele, mas porque ele é um colega de turma. O dia de hoje me lembrou que qualquer pessoa pode ser tirada da minha vida em um instante.

— O que você viu no tablet do dr. Hewett? — pergunto.

Ele franze o cenho.

— Uma forma escura debaixo d'água. Como a ponta de uma flecha, só que gigante.

— O *Aronnax* — especulo. — Uma espécie de submarino?

Gem olha para o horizonte.

— Diferente de qualquer um que eu já tenha visto. Se foi aquilo que atacou a HP e agora está atrás da gente...

Ele não completa o pensamento. Se essa embarcação foi capaz de destruir mais de dois quilômetros quadrados da costa californiana, não será possível enfrentá-la no *Varuna*, mesmo com nossos rifles de assalto, armas de choque e um golfinho lutador. Hewett parece determinado a não procurar nenhuma autoridade, então nossa única opção é fugir e nos esconder. O que me leva a uma pergunta preocupante: nos esconder *onde*?

Ester caminha com Top nos seus calcanhares e uma lula morta na mão. Sem falar nada, me entrega a lula, que está ao mesmo tempo quente, fria e extremamente nojenta.

— Encontrei no congelador — diz ela. — Coloquei no micro-ondas por sessenta e cinco segundos. Não deixei por mais tempo porque não queria que ela ficasse molenga demais. Quer dizer, é uma lula, então já é bem molenga.

Ela fala isso tudo sem parar para respirar e sem me fitar nos olhos. Percebo que só está tentando me fazer sentir melhor. Ester sabe que eu gostaria de dar um petisco para Sócrates e encontrou a coisa certa.

Já ouvi "especialistas" dizendo que pessoas autistas têm problemas com empatia, mas às vezes me pergunto se eles já se sentaram para conversar com pessoas autistas. Logo que nos conhecemos, eu não entendia por que Ester não dizia algo reconfortante quando uma de nós estava chateada. Seu comportamento me parecia um código complexo, como palavras e sinais misturados. No entanto, quando comecei a conviver com ela, percebi que ela simplesmente faz as coisas de forma um pouco diferente. É mais provável que ela *faça* algo legal ou ofereça uma explicação para tentar me animar. Na verdade, Ester é uma das pessoas mais empáticas que já conheci.

Top se senta nos meus pés e balança o rabo. Ele me lança o seu olhar mais expressivo. *Sou um menino muito bonzinho. Quase matei alguém mais cedo.*

— Ele já comeu muitos petiscos — garante Ester. — A lula é para o Sócrates.

— Contanto que não seja para mim — comenta Gem.

— Isso foi uma piada — deduz Ester, a expressão completamente séria. — Entendi.

— Que maravilha — falo para ela. — Obrigada.

Jogo a lula para Sócrates, que a pega com vontade. Eu queria poder mergulhar e alimentá-lo de perto, mas estamos nos movendo em alta velocidade, e ele também. Sei que Sócrates consegue acompanhar o ritmo do nosso navio, mas não tenho certeza de que vai nos seguir. Golfinhos têm suas prioridades.

— Ele pode descansar a bordo, se ficar cansado — sugere Ester.

Levo um segundo para assimilar a frase.

— Como assim *a bordo*?

— Já viu a cabine do capitão? — pergunta ela. — A Harding-Pencroft sempre teve amigos golfinhos. É que nem o Top. — Ester coça a orelha dele. — Sempre há um Top na Harding-Pencroft. Quer dizer, havia, até a Harding--Pencroft ser destruída.

Fico confusa ao ouvir que a HP sempre teve um Top e golfinhos, e não sei bem o que isso significa. Mas, quando menciona a destruição da escola, Ester fica agitada de novo. Começa a bater com a ponta dos dedos nas coxas. O volume de sua voz aumenta bastante.

— ENFIM, EU VIM BUSCAR VOCÊS — diz Ester.

— Eu... Ok. O que aconteceu?

Não sei se quero saber. O dia já está bem longo.

— O dr. Hewett quer falar com vocês dois no convés dianteiro — informa. — Ele não está bem. Não sou especialista, mas diria que ele tem diabetes e provavelmente alguma condição agravante.

Gem e eu trocamos olhares inquietos. O fato de Hewett estar doente não me surpreende. Ele parece muito mal desde... bem, desde sempre. Ester não tem muito jeito para conversar com os pacientes, mas confio no seu instinto. Uma vez, ela anunciou em alto e bom som, no meio do almoço, que as minhas cólicas menstruais melhorariam se eu aumentasse o consumo de vitamina B1. Ela estava certa.

— Tá bom — concordo. — É por isso que ele quer ver a gente? Porque está doente?

— Não — responde Ester. — Só pensei nisso agora, então eu disse. Ele quer ver vocês porque o prisioneiro está começando a falar. — Ela olha para as próprias mãos. — E tem gosma de lula em mim. Vou lavar as mãos, porque parece a coisa certa a fazer.

CAPÍTULO 12

CALEB SOUTH ESTÁ PRESO a uma cadeira de metal. Seus pulsos estão amarrados para trás com algemas de plástico, os tornozelos atados aos pés da cadeira.

Quando o vejo, minha raiva tenta tomar a forma de uma armadura, mas me sinto tão exausta que ela está mais para uma camiseta gasta de dormir. Fica caindo, desfazendo-se em uma massa amorfa de luto e choque.

Caleb ainda está com a roupa de mergulho. A máscara e o capuz foram retirados, revelando olhos castanhos e cabelo louro curto com manchas de cloro. Há um belo inchaço no nariz quebrado e sangue seco em seu lábio superior.

Ele está virado na direção leste, então, sempre que encara o dr. Hewett, precisa estreitar os olhos para se proteger do sol. Dru e Kiya, brandindo suas novas armas de Leiden, flanqueiam o prisioneiro. Kiya ainda parece brava por ter sido eletrocutada. Atrás do dr. Hewett está Linzi Huang, uma das Orcas.

Fico aliviada ao vê-la. Isso significa que o dr. Hewett ainda está seguindo os procedimentos padrão. Uma Orca deve estar presente em todas as negociações importantes. Além de serem a classe médica da escola, também são nossos registradores e testemunhas, a consciência da nossa escola. Tê-las por perto tende a manter todo mundo na linha. Não acho que meus colegas fariam algo como bater em um prisioneiro para conseguir informações, mas, depois do que passamos, os nervos estão à flor da pele. O sangue está quente.

Considerando que Caleb está com o nariz quebrado e foi recentemente derrubado por um golfinho, até que ele parece bem. A única tortura por que passou foi a humilhação clássica da Harding-Pencroft. Ele está usando boias de braço infláveis amarelas com patinhos cor-de-rosa. Outra boia com as mesmas cores circunda sua cintura. É assim que o pessoal mais velho trata os calouros que falham em suas tarefas. São forçados a usar patinhos cor-de-rosa durante um dia inteiro. Muitas crianças nunca se recuperam da vergonha. Não sei por que temos essas boias a bordo, mas também não me surpreendo.

Caleb fecha a cara quando me vê, mas não faz nenhum comentário agressivo. As boias devem ter tirado sua energia.

Hewett se inclina para o prisioneiro.

— Sr. South, conte à srta... conte à representante Dakkar o que você me contou.

Caleb nos olha com desprezo.

— Esse barco vai acabar no fundo do oceano.

— Não essa parte — reclama Hewett, cansado. — A *outra* parte.

— O *Aronnax* está vindo.

— O seu submarino — falo, me lembrando da conversa com Gem.

Caleb solta uma risada fraca.

— O *Aronnax* só é um submarino se um Lamborghini for um carro econômico. Mas, sim, sua gênia, é a nossa embarcação. Vocês devem ter mais ou menos uma hora, se tiverem sorte. A ordem era levar você viva... — Ele cospe uma casquinha de sangue do lábio. — Como falhamos e não demos notícias, eles virão atrás de nós. Vão explodir essa lata-velha e dar o golpe de misericórdia.

Dar o golpe de misericórdia.

Sinto um frio na barriga, tão cortante quanto uma faca fileteira. Eu me pergunto se, antes de destruírem a nossa escola, a tripulação do *Aronnax* falava de mim e de Dev dessa maneira, como se não passássemos de alvos impessoais.

Quero dar um tapa na cara dele, mas me seguro. A presença de Linzi é um lembrete tranquilizante: *Não somos assim. Não nos rebaixamos ao nível deles.*

— Por que vocês nos atacaram? — pergunto a Caleb. — Por que eu? E por que eles mandaram um bando de alunos que não dão conta do recado?

Ele balança a cabeça, enojado.

— Você só deu sorte por causa do seu golfinho idiota. O IL não *mima* os alunos que nem a HP. Destruir a HP... — ele abre um sorriso manchado de sangue — foi o nosso projeto de formatura. Na minha opinião, a gente tirou dez.

Dru dá um passo à frente, erguendo a coronha da arma, mas Gem o impede com um olhar austero.

Caleb observa essa interação, visivelmente entretido.

— Quanto a *por que você*, Ana Dakkar... Você não sabe *mesmo* de nada, né? — Ele olha de relance para o dr. Hewett. — Acho que o professor não te contou a verdade sobre a HP. Vocês já tinham treinado com armas de Leiden antes? Ao menos sabiam de sua existência?

Uma onda de desconforto toma conta do grupo.

— Foi o que pensei — continua ele. — No IL, não temos medo de *usar* nosso conhecimento. Quantos problemas do mundo vocês teriam resolvido se não fossem covardes e *dividissem* o que têm?

Atrás de mim, Gem pergunta:

— Dividissem o quê, exatamente?

— Vocês tiveram *dois anos*. — Caleb parece ressentido, até pesaroso. — Poderiam ter cooperado com a gente. Poderiam ter negociado.

Não sei se o navio está inclinando ou se eu é que perdi o equilíbrio. *Dois anos* desde a morte dos meus pais. Dois anos desde que Hewett começou a temer um ataque. Dois anos ao logo dos quais, segundo Caleb, a Harding-Pencroft poderia ter negociado.

Eu encaro o dr. Hewett.

— O que aconteceu dois anos atrás?

Seu olhar é mais triste do que o de Top quando ele quer biscoitos.

— Vamos ter essa conversa em breve, minha querida. Eu prometo.

Caleb dá uma risada irônica.

— Você não é idiota o suficiente para acreditar nas promessas do Hewett, é? Ele também prometeu um monte de coisas para a gente quando estava no IL.

Hewett fecha os punhos com tanta força que os nós dos dedos ficam pálidos.

— Já chega, sr. South.

— Professor, por que você não conta a eles no que estava trabalhando no IL quando eu estava no segundo ano? — sugere Caleb. — Antes de você perder a coragem. Conte para eles quem teve a ideia do *Aronnax*.

É como se Caleb tivesse jogado outra granada de atordoamento. Minha cabeça zumbe como um sino.

Gem prende a respiração.

— Professor, do que ele está falando?

Hewett parece mais irritado que envergonhado.

— Eu fiz muitas coisas no IL de que não me orgulho, representante Twain, antes de saber do que eles eram capazes. — Ele volta a olhar furiosamente para o nosso prisioneiro. — E hoje, sr. South, o Instituto Land provou que *nunca* pode receber tecnologias avançadas. Vocês destruíram uma nobre instituição.

— Nobre instituição? Vocês estavam protegendo o legado de um fora da lei. — Caleb se remexe na boia de patinhos. — Se vocês vão me matar, andem logo com isso. Esse troço é desconfortável.

Dru e Kiya observam o dr. Hewett com um olhar frio. Até Linzi parece abalada. Talvez, como eu, eles também não soubessem que Hewett já tinha trabalhado no Instituto Land. Mas é pior do que isso. O dr. Hewett teve a ideia do *Aronnax*. Ele ajudou a criar a arma que destruiu nossa escola e matou meu irmão.

— Nós não executamos prisioneiros — anuncia Hewett. — Dru, Kiya, joguem-no na água.

A expressão arrogante de Caleb desaparece.

— Espera aí...

— Senhor — protesta Linzi.

— Ele vai ficar bem — garante Hewett a ela. — Está com um colete equilibrador, roupa de mergulho e boias. Guardas, sigam em frente.

Dru e Kiya parecem tentados a jogar o professor na água, mas, depois de uma olhada para Gemini Twain, os Tubarões cumprem a ordem. Arrancam

Caleb da cadeira e o arrastam, xingando e se debatendo, até a amurada a bombordo, então o jogam no mar.

Meu último vislumbre do meu ex-captor é sua cabeça loura subindo e descendo atrás de nós, cuspindo água e gritando coisas nada gentis sobre a Harding-Pencroft. Imagino que ele vá ser encontrado em breve. Está fazendo o maior barulho. Além disso, as boias de patinhos cor-de-rosa o tornam a coisa mais colorida na costa de San Alejandro.

— Srta. Huang — diz Hewett —, retorne ao passadiço. Mantenha nosso curso para oeste à velocidade máxima.

Linzi hesita.

— Senhor, nós merecemos...

— Vocês vão ter uma explicação — promete Hewett. — Mas, primeiro, vamos cuidar das coisas mais urgentes. Verifique os projetores de camuflagem e a unidade de dispersão de pulso. Peça às Orcas que façam uma varredura no navio em busca de dispositivos de rastreamento. Nós *precisamos* escapar do *Aronnax*. — Ele se vira para mim. — Quanto a você, Ana Dakkar, venha comigo. Acho que já está na hora de você nos dar uma rota.

CAPÍTULO 13

NO CAMINHO, AGARRO NELINHA e a arrasto comigo.

Preciso de uma amiga ao meu lado, mesmo que ela tenha que aguentar Gem por um tempinho. Minha cabeça ainda está girando por... bem, tudo. Não gostei dos alertas do Caleb. Não entendo por que o dr. Hewett acha que eu devo decidir a nossa rota. Por que ele insiste em focar só em mim? É *ele* que tem todos os segredos. Além disso, não sei se confio no Gemini Twain para me ajudar.

No final do corredor, Hewett abre a porta da cabine do capitão. Eu nunca tinha entrado aqui. É gigante: uma cama de casal junto à parede a bombordo, janelas dando para a proa, uma grande mesa de reuniões, e, a estibordo...

Eu perco o fôlego.

— Sócrates!

Todo o lado a estibordo da cabine é um tanque aberto de água salgada. A parede de acrílico deve ter uns quatro metros de comprimento por um metro e meio de altura, com o topo curvado internamente para evitar que a água transborde enquanto o navio se mexe. O tanque não é grande o suficiente para o golfinho viver, mas tem espaço para ele brincar, dar voltas e flutuar confortavelmente. Nas duas laterais, há uma aba de metal submersa que lembra uma portinha de cachorro gigante. Não entendo bem como o tanque foi desenhado, mas os tubos devem se conectar ao mar aberto, permitindo que Sócrates entre e saia quando quiser.

Ele coloca a cabeça por cima da beirada do acrílico. Isso o deixa na altura dos meus olhos. Ele guincha alegremente. Dou-lhe um abraço e um beijo bem no focinho. Percebo que estou sorrindo pela primeira vez desde a destruição da escola.

— Não entendo — falo. — Como foi que você nos achou?

Hewett responde por ele.

— Seu amigo golfinho conhece bem este barco. A HP cultiva amizades com muitos membros da família dele há anos. Você o chamou de Sócrates?

— Eu... isso.

Eu ia explicar que eu e Dev mergulhamos com Sócrates todo dia de manhã, mas me lembrar desse ritual é como andar descalça em cacos de vidro.

— Um nome apropriado — comenta Hewett. — Bem, Sócrates sabe que ele sempre tem um lugar no *Varuna* se quiser viajar conosco. Agora venha aqui, srta. Dakkar. Veja isso.

De novo o *senhorita*. É assim que eles nos cansam: ficam cometendo o mesmo "errinho bobo", esperando que mais cedo ou mais tarde a gente pare de corrigir.

— Representante — resmungo, mas Hewett já tinha voltado sua atenção para a mesa de reuniões, onde Gem e Nelinha o aguardavam.

Um golfinho-nariz-de-garrafa na cabine não parece ser nada de mais para eles. Relutantemente, eu me aproximo e me sento com meus amigos humanos.

Há uma carta náutica do Pacífico em cima da mesa. Em alguns sentidos, ela é antiquada. Os nomes estão escritos em caligrafia rebuscada. A rosa dos ventos é colorida com detalhes elaborados. Monstros marinhos ilustrados se contorcem nos cantos.

Porém, o mapa é feito de um material que eu nunca tinha visto. É cinza--claro, quase translúcido, e perfeitamente liso, como se nunca tivesse sido dobrado. A tinta reluz. Quando olho para ele de lado, todas as marcas parecem desaparecer. Não quero pensar nisso com Sócrates tão perto, mas o mapa me lembra couro de golfinho. Talvez, como o carbonato de cálcio que constitui os projéteis de Leiden, ele tenha sido organicamente "secretado" em algum laboratório.

Ah, ótimo. Meus pensamentos estão caindo no buraco negro da tecnologia alternativa.

Em cima do mapa, tem uma coisinha abaulada de cobre que parece um peso de papel. Pelo menos no mundo normal seria um peso de papel. Sua superfície curvada é coberta de fios intrincados. No topo, há uma marca redonda e lisa. Parece o olho de um robô steampunk. Espero que não se abra e fique olhando para mim.

Hewett se senta na cadeira à minha frente e seca a testa com um lenço. Lembro do que Ester falou: *Diabetes. Condição agravante.* Hewett nunca foi meu professor favorito. Não confio nele. Mesmo assim, estou preocupada com sua saúde. Ele é o único adulto disponível, e o único que talvez possa me dar respostas.

Nelinha está parada à minha direita, Gem à esquerda. Eles evitam deliberadamente olhar um para o outro. Sócrates guincha e brinca no tanque.

Hewett pega o peso de papel, se inclina para a frente e o coloca no meio do mapa, como se estivesse pagando a minha aposta em um jogo de pôquer.

— Não vou pedir para você fazer isso até que se sinta confortável — diz ele. — Mas é a nossa única saída.

Observo melhor o objeto. Aquela marca...

— É um leitor de digitais — especulo. — Coloco meu dedo nele e... o quê? Ele vai nos mostrar algum local no mapa?

Hewett abre um leve sorriso.

— É um leitor genético, na verdade. Ligado ao DNA da sua família. Mas, sim, você deduziu o propósito dele.

Estou começando a deduzir o *meu* propósito também — a razão para Hewett e Caleb South me tratarem como uma mercadoria valiosa. Comecei a juntar as pecinhas desse dia horrível e não estou gostando do que vejo.

Tento me aproximar da pergunta que realmente quero fazer.

— Então... Júlio Verne... Você disse que ele entrevistou pessoas de verdade.

Hewett assente.

— *Vinte mil léguas submarinas. A ilha misteriosa.* Os textos fundadores são baseados em acontecimentos reais.

Sinto um peso gelado crescer no meu estômago.

— Textos fundadores... Você fala como se fossem livros sagrados.

— Nem de longe — bufa Hewett. — São romantizações. Deturpações. Mas sua essência contém verdades. Ned Land foi realmente um mestre arpoador canadense. O professor Pierre Aronnax foi um biólogo marinho francês.

— Ned Land... Instituto Land — diz Nelinha.

— E *Aronnax* — comenta Gem. — Esse é o nome do submarino.

Hewett fica em silêncio enquanto toca o mapa com cada um dos dedos.

— Sim. Land e Aronnax, junto com o assistente do professor, Consiel, foram os únicos sobreviventes de uma expedição naval fracassada. Na década de 1860, eles se juntaram a uma busca por um suposto monstro marinho... uma criatura que afundava navios pelo mundo. Seu navio expedicionário, o *Abraham Lincoln*, se perdeu em algum ponto do Pacífico. Mais de um ano depois, Land, Aronnax e Consiel foram encontrados, inexplicavelmente, a bordo de um pequeno bote salva-vidas na costa da Noruega.

Meu corpo está inclinado para a frente. Conheço o enredo de *Vinte mil léguas submarinas*. Mas, agora, ele mais parece uma profecia... algo que prevê um apocalipse. Eu não gosto de apocalipses.

— Ninguém acreditou na história que eles contaram sobre o ano perdido — continua Hewett. — Foram taxados de malucos. Acho que nem Júlio Verne acreditou, mas ele *ouviu*. Muitos anos depois, quando o romance de Verne já era famoso, o escritor foi procurado por outro grupo de homens. Eram antigos náufragos que sobreviveram em uma ilha deserta do Pacífico. Eles diziam ter tido um encontro semelhante ao descrito em *Vinte mil léguas*. Queriam corrigir o que chamaram de imprecisões na história de Verne. Seu romance seguinte, *A ilha misteriosa*, foi baseado nas entrevistas com *esses* homens.

— Cyrus Harding e Bonaventure Pencroft. — Minha mente está a mil, conectando pontos que eu não queria que estivessem conectados. — Os fundadores da nossa escola. Assim como Ned Land fundou o Instituto Land.

Nelinha ergue uma sobrancelha para Hewett. É a mesma expressão que ela usa quando manda as meninas insuportáveis do terceiro ano irem embora se não quiserem apanhar.

— Se isso tudo for verdade — começa ela —, então o carinha principal existiu também. Nemo.

— Exatamente, srta. da Silva.

— E não estamos falando do peixe do desenho animado — completa ela.

É claro que alguém faria esse comentário.

Hewett esfrega o rosto.

— Não, srta. da Silva. O *carinha principal* não era um peixe de desenho animado. Nem era um personagem ficcional de Júlio Verne que serviu de inspiração para o nome do peixe. O capitão Nemo foi uma pessoa real do século XIX, um gênio que criou tecnologias marinhas gerações à frente de seu tempo. Os avanços mais importantes e poderosos estavam conectados à química corporal do próprio Nemo... ao que hoje chamamos de DNA. Ele e seus descendentes eram os únicos capazes de operar suas maiores invenções.

Então é isso. Eu me sento. Minhas pernas estão tremendo.

— Ester é descendente de Cyrus Harding — falo.

Hewett me observa, esperando. Sua expressão é uma mistura de pena e interesse analítico frio. Ele parece o policial de uma série de TV em um necrotério, prestes a tirar o lençol de cima da vítima para que a família faça o reconhecimento do corpo.

— E o capitão Nemo... — continuo. — Esse não era o nome verdadeiro dele. Era príncipe Dakkar. Um nobre indiano. De Bundelkhand.

— Sim, srta. Dakkar — concorda Hewett. — A partir de hoje, você é a única descendente direta dele. Isso a torna, literalmente, a pessoa mais importante do mundo.

CAPÍTULO 14

— NÃO. — SINCERAMENTE, é a única resposta que consigo formular no momento. — Você *não* está me dizendo que a nossa escola foi destruída, meu irmão foi morto e o Instituto Land tentou me sequestrar porque sou descendente de um personagem fictício.

— Não fictício — repete Hewett, com a voz dura. — O príncipe Dakkar era bisavô do seu bisavô.

— Concordo com a Ana — diz Nelinha. — Isso é loucura.

Gem apoia a arma de Leiden na mesa.

— Temos provas.

Nelinha faz um gesto desconsiderando a arma, ou talvez desconsiderando Gem.

— Seu zapeador galvanizado é maneiro. Mas isso não significa que o Júlio Verne escrevia não ficção. Se eu tivesse tempo, conseguiria criar uma arma de Leiden fazendo engenharia reversa.

— Foi exatamente isso que a Harding-Pencroft fez — afirma o dr. Hewett. — E o Instituto Land, infelizmente. Mas as maiores inovações de Nemo...

— Espera. — Ergo as mãos como se estivesse tentando segurar todas essas informações, mas não tenho sucesso. — Vocês reconstruíram supertasers com engenharia reversa. Criaram camuflagens dinâmicas e bloqueadores de radar melhores que os produzidos por tecnologias militares. E tiraram tudo isso de um cara que viveu cento e cinquenta anos atrás.

Hewett me lança o mesmo olhar de expectativa que usa nas aulas, como se me dissesse: *Continue. Você não é totalmente idiota.*

— Então para que você precisa de mim?

Hewett franze o rosto. Tenho a sensação de que ele preferia *não* precisar de mim.

— Srta... *representante* Dakkar — diz ele, vendo a minha cara de irritação —, nos últimos cento e cinquenta anos, conseguimos recriar somente alguns dos avanços científicos do seu antepassado. Somos como crianças brincando de se fantasiar com as roupas de um grande homem. A maior parte do trabalho dele, sinto dizer, ainda está além do nosso alcance.

— E você acha que eu posso mudar isso? — Dou uma risada, embora não ache nenhuma graça. Atrás de mim, Sócrates também solta uns estalos em resposta. — Professor, eu não sei nenhum segredo de família.

— Não — concorda ele. — Essa era parte do plano de Nemo.

Gem se senta ao meu lado, segurando a coronha da arma de Leiden.

— Plano de Nemo?

Hewett respira fundo, como se estivesse se preparando para sua última palestra.

— Só duas vezes um grupo de pessoas conheceu o capitão Nemo e viveu para contar a história. Na primeira vez...

— ...foram Land e Aronnax — completou Nelinha. — Os vilões.

Hewett dá um sorriso cansado.

— Sim, srta. Da Silva. Eles não se chamariam de *vilões*, *é claro*. Fugiram do submarino de Nemo, o *Náutilus*, convencidos de que tinham escapado do louco mais perigoso do mundo.

— Um fora da lei — lembro. — Caleb falou que estávamos protegendo o legado de um fora da lei.

— Sim — diz Hewett. — E Nemo era *mesmo* um fora da lei amargo e perigoso. Ele odiava os grandes poderes coloniais. Afundava seus navios pelo mundo todo, na tentativa de destruir seu comércio e enfraquecê-los.

Gem franze a testa.

— Então... um cara maneiro.

— Um cientista brilhante — argumenta Hewett — com razões pessoais para odiar o imperialismo. — Ele hesita, talvez pensando se deveria me contar sobre mais uma tragédia familiar. — Durante a Rebelião Indiana de 1857, o príncipe Dakkar se insurgiu contra os ingleses. Em resposta, os ingleses destruíram seu principado e mataram sua esposa e seu filho mais velho. Depois disso, Dakkar se escondeu e se tornou o capitão Nemo. Você, Ana, é descendente de seu filho mais novo, o único herdeiro vivo de Nemo.

Ninguém diz nada por um minuto. Embora a tragédia tenha acontecido gerações atrás, sinto um vazio familiar e doloroso dentro de mim, como se a esposa e o filho de Nemo fossem mais duas pessoas que perdi quando a HP desabou no mar.

Por fim, Nelinha resmunga um comentário em português sobre onde os imperialistas deveriam enfiar suas bandeiras.

Até onde eu sei, o dr. Hewett só fala inglês, mas parece entender a mensagem e concorda com a cabeça.

— Seja como for — diz ele —, quando Ned Land e Pierre Aronnax escaparam do *Náutilus*, estavam apavorados com o ódio e o poder do capitão. Dedicaram suas vidas a salvar a ordem mundial dominante dos objetivos dele. Decidiram que só poderiam fazer isso recriando ou roubando a tecnologia de Nemo a qualquer custo, tomando para si mesmos todo aquele poder.

Nelinha observa suas unhas, descascadas depois de um dia pesado derrubando inimigos com sua chave de soquete.

— Então foi daí que veio o Instituto Land. Como eu disse, os *vilões*. Eles querem salvar a ordem mundial. Isso faz com que a gente seja o quê? Os fora da lei bonzinhos? — Ela ergue a sobrancelha. — Só para deixar claro, não vejo nenhum problema nisso.

— Que alívio — responde Hewett, secamente. — Como a representante Dakkar deduziu, a nossa escola foi fundada pelo segundo grupo que encontrou Nemo, liderado por Cyrus Harding e Bonaventure Pencroft. Eles tiveram a sorte de naufragar em uma ilha que, por acaso, era uma das bases secretas do capitão. Nemo os ajudou a sobreviver e depois a escapar.

— Ele tinha muitas bases secretas? — pergunta Gem, que pelo visto sempre quis ter uma.

— Doze, até onde sabemos — responde Hewett. — Talvez mais. De qualquer forma, quando Harding e Pencroft conheceram Nemo, ele já tinha se tornado um homem diferente. Suas tragédias pessoais o deixaram desiludido e devastado. Apesar de ser um gênio e de possuir o submarino mais poderoso do mundo, ele não tinha conseguido provocar qualquer mudança significativa no mundo... ou era isso que pensava.

— Ele morreu no submarino. — Eu não fazia ideia de quanto me lembrava de *A ilha misteriosa*. A sensação agora é diferente, sabendo que aquele cara tinha o meu sangue, não só o meu nome. — Nemo ajudou os náufragos a escapar. Depois afundou o *Náutilus* em uma lagoa subterrânea ou algo assim, logo antes de a ilha explodir numa erupção vulcânica. O submarino foi sua tumba.

Vejo os braços de Nelinha se arrepiarem. Para uma engenheira genial, ela é bem supersticiosa. Fantasmas, gente morta, tumbas... Essas coisas a deixam apavorada.

— O livro não diz nada sobre Harding e Pencroft começarem uma escola — comenta.

— É claro que não — diz Hewett. — Harding e Pencroft só falaram com Júlio Verne porque queriam mudar a narrativa pública. Para os nossos propósitos, se alguém *de fato* começasse a suspeitar que o capitão Nemo era real, era muito melhor que nunca o vissem como uma ameaça. No final de sua vida, Nemo já tinha abandonado os planos de vingança. E, sim, ele morreu a bordo do *Náutilus*, que teoricamente foi destruído junto com a ilha.

— *Os nossos propósitos* — repete Gem. — Quais são?

Hewett aponta para o mapa.

— Logo antes de morrer, Nemo chamou Cyrus Harding e trocou algumas palavras finais com ele. Isso está registrado no livro. O que *não* está registrado é que Nemo deu a Harding um baú cheio de pérolas e confiou a ele uma missão: garantir que sua tecnologia nunca fosse usada pelos poderes mundiais nem fosse roubada pelo Instituto Land. Nosso trabalho era proteger o legado de Nemo, revelando seus avanços pouco a pouco, quando achássemos que o mundo estaria pronto para eles. E o mais importante... — Ele olha para mim. — Nosso trabalho era proteger seus descendentes até o momento certo.

Eu não queria perguntar, mas pergunto mesmo assim.

— Momento certo para o quê?

Mais uma vez, dr. Hewett só me observa, esperando que eu decifre todas as pistas.

— Este mapa leva a uma das bases de Nemo — falo, sentindo arrepios mais fortes que os de Nelinha. — Mas não é qualquer base. É a ilha onde Nemo morreu. Ela não foi completamente destruída na erupção, né?

Hewett faz seu gesto mais raro. Aponta para mim como quem diz *Correto*.

— Ana, dois anos atrás, seus pais deram a vida para encontrar essa ilha. Seu irmão estava sendo preparado para liderar as operações no local quando se formasse na faculdade. Desde que a descobrimos, a ilha se tornou um laboratório de campo e um sítio arqueológico submarino, e todos os funcionários são professores da HP. É lá que guardamos nossa tecnologia mais avançada. Assim como... artefatos.

Gem esfrega a testa.

— É isso que o Instituto Land quer. Acesso a essa ilha. E você... você trabalhava para o IL.

Ele parece magoado, como se Hewett tivesse o decepcionado.

Hewett olha para a carta náutica.

— É verdade, sr. Twain. Quando eu era mais novo, me formei pela HP na Casa Tubarão, como você e Dev Dakkar. Ainda assim, no fundo, sempre tive uma admiração pelo Instituto Land. Eles preferem ação a cautela, ataque a defesa. Isso me atraía. De certa forma, é como se aquela escola inteira fosse de Tubarões. Foi por isso que aceitei um emprego lá, e por isso passei anos criando um submarino que pudesse rivalizar com o *Náutilus*. Demorei muito tempo para ver o lado feio e brutal do IL, para me dar conta do que eles fariam com tanto poder...

Ele me observa com um olhar pesaroso.

— Não espero que você confie em mim. Mas meu passado no IL foi um dos motivos para eu querer ser o conselheiro de Dev. Tentei guiar seu progresso, ensinar a ele por que a abordagem da HP é a única escolha responsável. Eu era tão parecido com Dev quando tinha a mesma idade...

Se eu não estivesse tão chocada, teria rido. Não consigo pensar em duas pessoas *menos* parecidas entre si que Dev e o dr. Hewett. É difícil imaginar Hewett como um Tubarão, ou um jovem, ou qualquer outra coisa que não o nosso professor. Mas, pensando nessas palavras, me pergunto como teria sido a vida de Dev quando ficasse mais velho. Será que ele comandaria seu próprio navio, e depois uma frota, como ele sonhava? Ou seria possível que se tornasse um professor frustrado e abatido como Hewett? Essa ideia é quase tão triste quanto o fato de que, agora, Dev não teria futuro nenhum.

Hewett suspira, como se estivesse pensando na mesma coisa.

— Seja como for... Quando os seus pais encontraram a base de Nemo, o Instituto Land temeu que isso desse à HP uma vantagem impossível de superar. Como falei, o trabalho mais importante de Nemo só podia ser operado por seus descendentes. E, ao contrário do IL, nós temos... boas relações com a família Dakkar.

Tenha a sensação desconfortável de que Hewett quase falou: *nós temos o controle da família Dakkar*. Fecho a cara, mas ele não parece perceber.

— A ilha fica totalmente fora do radar — diz ele, o rosto voltando a ficar um pouco corado. — Ela não tem nenhum contato com comunicações externas. A localização é desconhecida até para mim. A única forma de encontrá-la...

— Sou eu.

Olho para o objeto de cobre que parece um peso de papel.

— Exatamente, minha querida. A base é a nossa única esperança. A equipe de lá não sabe que a HP foi destruída. Precisamos avisá-los. Podemos nos reagrupar na base, nos armar, proteger...

— A gente poderia simplesmente chamar as autoridades — sugiro. — Nós fomos *atacados*. Nossa escola foi destruída. Vamos contar...

— Para quem? — instiga Hewett. — Para a polícia? O FBI? Os militares? Na melhor das hipóteses, eles nos consideram loucos. Na pior, eles *acreditam* em nós. Você está pronta para ser levada a uma base secreta do governo e passar o resto dos seus dias sendo interrogada? O Instituto Land e a Academia Harding-Pencroft não concordam em quase nada, mas concordamos em *uma* coisa. Seria desastroso entregar a tecnologia de Nemo para os governos do mundo ou, pior, para as corporações. Nós devemos...

Ele se curva como se tivesse levado um soco.

Gem pula da cadeira.

— Professor?

— Eu estou bem — sussurra ele, sem fôlego. — Só fiz esforço demais.

Troco um olhar com Nelinha. *Aham, que mentira.*

— Representante Twain — diz Hewett, arfando. — Uma ajuda, por favor.

Gem parece aliviado por ter algo para fazer. Ele pega o braço do professor e o ajuda a se levantar.

— Vou deixá-la agora, representante Dakkar — diz Hewett. — Pense um pouco. Nosso plano de ação ficará a seu critério. Seguiremos as suas ordens.

Olho fixamente para ele. *As minhas ordens?* Fico com medo só de pensar.

— Mas... você vai sair? — gaguejo. — Essa é a sua cabine.

— Ah, não — responde Hewett. — É sua. Eu *falei* que você é a pessoa mais importante do planeta, então é claro que também é a pessoa mais importante do navio. Vamos conversar de novo de manhã. Sr. Twain, se puder me ajudar até o passadiço...

Antes que eles cheguem à porta, chamo:

— Senhor?

Hewett se vira.

— Você mencionou artefatos... — Não quero fazer essa pergunta, mas me forço a continuar. — Você disse que o submarino de Nemo foi *supostamente* destruído. O que meus pais morreram tentando encontrar...

— Eles conseguiram, Ana — diz Hewett com a voz sonhadora, como se estivesse falando do Papai Noel. — Depois de quatro gerações de buscas infrutíferas, seus pais conseguiram. Encontraram os destroços do *Náutilus*.

CAPÍTULO 15

O QUE VOCÊ FARIA com essa informação?

Você agora é a pessoa mais importante do mundo. Tem que decidir o destino dos seus amigos e colegas. Aliás, seus pais morreram ao descobrir um supersubmarino fictício do século XIX.

No meu caso... eu planejo uma festa do pijama.

Pergunto se Ester e Nelinha querem dormir comigo na cabine do capitão. Não quero ficar sozinha naquele quarto imenso, mesmo que tenha meu golfinho de estimação, Sócrates. Quero o ronquinho tranquilizador de Ester ao meu lado e o farfalhar da touca de cetim de Nelinha quando ela se mexe no travesseiro. Quero o cheiro aconchegante de Top e seus suspiros felizes quando ele se enrola nos pés de Ester.

Quando já nos ajeitamos para dormir, Gemini Twain me faz uma última visita. Ele diz que o passadiço está seguindo na direção oeste até eu dar alguma outra ordem e que volta amanhã de manhã para falar com a gente.

— Tá bom — digo. — Valeu. Boa noite.

Gem me olha de um jeito desconfortável. Talvez ele tenha passado a me ver de outra forma por saber que sou parente de um famoso fora da lei/louco/gênio/ capitão de submarino. Ou talvez esteja cogitando dormir do lado de fora da minha porta para o caso de alguém tentar me sequestrar. Espero que seja a primeira opção.

Nelinha e Ester insistem que eu fique com a cama. Elas se ajeitam nos sacos de dormir. Imagino que vamos passar horas conversando. Esse dia foi uma explosão horrenda de sofrimento. Minha mente está a mil, e eu tenho emoções demais para processar. Como eu conseguiria dormir? Mas, assim que me deito naquele colchão confortável de casal, a exaustão toma conta de mim. Meu corpo diz: *Nada disso, por hoje chega, garota.* E eu apago.

Sempre durmo bem no mar.

Naquela noite, tenho sonhos vívidos e fragmentados, principalmente sobre cheiros. Depois de ir ao templo, o incenso de sândalo permanece no sári da minha mãe, e o sinto enquanto ela me abraça, rindo de alguma bobagem que falei. Estamos juntas na cozinha durante o Holi, esperando os doces assarem. Minha boca água com o aroma absurdamente delicioso de cardamomo, khoya e coco. Então meu pai está carregando uma Ana bem pequena. Finjo ainda estar dormindo para aproveitar a sensação da minha bochecha apoiada em seu pescoço quentinho. Seu pós-barba com cheiro de cravo me faz pensar em torta de abóbora. Em seguida, meu irmão está segurando minha mão enquanto me leva para casa depois de uma briga na escolinha. Ele não é muito mais velho que eu, mas parece muito maduro. A voz de Dev é tranquilizadora, embora também pareça profundamente ofendida. Ele me diz que as outras pessoas são idiotas por não me respeitarem. Eu sou brilhante e poderosa e mereço o mundo. Minha boca machucada tem gosto de cobre. Passamos por uma madressilva em flor no fim do quarteirão. A partir daquele dia, o cheiro doce de madressilva sempre me deixa feliz. Me faz querer dar outro soco em Maddy White no parquinho, só para o meu irmão me elogiar e me levar para casa.

Eu acordo com o som de vozes. Ester e Nelinha estão de pé ao meu lado, discutindo aos sussurros. De alguma forma, continuei dormindo enquanto elas se levantavam, tomavam banho e se vestiam. O dia já está claro. Não tem ninguém no tubo de hamster gigante e aquático em que Sócrates brincava. Ele deve estar caçando seu café da manhã. Nem me lembro da última vez que acordei depois do nascer do sol.

Nelinha percebe que meus olhos estão abertos.

— Ei, gata. Como você está se sentindo?

Eu me apoio nos cotovelos.

Top repousa o queixo na minha perna e solta um resmungo que significa *Levanta!* É difícil agradar todo mundo.

O dia anterior aconteceu mesmo. A Harding-Pencroft foi destruída. Dev morreu. Estou à deriva, literalmente e emocionalmente. Como estou me sentindo?

— Estou... acordada — decido. — O que houve?

Nelinha lança um olhar de advertência para Ester, como quem diz *Não esquece o que a gente conversou.*

— A boa notícia é que ele não está morto — diz Ester.

Nelinha joga as mãos para o alto.

— Ester!

— Bom, você me falou para começar com a notícia boa — reclama Ester. — Essa é a notícia boa. Ele não está morto. Por enquanto.

— Quem...?

Uma fagulha de esperança se acende na minha mente ainda grogue. Por meio segundo, penso que ela pode estar falando de Dev. Mas Ester não me deixa sonhar.

— O dr. Hewett — responde. — Franklin o encontrou desacordado na cabine.

Sinto uma onda de pânico.

— Me levem até lá.

De algum jeito, meu corpo encontra mais adrenalina. Ainda estou de short de algodão e camiseta de dormir, mas não ligo. Meu coração acelera enquanto nos apressamos pelo corredor.

Gemini Twain está de guarda na porta da enfermaria. Parece não ter dormido nada. Lá dentro, Franklin Couch e Linzi Huang flanqueiam o dr. Hewett, que está inconsciente em uma maca. Ele está conectado ao soro e a vários monitores. As alças da máscara de oxigênio fazem seu cabelo grisalho se arrepiar como as nadadeiras de um peixe-leão. Não sou médica, mas seus sinais vitais não parecem bons. Top acha os cheiros da enfermaria muito interessantes... até Linzi afastá-lo.

Os olhos de Linzi estão vermelhos, e uma máscara cirúrgica pende de sua orelha direita.

— Fizemos todos os exames de sangue possíveis com o equipamento que temos a bordo. O hepatograma e o hemograma estão muito preocupantes. A glicose está alta. Achamos que ele tem câncer em estágio avançado, talvez no pâncreas, com diabetes tipo 2. Mas não temos estrutura para diagnósticos avançados, muito menos para tratamentos. Ele precisa de atendimento médico urgente.

— Só que o *Gemini* aqui — rosna Franklin — não nos deixa mandar um sinal de SOS.

— Foram as ordens do professor. — A voz dele falha na palavra *professor*. — Silêncio de rádio, não importa o que aconteça. Se o Instituto Land nos encontrar...

Ele não precisa me lembrar do aviso de Caleb South. O *Aronnax* vai nos jogar no fundo do oceano. Nas últimas vinte e quatro horas, tive dificuldade de acreditar em muitas coisas. A ameaça de Caleb não é uma delas.

O rosto de Hewett é um mapa de veias azuladas e manchas hepáticas. Quero xingá-lo por seus problemas de saúde terem se agravado justo *agora*. Ele deveria ter se cuidado melhor. Mas sei que não é justo pensar assim.

O que Hewett ia querer que eu fizesse? Eu sei a resposta. Seguir em frente. Encontrar a base secreta. Mas a que distância pode estar? E vale a pena sacrificar a vida dele por isso?

— Vocês conseguem mantê-lo vivo? — pergunto para Linzi e Franklin. Ele dá de ombros, sem saber o que fazer.

— Estamos no *segundo ano*, Ana. Temos algum treinamento médico, mas...

— SE É CÂNCER DE PÂNCREAS EM ESTÁGIO AVANÇADO — interrompe Ester, assustando todo mundo, exceto Hewett —, as chances de sobrevivência são baixas independentemente de qualquer coisa. Nem mesmo um hospital de última geração vai conseguir ajudá-lo.

Seu jeito direto deixa Linzi de queixo caído.

— Ester, nós somos Orcas. Não podemos simplesmente...

— Mas ela não está errada — argumenta Franklin.

— Não acredito nisso — diz Linzi. — Temos que voltar!

— A base — sugere Gem. — Hewett mencionou que a base tem nossa tecnologia mais avançada. Eles devem ter equipamentos médicos. Coisas *melhores* do que as de hospitais de última geração.

Nelinha estala a língua.

— Seria um tiro no escuro.

— Que base? — quer saber Franklin, a esperança brilhando nos olhos. — A que distância ela fica?

Todos olham para mim em busca de orientação. Eu me pergunto se Gem anunciou que agora sou uma Pessoa Importante. Não tenho nenhuma orientação a dar. Não tenho nem sapato nos pés.

Mas o mapa na cabine do capitão talvez ajude.

— Façam o que puderem para manter Hewett estável — falo para Franklin e Linzi. — Gem, Ester, Nelinha, venham comigo. Vamos procurar algumas respostas.

CAPÍTULO 16

DESDE QUANDO MEUS COLEGAS cumprem minhas ordens?

Sem discutir, Franklin e Linzi voltam a monitorar o paciente. Ester e Nelinha andam atrás de mim como uma guarda de honra. Descemos o corredor rumo à cabine do capitão, e até Gem parece feliz de se juntar ao comboio.

Ainda não consigo chamar de *minha* cabine. Parece errado e assustador...

Faço Gem esperar do lado de fora enquanto visto uma roupa mais adequada.

Sócrates está de volta ao tanque. Ele guincha para mim como se perguntasse: *Ei, humana, cadê a minha lula?* Assim que der, vou pegar uma para ele.

Top fica de pé nas patas traseiras e fareja o golfinho. Ele não parece muito preocupado com nosso novo companheiro de quarto, mas acho que preferia cheirar o rabo de Sócrates para se apresentar formalmente. Fico feliz que isso não seja possível.

Depois de me vestir, chamo Gem, e nos agrupamos na mesa de reuniões. Ester gira os dedos como se estivesse brincando de "dona Aranha".

— Só quero deixar claro que nem eu nem Nelinha somos representantes. Não temos o nível exigido. Tia e Franklin deveriam estar aqui no nosso lugar.

— Não tem problema, gata — garante Nelinha. — Eu falei com a Tia e disse que a manteria informada. E você viu o Franklin. Ele está bem ocupado.

Ester não parece convencida.

— Certo... Acho que não tem problema.

Gem observa o peso-de-papel-olho-de-robô como se fosse nos atacar.

— Você sabe mexer nesse troço?

— Ei — briga Nelinha. — Não questione as habilidades da minha amiga. — Ela olha para mim. — Mas você *sabe*?

— Só tem um jeito de descobrir.

Pego o peso de papel.

O metal está quente, como um celular carregando. Pressiono o polegar na marca que fica no topo. Um leve arrepio elétrico vai do meu braço até o cotovelo, mas resisto ao impulso de me afastar.

O mapa estremece. O peso de papel se ergue, flutuando logo acima da superfície cinzenta, e começa a se mover. Me lembro do dia em que tentamos usar um tabuleiro Ouija no dormitório. Nelinha deu um grito assim que o ponteiro se mexeu. Tive uma crise de riso. Ester começou uma longa palestra sobre efeitos ideomotores e impulsos musculares involuntários. Nunca descobrimos o que o tabuleiro tinha a dizer sobre o nosso futuro.

Dessa vez, ninguém grita ou ri. O peso se move até um ponto próximo do litoral californiano. Seria a nossa posição atual? Não faço ideia de como o troço-olho-de-robô pode saber disso.

Uma linha brilhante surge na base do objeto como um raio de sol e se espalha pela superfície do mapa, passando por linhas de latitude e longitude, indicativos de profundidade e curvas suaves que representam correntes oceânicas e topografia subaquática. A linha para em um ponto no meio do Oceano Pacífico onde não há nada marcado, só mar aberto.

Meu polegar começa a doer. A carga elétrica está aumentando.

— Ester — falo por entre os dentes trincados —, você consegue decorar essas coordenadas?

— JÁ DECOREI — responde. Ela está animada. Posso entender.

Solto o peso de papel. A linha brilhante se apaga.

Nelinha assobia.

— Tá, isso que a gente acabou de ver... Só consigo *imaginar* como funciona. A ativação de DNA libera algum tipo de sinal elétrico codificado para o papel. Ou não papel, vai saber que material é esse. Então ele mostra a rota criptografada. Não deixa absolutamente nenhum vestígio depois. Cara... Incrível.

— Enguias-elétricas se comunicam por pulsos de baixa energia — comenta Ester. — Esse papel pode ser feito de pele de enguia, ou provavelmente de algum material orgânico criado em laboratório a partir da pele de enguia, porque matar enguias seria crueldade. Nemo não faria isso, né? — Ela olha para mim em busca de confirmação, então decide sozinha. — Não. Impossível.

— Seja como for... — Nelinha balança a cabeça, impressionada. — Meu Deus.

— Por favor, sem blasfêmia — retruca Gem.

— Você é o quê, minha mãe?

— Só estou pedindo educadamente...

— Parem com isso, vocês dois — falo.

Surpreendentemente, eles obedecem.

— Ester — falo —, a que distância aquelas coordenadas estão da nossa posição atual?

Tenho quase certeza de que sei a resposta. Golfinhos são ótimos em navegação. Leio cartas náuticas tranquilamente. Mas Ester é melhor em matemática do que eu. Consegue levar em conta mais variáveis.

— Mantendo velocidade máxima de cruzeiro — começa ela —, seguindo em linha reta? Setenta e duas horas. Isso com condições climáticas favoráveis, sem problemas mecânicos e sem ataques dos soldados colegiais do IL. Além disso, não tem nada marcado naquele ponto da carta. Nenhum local minimamente próximo. Se não encontrarmos uma base, estaremos no meio do nada sem suprimentos. Vamos morrer.

Bom... nada de dourar a pílula.

Mas três dias não é tão ruim quanto eu imaginava. A gente veio preparado para um fim de semana. Se racionarmos nossos suprimentos, poderemos chegar à base sem problemas. Minha mente desconfiada se pergunta se esse era o plano de Hewett desde o início. Ele *disse* que não sabia a localização da base. No entanto, temos três dias de mantimentos para uma viagem de três dias. É uma baita coincidência.

Por outro lado, não acho que Hewett esteja simulando o coma. Duvido que ele arriscaria a vida de propósito só para nos atrair até uma base secreta e entregar sua localização para o IL.

Além do mais... odeio admitir, mas adoro caças ao tesouro. Mapas secretos. O X que marca um lugar. Ninguém na Harding-Pencroft *não* adora essas coisas, e tudo que eu sempre quis fazer na vida é explorar o mundo, solucionando seus mistérios. Não sei se isso é uma armadilha ou não, mas é difícil resistir.

Muita coisa pode dar errado. Estamos a apenas doze horas de San Alejandro. A decisão mais responsável seria dar meia-volta, mas quem em terra firme poderia nos ajudar?

Nossa turma treinou, sofreu e se esforçou durante dois anos. O objetivo de cada aluno era se formar na Harding-Pencroft entre os melhores cientistas marinhos, guerreiros navais, navegadores e exploradores submarinos do mundo.

Em memória dos nossos colegas mortos, precisamos descobrir o que há no outro extremo daquela linha brilhante. Quero saber por que os meus pais sacrificaram suas vidas, e por que Dev também... se foi. Mas não posso tomar essa decisão sozinha, por mais que Hewett tenha dito que eu daria as ordens.

— Reúnam a tripulação — falo para os meus amigos. — Vamos tomar essa decisão juntos.

CAPÍTULO 17

NUNCA GOSTEI DE APRESENTAÇÕES ORAIS.

Se me colocarem em um trabalho em grupo, vou me oferecer para fazer a pesquisa. Vou desenhar os mapas. Vou escrever o ensaio e criar os slides. Prefiro deixar a apresentação para outra pessoa.

Dessa vez, porém, sou obrigada a dar as notícias.

Todo mundo vai para o convés principal. Eles se organizam por casa, como fizemos ontem nas docas em San Alejandro. Não digo a ninguém para fazer isso, é simplesmente o nosso costume. As únicas pessoas ausentes são Linzi, que está cuidando do dr. Hewett na enfermaria, e meu colega Golfinho Virgil Esparza, que está no passadiço. Já expliquei tudo a eles pessoalmente.

Estamos no meio da manhã. O oceano está cinzento, com leves ondulações. As nuvens estão baixas e pesadas, prometendo chuva. Não é o clima mais auspicioso para se tomar uma decisão tão importante.

Gemini Twain está à minha direita. Acho até bom ter apoio, mas ainda não estou acostumada a ter um Tubarão fortemente armado respirando no meu cangote. Parte de mim espera que ele me empurre para o lado e diga: *Então, agora que estou no comando...*

O pior é que eu nem sei se acharia ruim. Não pedi para ser líder. Não gosto de ter todo mundo olhando para mim, à espera de respostas.

— A situação é a seguinte — começo.

Sei que talvez existam espiões entre nós. Alguém traiu nossa escola para favorecer o IL e trabalhou internamente para sabotar nossa segurança. Essa pessoa pode estar no convés agora mesmo. Mas não posso deixar que isso me paralise. Eu e meus colegas passamos por muita coisa juntos nos últimos dois anos e nas últimas vinte e quatro horas. Vou continuar confiando neles até que alguém me dê um bom motivo para mudar de ideia.

Além disso, estamos em silêncio de rádio. Hewett confiscou todos os nossos celulares depois que Tia os inspecionou em busca de chips de rastreamento, e, mesmo que os aparelhos *não* estivessem trancados em um baú na cabine do capitão, nunca conseguiríamos sinal em um ponto tão remoto do oceano. Já ativamos o bloqueio de sonar e de radar, assim como a camuflagem dinâmica. Varremos o navio em busca de transmissores escondidos. Ninguém a bordo conseguiria informar nossa localização ou nossos planos para o mundo exterior. Pelo menos em teoria...

Conto tudo à tripulação. Surpresa! Sou descendente do capitão Nemo. Não, não é o peixe do desenho animado. Nossas armas de choque e outros brinquedos de nível ouro são baseados na tecnologia do Nemo. O Instituto Land e a Harding-Pencroft estão em guerra fria por essa tecnologia há cento e cinquenta anos. Agora, a guerra estourou de vez. A maior parte desses recursos, incluindo os destroços do submarino de Nemo, está supostamente em uma base secreta da HP, a três dias da nossa posição atual. Se formos pegos pelo submarino do IL, o *Aronnax*, viramos comida de peixe. Ah, aliás, o dr. Hewett está em coma na enfermaria e precisa de tratamento imediato.

— Pelo que entendi — falo —, nós temos duas alternativas. Encontramos essa base, avisamos o nosso pessoal que trabalha lá e buscamos apoio contra o IL. É isso que o Hewett queria fazer. Ou voltamos para a Califórnia, relatamos tudo para as autoridades e torcemos para que eles consigam resolver a situação. Perguntas?

O grupo se remexe, desconfortável. Todos se entreolham, esperando alguém falar primeiro.

Kiya Jensen levanta a mão.

— Então você está no comando agora, Ana? — Ela dá uma olhada para Gem. — E todo mundo concorda com isso?

Tento não levar para o lado pessoal. Tubarões são treinados para comandar. De acordo com a tradição da escola, Gem deveria estar na liderança, não eu.

Eu me pergunto se ele vai pedir uma votação. Imagino que ele ganharia, e, para ser sincera, eu ficaria aliviada. Gemini Twain é competente e confiável. O que é muito irritante, aliás.

Ele assente para Kiya.

— As ordens do professor foram claras: encontrar essa base, custe o que custar. Ana tem boa intuição, e os genes do Nemo permitem que ela opere coisas que estão fora do nosso alcance. Concordo com o dr. Hewett. Ela é a nossa melhor chance.

Encaro nossos colegas com uma expressão que, espero, comunique um tranquilo *Eu tinha certeza de que Gem ficaria do meu lado.*

Rhys Morrow levanta o dedo.

— Você está supondo que essa base existe. Se Hewett estiver mentindo, vamos acabar no meio do Pacífico sem suprimentos. Ele trabalhava no IL, né? Talvez ele seja o espião, nos mandando direto para a morte.

Sempre um poço de otimismo, essa menina. Mas o argumento dela é válido.

Um murmúrio inquieto passa pelo grupo. Ninguém parece chocado pelas alegações de Rhys. A fofoca corre rápido.

— A base está lá — diz Ester.

Ela está ajoelhada ao lado de Top, tirando sal marinho preso no pelo de sua orelha. Ester não fala alto, mas consegue a atenção de todo mundo.

— Você *sabe* disso? — pergunta Franklin.

— Não com certeza. — Ela ainda está focada em Top. — Não porque sou da família Harding ou coisa do tipo. Se o dr. Hewett quisesse nos matar, faria algo mais fácil do que nos mandar para uma ilha fictícia no meio do oceano. Se ele for um espião, é mais provável que esteja nos usando para encontrar essa base. Ele precisaria da Ana para isso. Depois, poderia nos vender para o IL. E *aí* ele nos mataria.

Essa ideia alegre paira no ar quente e úmido. O mar se agita sob nossos pés. Mais uma vez, todo mundo olha para mim em busca de respostas.

Quero bater em algum veterano do IL. Ainda falta uma semana para eu fazer quinze anos. Por que *eu* tenho que estar no comando dessa crise? Quero gritar *Não é justo!*, mas grito isso internamente desde que meus pais morreram, e nunca me serviu de nada. Já aprendi que o mundo não se importa com o que é certo para mim. Tenho que *fazer* o mundo se importar.

— Procurar a base é arriscado — admito. É incrível que minha voz não falhe. — Nossa outra opção é voltar. Isso também é arriscado. O *Aronnax* está em algum lugar nessas águas, e nós vimos o que ele fez com a escola. Nós tínhamos muitos... muitos amigos no campus.

Mais do que amigos. Penso no sorriso torto de Dev. Seu presente de aniversário adiantado, a pérola negra da minha mãe, pesa em volta do meu pescoço. Me viro para Kay Ramsay, cuja irmã estava no terceiro ano. Os olhos vermelhos e úmidos de Kay perfuram as tábuas do convés. Brigid Salter, cujo irmão estava no quarto ano, treme ao se apoiar em Rhys, sua colega de classe.

Ontem foi só choque, incerteza, medo. Nosso mundo foi destruído. Hoje, temos que juntar os cacos e tentar nos reconstruir.

Alguns de nós têm partes literalmente quebradas. O ombro esquerdo de Eloise McManus está envolto em gaze, o braço em uma tipoia de modo que ela não pode segurar um fuzil. Para um Tubarão, isso deve ser insuportável. Meadow Newman está pálida e com movimentos limitados. Sua camisa esconde o curativo, mas eu lembro que um arpão prateado atravessou seu ombro.

Seu colega Cefalópode, Robbie Barr, se apoia em uma muleta, a perna direita imobilizada depois do encontro com um arpão de Leiden. Ele limpa o nariz com um lenço de pano. Não está chorando, só é famoso por suas muitas alergias. Até em mar aberto ele encontra algo que o faz espirrar.

— Essa tecnologia alternativa... — Robbie estreita os olhos para mim. — Você disse que a missão da HP sempre foi proteger essas coisas. E nenhum de nós sabia. Nem você?

— Nem eu — confirmo. — Até ontem, eu não sabia de nada.

Tento não olhar para Ester. Tenho quase certeza de que ela sabia mais do que podia dizer, mas não quero expô-la na frente de todo mundo.

Cooper Dunne ergue sua nova pistola de Leiden.

— E tem mais surpresas como essa na tal base secreta?

A perna de Cooper ainda está enfaixada depois do ferimento de arpão que sofreu ontem, mas ele não parece se incomodar. Na verdade, parece ansioso para uma revanche contra o IL — de preferência, com armas maiores do nosso lado na próxima vez.

— Hewett disse que as armas de Leiden são as coisas mais simples — informo. — Ele falou que as tecnologias mais complicadas de Nemo ainda estão *muito* à frente da nossa ciência mais avançada. As provas que a gente faria nesse fim de semana serviriam como uma espécie de introdução.

Mais resmungos no convés. Ah, sim, os bons e velhos tempos de vinte e quatro horas atrás, quando nossa principal preocupação era passar nas provas e continuar na HP.

Tia Romero mexe em seu cabelo cacheado.

— Então o pessoal mais velho, mesmo quem estava no terceiro ano... Eles sabiam disso tudo e nunca disseram uma palavra.

Vejo que ninguém gosta da ideia de os alunos de terceiro ano terem acesso privilegiado a informações importantes. Eles eram péssimos.

Por outro lado, o segredo em torno das tecnologias alternativas explica por que eles sempre olhavam para a gente daquele jeito metido à besta. Muitas coisas fazem sentido agora. O forte sistema de segurança no Edifício Verne. Os guardas armados. As caixas de nível ouro.

Ainda não consigo acreditar que Dev escondeu tudo isso de mim... A herança da nossa família, e sobretudo as circunstâncias da morte dos nossos pais. Quanto mais penso, no entanto, menos fico com raiva. Só me deixa triste a ideia de que Dev carregou esse peso todo sozinho. Eu queria ter ajudado. Mas agora ele se foi...

— Não podemos deixar que eles peguem esse equipamento. — A voz de Brigid Salter me faz voltar à realidade. Ela ainda parece trêmula, como se estivesse saindo de uma gripe debilitante, mas sua expressão é firme como aço. — Essa base. Talvez ela seja tudo que nos resta da HP. Não podemos deixar que o Instituto Land roube isso de nós. Também não vamos deixar eles levarem você, Ana.

Sinto um nó na garganta. Seria muito fácil para Brigid, para *todos* os meus colegas, me culparem pelo que aconteceu, considerando que *eu* sou o alvo do Instituto Land. Em vez disso, sinto a raiva atravessando o grupo, mas essa raiva não é direcionada a mim.

— Acho que devemos votar — anuncia Gem. — Eu voto para que Ana fique no comando. Vamos seguir as ordens dela, trabalhar juntos e encontrar essa base. Depois, vamos forçar o Instituto Land a pagar pelo que fez. Quem está a favor?

Os votos a favor vencem por unanimidade. Todos erguem a mão, exceto Top, e gosto de pensar que tenho seu apoio moral.

Engulo em seco, sentindo o gosto metálico do medo. Só porque sou descendente de Nemo não significa que sou feita para ser capitã. Mas meus colegas precisam de alguém à frente, alguém que vá levá-los para uma situação melhor. Para seu azar, eles decidiram que esse alguém sou eu. Por eles, por nossos amigos perdidos, e especialmente por Dev, eu preciso tentar.

— Não vou decepcionar vocês.

Assim que as palavras saem da minha boca, eu penso: *Como é que posso fazer uma promessa dessas?*

— Representantes, venham para o passadiço comigo — digo, os joelhos tremendo. — O restante, de volta às suas estações. Temos trabalho a fazer!

São só mais setenta e duas horas, repito para mim mesma.

Depois disso, ou vamos encontrar ajuda na base secreta... ou, o mais provável, vamos morrer.

CAPÍTULO 18

DESCOBRI QUE CAPITANEAR UM navio dá um trabalhão.

Acho que eu já deveria saber disso. Estive no *Varuna* inúmeras vezes. Mesmo assim, nunca fui responsável por uma tripulação inteira, ainda mais uma que tenta decifrar caixas cheias de tecnologias alternativas nemônicas.

Minha reunião com os representantes correu bem. Organizamos nossas tarefas e nossos turnos diários. Um Golfinho e um Tubarão sempre estarão no passadiço como contramestre e oficial do convés. Orcas e Cefalópodes vão desencaixotar e analisar cuidadosamente a tecnologia de nível ouro. Linzi e Franklin vão se alternar na enfermaria para cuidar do dr. Hewett. Todos terão turnos para preparar as refeições, manter um inventário dos suprimentos, monitorar os sistemas críticos e limpar o *Varuna*. (Navios ficam sujos muito rápido com vinte e uma pessoas e um cachorro a bordo.) Enquanto isso, Top vai seguir Ester para todo canto e ser fofinho. Sócrates vai ir e vir como bem entender, comendo peixes e brincando no oceano. Por que os animais ficam com as melhores funções?

Assim que resolvemos todos os detalhes, estabeleço o nosso percurso. Vamos ter que arriscar uma viagem em linha reta até a ilha. Não temos tempo ou suprimentos suficientes para ziguezaguear pelo oceano, despistando qualquer perseguidor. Só nos resta torcer para que as tecnologias avançadas de camuflagem e antissonar funcionem mesmo.

Deixo Virgil Esparza e Dru Cardenas no comando do primeiro turno. Tia Romero também fica no passadiço. Ela está mexendo no tablet do dr. Hewett, tentando acessar os dados criptografados e transferi-los para o computador de bordo. Desejo boa sorte a ela, mas não sei se tenho estômago para outro segredo explosivo que o professor possa estar guardando.

Passo a primeira parte do dia fazendo rondas. Checo a tripulação. Dou algumas palavras de incentivo. Tento não tropeçar nas várias caixas de nível ouro que agora estão espalhadas pelo navio. Orcas e Cefalópodes animados me perguntam um monte de coisas: O que é isso? Como funciona? Na maioria das vezes, não faço a mínima ideia. Posso ter o DNA de Nemo, mas ele não vem com um conhecimento latente ou com um valioso manual do usuário.

Ao meio-dia, a chuva desaba. As ondas chegam a uma altura de um metro e meio. Não é nada novo para a gente, mas também não ajuda o moral do grupo. Se a pessoa estiver trabalhando debaixo do convés sem respirar ar fresco e sem ver o horizonte, pode ficar enjoada mesmo que tenha uma boa resistência.

Encontro Nelinha na sala de máquinas. Ela está sentada no piso de aço xadrez, com uma caixa de nível ouro entre as pernas. Hoje, ela adaptou o look de Rosie, a Rebitadeira com um top vermelho e uma bandana vermelha de bolinhas. Parece completamente absorta enquanto analisa os fios e as placas de metal. Tenho um flashback de Dev na sexta série, montando robôs de Lego.

Olho para Gem, que me seguiu a manhã inteira.

— Por que você não vai almoçar? Vou ficar bem.

Ele parece dividido entre seu dever como guarda-costas e o desconforto de estar perto de Nelinha. Por fim, assente e sai rápido. É um alívio. Ele fica tanto tempo atrás de mim que, daqui a pouco, sua respiração vai deixar uma marca no meu ombro.

— Como está sendo *isso aí*? — Com a chave de fenda, Nelinha aponta para o lugar em que Gem estava.

Quero dizer que Gem não é tão ruim, mas, devido à história deles, não é legal falar isso para Nelinha. Só dou de ombros.

— Humpf. — Ela volta a se concentrar no dispositivo semidesmontado que tem nas mãos.

Penso naquele dia infame de setembro, no nosso ano de calouros. Éramos novas na escola, tentando sobreviver ao rolo compressor que foi nosso mês de orientação. Dois dos nossos colegas de classe já haviam desistido e voltado chorando para casa.

Nelinha estava tendo mais dificuldade do que a maioria. Seu inglês era excelente, mas ainda era sua segunda língua. Ela ficou aliviada ao sentar do meu lado na cantina, porque eu sabia um pouco de português. Então, durante um jantar, a sombra de Gem surgiu na nossa mesa. Ele nos olhou de cima, encarando Nelinha como se ela fosse um unicórnio.

— Você é a aluna bolsista? — perguntara ele. — Do Brasil?

Não havia malícia na sua voz, mas as palavras tinham peso. Tínhamos acabado de terminar um dia difícil de treinamento físico. Ninguém estava com muita energia para bater papo. Nossos colegas se viraram para ver de quem Gem falava.

A aluna bolsista.

Nelinha ficou tensa. Meus dedos apertaram o garfo. Tive vontade de furar a perna de Gemini Twain. Ele reduziu a identidade da minha nova amiga a três palavras que a perseguiriam pelo resto do ano.

Gem pareceu não perceber. Começou a falar sobre o irmão, que era um missionário mórmon na Rocinha. Será que Nelinha o conhecia? Ela já tinha encontrado algum missionário? Como era viver na favela?

Depois, aprendi que ir direto ao ponto era parte da personalidade de Gem. Ao ver um alvo, ele mirava e atirava, fosse uma bala ou uma pergunta. Os danos colaterais nem passavam pela sua cabeça.

Nelinha colocou os talheres na mesa. Deu a Gem um sorriso amargo.

— Não conheço o seu irmão. Ana, você já terminou?

Ela saiu furiosa da cantina. Lancei um olhar fulminante para Gem, então abandonei o meu jantar e corri atrás dela.

Mais tarde, quando as luzes já estavam apagadas no alojamento do primeiro ano, ouvi Nelinha chorando na cama. A princípio, pensei que fosse Ester. Mas Ester roncava e dormia profundamente. Nelinha estava toda encolhida debaixo do cobertor, tremendo e se sentindo péssima. Eu me deitei ao seu lado e a abracei enquanto ela chorava, até que finalmente conseguiu dormir.

Nelinha tinha passado por muita coisa em seus treze anos de vida. Ela cresceu órfã — sem família, sem oportunidades, sem dinheiro. Então, graças a um professor do ensino fundamental que viu algo de diferente nela, Nelinha foi indicada para as provas de admissão da HP no Rio. Ela arrebentou em todas as notas de aptidão mecânica. Merecia ser conhecida como mais do que *a aluna bolsista*.

Desde aquele dia na cantina, passei quase dois anos com raiva de Gemini Twain. Talvez não tenha sido razoável ou justificável. Mas não gosto de ninguém que magoa os meus amigos.

Agora, a HP foi destruída. O futuro de Nelinha, mais uma vez, é um grande ponto de interrogação. Assim como eu, ela não tem família nem uma casa para a qual retornar. Tudo que temos é essa viagem de barco para o meio do nada...

— Isso é loucura. — A voz dela me faz sair do transe. Eu me pergunto quanto tempo fiquei ali, observando-a trabalhar.

— O que é loucura?

Ela levanta o dispositivo. Parece o cruzamento de uma mola com uma bola de tênis metálica.

— Se eu estiver certa, isso é um LOCUS.

Tento me lembrar do nome. Me vem à cabeça a voz seca do dr. Hewett, dando alguma aula de CMT tempos atrás.

— Um sensor de eletrolocalização?

— Correto! — Nelinha arqueia as sobrancelhas perfeitas. — Imagine uma alternativa ao radar e ao sonar, algo mais eficaz e indetectável que se baseia nos sentidos dos mamíferos aquáticos. Baleias. Golfinhos. Ornitorrincos. Se eu conseguir entender isto aqui, podemos procurar por invasores sem entregar a nossa posição.

— Ou podemos brilhar como nunca em telas de sonares — especulo.

— Talvez — diz Nelinha, empolgada. — Onde está o seu senso de aventura?

Balanço a cabeça, admirada.

— Como você consegue encarar tudo isso com tanta calma? Coisas assim nem deveriam ser cientificamente possíveis.

Ela joga o LOCUS no ar e o pega de novo.

— Gata, nosso entendimento das leis da ciência muda toda hora. Nós só temos uns poucos sentidos. Nossa perspectiva sobre a realidade é tão limitada...

— Eita. — Percebo que caí sem querer em mais uma #PalestrinhaDaNelinha.

— Isso mesmo, *eita*. Esse LOCUS... é tipo uma coisa que os golfinhos poderiam criar se quisessem expandir seus sentidos naturais. Ou as lulas, se tivessem mais alguns milênios de evolução. O seu antepassado era um gênio, Ana. É como se todos estivessem vendo o mundo em três dimensões e, de alguma forma, ele conseguisse parar e vê-lo em *cinco*. Tudo continua igual, mas tudo fica diferente. Se conseguíssemos reproduzir...

Ester me salva do restante da palestrinha quando surge, sem fôlego, com Top nos calcanhares.

— VEM COMIGO... VOCÊ PRECISA VER ISSO. — Seus olhos estão inchados de lágrimas. — VOCÊ NÃO VAI GOSTAR, MAS PRECISA VER.

CAPÍTULO 19

A PARTE QUE EU mais odeio?

Nenhum de nós vai conseguir tirar essas imagens da cabeça. O vídeo que os drones do dr. Hewett gravaram na HP está rodando em seis monitores no passadiço. Vamos reviver esse trauma em cores pelo resto das nossas vidas.

Tia se afasta do painel, cobrindo a boca com as mãos. Virgil e Dru parecem paralisados nos seus postos. Quando entramos no passadiço, Nelinha grunhe como se tivesse levado um soco no peito.

Os drones nos mostram o nosso antigo campus em seis ângulos diferentes. As ondas da baía se agitam em branco e marrom, espumando sobre os destroços. O penhasco foi recortado em uma crescente quase perfeita, como se algum deus tivesse pegado uma colher de sorvete e se servido de uma porção gigante da Califórnia. Nada restou da Harding-Pencroft, exceto o asfalto empenado da via principal, que levava à casa de guarda agora abandonada. Os vídeos não mostram pessoa nenhuma. Não consigo decidir se isso é uma bênção ou uma maldição.

O que aconteceu com os guardas no portão? Será que alguns estudantes escaparam antes de os prédios desabarem?

Meu instinto diz que não. Não havia tempo. E eles não devem ter visto nenhum sinal de que isso aconteceria. Todos na HP estão no fundo da baía. De acordo com o que aprendi sobre decomposição marinha, pode demorar muito para que alguma evidência chegue à superfície.

Evidência.

Meu Deus.

Como posso pensar nos meus colegas como *evidências*?

Eu me lembro de Dev sorrindo para mim: *Você parte hoje para as fazer provas de segundo ano. Queria que estivesse com a pérola para dar sorte. Só por via das dúvidas, né, para não correr o risco de passar vergonha.*

A pérola negra da minha mãe parece uma âncora no meu pescoço.

— E tem… tem isso também.

Tia aperta um botão no teclado. Todas as seis telas mudam para a mesma imagem: uma forma triangular escura, flutuando debaixo d'água bem na entrada da baía. É difícil avaliar a profundidade ou o tamanho relativo do objeto, mas parece gigantesco, como um bombardeiro furtivo submerso. Enquanto assistimos, ele causa uma ondulação e desaparece.

— O *Aronnax* — falo.

— Ele tem camuflagem dinâmica — diz Nelinha.

A pressão cresce na minha garganta. Preciso chorar. Preciso quebrar os monitores. *Isso está muito errado. E é muito mais do que posso aguentar.* De alguma forma, consigo engolir a raiva.

— Mais alguma coisa? — pergunto a Tia.

— Hã… — Seus dedos tremem sobre o teclado. — Sim. O dr. Hewett gravou algumas transmissões de notícias via satélite. Temos registros de algumas horas depois do ataque. Viramos notícia internacional.

Os monitores mudam para reportagens de noticiários por todo o Círculo de Fogo: Califórnia, Oregon, Japão, China, Rússia, Guam, Filipinas. Nas notícias locais de Seattle, aparece um repórter com expressão sombria e a seguinte legenda: GRANDE DESMORONAMENTO DESTRÓI ESCOLA NA CALIFÓRNIA: ESTIMAM-SE MAIS DE CEM MORTOS. No canal estatal da China, a legenda diz, em mandarim: FRÁGIL INFRAESTRUTURA AMERICANA CAUSA OUTRA TRAGÉDIA. O âncora cita que, segundo "fontes anônimas", a catástrofe pode ter sido provocada por falhas estruturais e negligência nas normas de construção. Nenhuma das matérias chama o incidente de ataque.

— Como eles podem ser tão *cegos*? — diz Virgil. — Um desmoronamento não deixa um semicírculo perfeito!

Mas as imagens dos jornais são diferentes das gravadas pelos drones do dr. Hewett. Quando os helicópteros da mídia chegaram ao local, aparentemente horas depois do ataque, as bordas do penhasco já tinham caído e ficado mais irregulares, dando a impressão de um desastre natural.

Alguns programas de notícias cortam para o rosto de pais chorando.

— Desligue — peço. — Por favor.

Os monitores se apagam. O passadiço fica em silêncio por duas ondas. O *Varuna* sobe e desce à medida que forçamos caminho pela tempestade, deixando o meu coração na crista de cada onda. Pelas janelas, posso ver a tripulação cambaleando em capas de chuva, checando se os coletores de água estão abertos para aproveitar o aguaceiro.

Olho para Tia.

— Os outros não precisam ver esses vídeos agora. Já estão tristes o bastante. Não estou dizendo para a gente esconder as informações, mas ver essas imagens...

Tia assente.

— É só que... Nenhuma das reportagens menciona a nossa viagem de campo. Isso significa que todo mundo deve pensar que estamos mortos. Nossos pais. Amigos. Parentes.

Sei que ela está pensando na própria família em Michigan. Seu apelido é Tia porque ela é muito ligada a seus três sobrinhos bebês e suas duas sobrinhas. Mãe e pai, tias e tios, irmãos e suas irmãs... todos devem estar em desespero.

— Eu entendo — falo, embora não seja exatamente verdade. Não tenho ninguém me esperando em casa, se preocupando comigo. — A questão é que o Instituto Land sabe que estamos vivos. O *Aronnax* está nos caçando. Se falarmos algo no rádio...

— Aí, *sim*, podemos morrer — diz Dru.

É um típico comentário mirar-e-atirar de Tubarão, mas ele está certo.

Virgil coça o queixo.

— Bernie, o motorista do ônibus... ele sabe que estamos vivos, não sabe? E os guardas nas docas de San Alejandro. Eles vão contar para todo mundo que não estávamos no campus quando ele desabou, não é?

— Se ainda estiverem vivos — responde Dru.

Penso na ordem de Hewett para os guardas: *Ganhem tempo para nós*.

— Por enquanto — falo —, vamos seguir em frente. Precisamos ter esperança de que...

Não sei bem como terminar a frase. Precisamos ter esperança para tanta coisa... Nesse momento, nosso estoque de esperança parece tão limitado quanto o de comida e de água.

Top bate a cabeça na perna de Ester. Ele choraminga baixinho, olhando para ela com olhos tristes de *me dá carinho*. Só então percebo que Ester está chorando em silêncio. Top merece mesmo todos os petiscos.

— Ei — digo a Ester. — Vamos sair dessa...

Ela faz um barulho entre uma fungada e um soluço. Depois corre para fora do passadiço, com Top ao seu lado.

— Vou atrás dela — oferece Nelinha.

— Não, deixa comigo — respondo. — Nelinha, mostre para Tia aquele troço de LOCUS. Se estiver funcionando, quero que seja instalado agora mesmo.

— Troço de LOCUS? — pergunta Tia.

Nelinha mostra sua mistura catastrófica de mola com bola de tênis metálica.

— Legal — diz Tia. Quando me viro para sair, ela me chama: — Ana, quero tentar mais uma coisa com o painel de controle do Hewett. Quando os drones sobrevoaram o campus, devem ter sincronizado com a intranet da escola.

Contenho um arrepio.

— Mas a escola já estava destruída.

Tia hesita.

— Os sistemas computacionais foram feitos para aguentar todo tipo de impacto. São como a caixa-preta de um avião. É possível que os drones tenham extraído informações antes de a intranet cair totalmente.

Não gosto muito desse plano. Mais informações significa mais dor, mais lembretes do que perdemos. No entanto, me esforço para assentir.

— Tudo bem. Bom trabalho, continue assim.

Então corro atrás de Ester e Top.

CAPÍTULO 20

ENCONTRO ESTER NA BIBLIOTECA DO NAVIO.

Nas últimas viagens, esse foi um dos nossos lugares favoritos. As paredes têm livros do chão ao teto: desde manuais de física até os best-sellers mais recentes. Barras de madeira sustentam as estantes, impedindo que os livros saiam voando com o movimento do navio. A mesa de mogno tem seis cadeiras. Encostado na parede dos fundos, está um velho e confortável sofá de veludo cotelê que sempre disputamos quando temos tempo livre. Quando *tínhamos* tempo livre. Isso não vai mais acontecer tão cedo. Ester está aninhada em uma ponta, abraçando um livro com capa de couro. Top está ao seu lado, abanando o rabo.

— Ei... — Eu me sento no tapete aos pés de Ester, cruzando as pernas. Recebo um beijo molhado de Top.

— A culpa é minha — choraminga Ester. — Eu precisava... Eles têm que me deixar reconstruir. Eles vão deixar, não vão? Eu não trouxe mais cartões de fichamento. Sou tão burra! É tudo culpa minha.

Não consigo entender tudo que ela está dizendo. Às vezes, quando Ester fala, precisamos apenas acompanhá-la na caminhada e aproveitar a paisagem. Mas *uma* coisa eu entendo.

— Você não tem culpa de nada, Ester.

— Tenho, sim. Eu sou uma Harding.

Eu queria lhe dar um abraço, mas Ester não é como Nelinha. O contato físico com alguém que não seja o Top a deixa desconfortável, principalmente quando ela está chateada. As únicas exceções são abraços que ela mesma pede e colisões durante o treino de luta).

— Só porque a sua família fundou a escola... — Eu hesito. Pela primeira vez, me dou conta de que os nossos antepassados se conheciam. O encontro entre eles deu início a tudo que afeta a nossa vida. Isso é o suficiente para me deixar tonta. — Você não tinha como saber o que aconteceria.

Como sempre, seu cabelo frisado faz parecer que ela acabou de enfiar o dedo na tomada. Sua blusa rosa acentua a pele com tom de vitamina de morango. Nelinha já a aconselhou diversas vezes a usar outra cor — azul-escuro ou verde —, mas Ester gosta de rosa. A teimosa dela em relação a isso só me faz admirá-la ainda mais.

— Eu *sabia* — diz Ester, arrasada. — E sei o que vai acontecer com você.

Uma hora, sinto que estou apoiando a minha amiga; na outra, é como se ela estivesse me empurrando para um penhasco.

Minha cabeça está a mil. Estou louca para gritar *O QUE VOCÊ QUER DIZER COM ISSO?* e arrancar a informação dela. Mas não quero piorar as coisas.

— Me conta? — sugiro.

Ester limpa o nariz. Em seu colo, vejo o título dourado do livro *A ilha misteriosa*. É claro que teríamos um exemplar a bordo. Eu me pergunto se é uma primeira edição autografada pelo capitão Nemo. Príncipe Dakkar. Meu quinto avô. Nem sei como chamá-lo.

— Harding e Pencroft — começa ela. — Nemo pediu a eles que protegessem seu legado.

Assinto. Foi o que Hewett me disse. Só preciso esperar para ver aonde a caminhada com Ester vai me levar.

— Como Nemo não podia destruir o *Náutilus* — continua —, ele queria que Harding e Pencroft mantivessem sua localização em segredo até que chegasse a hora certa.

— Por que ele não podia destruir o submarino? — indago, apesar de a própria pergunta parecer errada. É como questionar por que Botticelli não queimou *O nascimento de Vênus* antes de morrer.

Ester passa o dedo sobre as letras douradas da capa.

— Não sei. O melhor que Nemo conseguiu fazer foi afundar o *Náutilus* debaixo daquela ilha. Ele sabia que Aronnax e Land estavam procurando por ele. Estava sozinho, morrendo. Acho que não teve escolha. Decidiu confiar a Harding e Pencroft os seus segredos e o seu tesouro.

Nemo, penso. *Harding e Pencroft*.

Eu e Ester estávamos ligadas uma à outra séculos antes de nascermos. Isso me faz pensar sobre reencarnação e carma, e se as nossas almas podem ter se encontrado em outro tempo.

— Mas como eles poderiam saber? — pergunto. — Quer dizer... como Harding e Pencroft saberiam a hora certa de procurar o submarino de novo?

Ester inclina o corpo e se apoia nos joelhos.

— Aquele mapa cinza na cabine do capitão. O leitor genético. Eles só funcionariam com um descendente direto de Nemo. E só depois de um certo número de gerações. Não sei como Nemo decidiu isso. Nós não... Meus antepassados não sabiam exatamente quanto tempo ia demorar. Seu pai tentou quando era aluno da HP. Não conseguiu. Então tentou de novo há dois anos, talvez por desencargo de consciência. Por alguma razão, deu certo. Ele foi o primeiro.

Um nó de pesca se aperta na minha garganta.

Eu me lembro do arrepio elétrico percorrendo o meu braço quando peguei o estranho peso de papel robótico. Meu pai tinha feito a mesma coisa antes de mim. Quase posso sentir sua mão calejada e morna sobre a minha.

— Eu sabia sobre as tecnologias alternativas. — Ester estremece, o que faz Top chegar mais perto. — O Conselho Diretor... eles me passaram essas informações no outono passado. Não todos os detalhes, mas me falaram sobre a sua família. E a *minha* família. Eu queria contar para você. Manter esses segredos parecia errado... e *perigoso*. Mas o Conselho controla a minha herança e a escola. Eles me fizeram assinar um monte de papéis. Se eu falasse alguma coisa para alguém, até para você... Me desculpe, Ana. Talvez, se eu tivesse te contado antes, a gente teria conseguido salvar a HP.

Quero confortá-la, mas minha voz não funciona. Há muitos fatos rodopiando na minha cabeça.

— Eu sou a última dos Harding — diz ela. — Os Pencroft tiveram fim na geração passada. O Conselho Diretor não gosta de mim. Depois que a minha tia morreu, quando eu tinha seis anos... ela foi a última Harding realmente *importante*. Eu sou... só eu.

A tristeza em sua voz me dói o coração.

— Ah, Ester...

— Em teoria, quando eu fizer dezoito anos — continua —, eles vão me dar algum controle. Mas... bem, pode ser que nunca façam isso. Eles não acreditam que eu seja capaz. E agora a escola foi destruída. Preciso reconstruir a HP. Não sei como. Me desculpe se você me odeia agora, Ana. Não quero que você me odeie.

Penso na coitada da Ester morando na HP desde os seis anos. Eu sabia da morte de sua tia. Sabia que ela não tinha nenhum parente vivo, apenas guardiões legais, mas nunca parei para pensar na pressão e na responsabilidade que cercavam o nome Harding. Ao longo de toda a sua vida, em vez de receber amor e cuidado, Ester foi vigiada por um conselho de advogados que amavam seu dinheiro e cuidavam dele, enquanto a monitoravam para identificar sinais de incompetência. Pelo menos eu conheci meus pais. Eles foram presentes na minha vida.

— Ester, eu não odeio você — garanto. — É claro que não. Você não podia falar nada.

Seus lábios tremem.

— Mas os outros vão me odiar.

— Não vão, não. E, se alguém odiar você, vou colocar boias de patinhos cor-de-rosa em cada um e jogá-los no mar.

Ela funga um pouco mais.

— Isso foi uma piada, né?

— Não. Mas ninguém vai odiar você.

— E o Conselho Diretor? Eu contei a você o que sabia. Eles vão me deserdar.

— Se você tiver algum problema com o Conselho Diretor, vou dar um chute na virilha de todos eles.

Ester pensa nas minhas palavras. Não me pergunta se estou brincando.

— Tá legal. Isso é bom. Te amo.

Ela fala isso sem emoção, e qualquer outra pessoa poderia desconsiderar a mensagem ou entendê-la como uma frase educada e vazia, tipo *Oi, tudo bem?*, mas sei que ela falou sério.

— Também te amo — falo. — Posso fazer mais uma pergunta?

Ela assente. Quando coça a orelha de Top, percebo suas unhas roídas.

Não tenho certeza de que quero saber a resposta, mas pergunto mesmo assim.

— Você falou que sabe o que vai acontecer comigo. O que quis dizer com isso?

Ela franze o cenho enquanto observa a ilustração na capa do livro. Um vulcão sombrio e escarpado se ergue sobre o mar revolto. Em primeiro plano, um cachorro molhado parecido com Top treme em uma pequena rocha na superfície.

— Quando os seus pais encontraram o *Náutilus* — diz Ester —, eles tentaram abri-lo. Tentaram entrar. Seu pai deveria ter conseguido. Era descendente direto de Nemo. Não sei exatamente o que aconteceu, mas algo deu errado. Por isso a HP era tão cuidadosa com o Dev. Não queriam que ele chegasse perto do submarino até que entendessem...

— Espera aí — falo, zonza. — A morte dos meus pais foi um acidente.

— Acho que não. — Por um raro momento, os olhos de Ester encontram os meus. — O *Náutilus* é perigoso, Ana. Acho que ele matou os seus pais. Não quero que mate você também.

CAPÍTULO 21

NOS DOIS DIAS SEGUINTES, tento não remoer obsessivamente as palavras de Ester.

Mas não tem jeito. De noite, fico acordada na cama, pensando sobre a morte dos meus pais. Imagino os dois entrando nos destroços assustadores e enferrujados do submarino, para ficarem presos lá dentro ou serem mortos por alguma armadilha velha. Penso em Dev, e em como deve ter sido horrível para ele guardar tantos segredos. Tenho pesadelos com o *Aronnax*, sua forma escura de ponta de flecha arremetendo contra a gente debaixo d'água, partindo o casco do *Varuna* ao meio.

Durante o dia, estou estressada demais com problemas imediatos para me preocupar com os que podem me matar depois. Pelo menos esse é um lado bom.

Entre os pontos baixos: a comida está acabando. Nosso consumo é bem maior do que eu imaginava, e não somos tão bons em fazer racionamento. Me sinto até mal por ter pegado outro cookie com gotas de chocolate na primeira noite, depois do jantar. (O que eu realmente queria era um gujia fresquinho com chai quente, mas, em momentos de desespero, qualquer comida reconfortante está valendo).

Além disso, tive que apartar uma briga entre Cooper e Virgil. Eles começaram a trocar socos depois que um deles fez um comentário sobre... na verdade, eu nem quis saber. Separei os dois e dei uns bons gritos. Me fez muito bem, provavelmente mais do que deveria. Fiquei tentada a trancar cada um no seu quarto, mas preciso que todo mundo continue trabalhando. A briga deixou uma coisa clara: os nervos estão à flor da pele.

E a saúde do dr. Hewett continua se deteriorando. Franklin e Linzi estão fazendo de tudo para mantê-lo vivo, mas não sabem dizer quanto tempo lhe resta. Sua pressão está baixa. Seus batimentos cardíacos estão fracos. Sua urina... eu posso ter me distraído quando eles falaram na urina.

Os pontos altos da viagem são cada vez mais raros.

Um deles é que Nelinha conseguiu fazer o LOCUS funcionar. Gem, Ester, Tia e eu nos juntamos a ela no passadiço para a grande revelação. Não sabemos bem o que esperar. A bola de tênis metálica repousa sobre o painel de navegação. Suas espirais de mola seguem em todas as direções, como tentáculos de um polvo, ligadas a vários pontos do painel sem uma razão aparente. Elas funcionam como antenas? São fios de aterramento?

— Vamos lá. — Nelinha liga um interruptor de cobre na lateral da bola.

Raios verdes de luz tomam conta do espaço, como se estivéssemos dentro de um aquário que precisa urgentemente de limpeza.

— Deve ter alguma coisa errada — diz Ester.

— Um segundo — pede Nelinha. — Deixa eu recalibrar a resolução do display...

Ela gira outra chave. As luzes verdes diminuem até se tornarem uma esfera brilhante do tamanho de uma bola de basquete, flutuando acima da base do LOCUS.

Entendo imediatamente o que estamos vendo. Nosso navio é o pontinho branco pairando no centro. A metade superior da esfera é um redemoinho de linhas verdes claras: padrões de vento, chuva e nuvens em tempo real. O hemisfério inferior mostra as condições subaquáticas em uma luz esmeralda mais escura: correntes, leituras de profundidade e inúmeros pontos e manchas, de tamanhos variados, se movendo abaixo de nós.

— É a vida marinha — especulo. — Só pode ser um cardume. E o que é isso, uma baleia?

Nelinha sorri.

— Estamos fazendo eletrolocalização, gente.

Fico enfeitiçada com a leitura tridimensional. Isso deveria ser excesso de informação, algo muito difícil de ler, mas entendo instintivamente. Posso *sentir* a posição do navio, como ele se relaciona com as correntes e o vento, como afeta o movimento das criaturas ao nosso redor.

— É bem melhor do que um sonar ou o ECDIS — murmuro. — Como é possível?

Nelinha parece satisfeita, como se tivesse acabado de preparar um doce que todo mundo adora.

— Falei para você, gata. É uma perspectiva diferente sobre as leis da ciência. O que estamos vendo é uma representação visual do modo como os mamíferos marinhos percebem o ambiente. E, sim, é *bem* melhor do que a tecnologia fraquinha dos animais terrestres.

— Bom trabalho, Silva. — Tia Romero observa os controles que cercam a base do LOCUS. — Tem certeza de que não estamos aparecendo no radar de todas as embarcações num raio de mil quilômetros?

— Tenho tipo noventa por cento de certeza. Oitenta e cinco.

— E se o *Aronnax* tiver uma tecnologia semelhante? — pergunto. — A camuflagem dinâmica pode enganar o LOCUS?

O sorriso de Nelinha desaparece.

— Talvez?

É um pensamento inquietante. Não há sinal de outras embarcações na leitura do LOCUS — submarinas ou não. Mas será possível que o *Aronnax* esteja lá, tão invisível para nós quanto nós (com sorte) estamos invisíveis para eles?

— Se eles aparecerem — diz Gem —, vamos testar nosso outro brinquedo novo.

Ele aponta para a janela. No convés da proa, os Tubarões montaram sua descoberta favorita das caixas de nível ouro: um canhão de Leiden do tamanho de um jet ski. Seu cano de cobre é envolvido por fios e diversas engrenagens intrincadas. O pedestal gira duzentos e setenta graus. Não sei o que aquilo pode fazer com uma embarcação inimiga, ainda mais uma como o *Aronnax*, mas Gem e seus colegas de Casa estão ansiosos para treinar tiro ao alvo. Já avisei que eles *não* têm permissão para eletrocutar baleias ou barcos de pesca.

Outro ponto alto da nossa viagem: os motores do *Varuna* pararam de funcionar.

Sei que isso parece uma coisa ruim. Em geral, ficar à deriva no meio do oceano e morrer de fome se encaixam nessa categoria. No entanto, os Cefalópodes têm certeza de que podem consertar os motores. Nesse meio-tempo, Halimah Nasser sugere que alguém aproveite a oportunidade para inspecionar o exterior do casco. Eu me ofereço tão rápido que a faço dar um pulo.

Coloco meu colete equilibrador e o cilindro de mergulho. Pego a máscara, os pés de pato e uma lula morta (por razões óbvias). A água está quente o bastante para dispensar a roupa de mergulho. Eu me jogo de costas no mar. Assim que a nuvem de bolhas se dissipa, vejo Sócrates nadando na minha direção, feliz por ter uma companhia para brincar.

Ele guincha e me cutuca alegremente. Dou a lula para ele, mas isso não parece satisfazê-lo. Quando começo a inspecionar o casco, ele bate na minha bunda para chamar a minha atenção.

— Seu mal-educado! — murmuro pelo regulador de ar.

Isso não o incomoda nem um pouco. Golfinhos batem na bunda de todo mundo sem pudor.

Ele me cutuca outra vez, e percebo que quer me mostrar alguma coisa.

Eu o sigo até o lado estibordo da proa. Pouco abaixo da linha d'água, há um gancho do tamanho de um punho preso ao trilho de contenção do casco. Uma corda desgastada está amarrada ao gancho, e sua ponta mergulha na escuridão. Imagino que seja uma lembrancinha deixada pelos invasores do Instituto Land. Eles devem ter prendido uma corda no *Varuna* pouco antes de emergir.

O dano deve ser superficial, mas não quero correr nenhum risco. Também não quero *nada* do IL no meu navio. Tiro o gancho e deixo-o afundar nas profundezas.

Agradeço a Sócrates com um tapinha na cabeça. Então volto à superfície para pedir ferramentas de reparo.

Quando termino de fazer os consertos e inspecionar o restante do casco — que parece normal —, ainda tenho trinta minutos de ar no cilindro.

Sócrates e eu damos um rápido mergulho. A cinco metros de profundidade, dançamos juntos. Seguro suas nadadeiras e ensino alguns passos, dando sequência ao trabalho que comecei há um ano. Murmurando pelo regulador de ar, mostro os movimentos para ele. *Coloca a nadadeira para a frente, coloca a nadadeira para trás.* Sócrates claramente não entende esse estranho ritual humano, mas, a julgar pela cara risonha, acha a maior graça da dança (e de mim).

Em certo momento, vemos um peixe-lua maior do que nós dois juntos. É uma criatura de aparência maravilhosamente bizarra. Parece que alguém fundiu um tubarão, uma couve-flor e um pedaço de pirita, então achatou essa mistura até que ficasse quase bidimensional. Sócrates ignora o nosso visitante, já que ele não é perigoso nem comestível. Eu aceno e convido o peixe-lua para dançar conosco. Ele passa direto. Me lembra uma coluna de humor escrita por Dave Berry, que meu pai leu para mim quando eu era pequena, sobre os únicos dois pensamentos de um peixe: *Comida?* e *Eita!* Mas há um terceiro pensamento, perfeitamente estampado na expressão desse peixe-lua: *Os humanos são muito estranhos.*

Gostaria de poder ficar mergulhando com Sócrates para sempre, dançando nos rodamoinhos de bolhas prateadas, a luz do sol atravessando a água verde.

Acho que perdi a noção do tempo.

Escuto o *clink, clink, clink* de um objeto de metal batendo no casco. Alguém está me mandando voltar à superfície.

Faço um *high-five* com Sócrates pelo bom trabalho. Então começo a minha subida.

De volta a bordo, me sinto bem melhor. O mar sempre recarrega as minhas energias. Guardo meu cilindro e lavo meu equipamento enquanto retomamos nossa jornada. Os motores consertados zumbem suavemente. O tempo melhorou, nos deixando com mares calmos e um pôr do sol bordô. Se tivermos sorte, chegaremos à base secreta da HP amanhã no fim do dia. Podemos encontrar ajuda, segurança, respostas. E, quem sabe, talvez até um novo estoque de cookies com gotas de chocolate.

Meu bom humor dura até Gemini Twain aparecer no passadiço.

— Precisamos de você. — Seu tom de voz deixa claro que são mais notícias ruins.

Tia Romero está curvada sobre o rádio náutico, apertando os fones nos ouvidos. Ela franze o rosto ao me ver.

— Recuperamos alguns áudios da intranet da escola — diz ela. — É melhor você se sentar.

CAPÍTULO 22

PENSEI QUE ESTARIA PREPARADA para qualquer coisa.

Eu me enganei.

Quando a voz de Dev ecoa dos fones, tento conter as lágrimas.

— ... *séria ameaça. Temos que EVACUAR o local. Eu...*

A gravação vira apenas ruído.

Arranco os fones e os jogo para longe, tomando distância como eles se fossem uma tarântula.

— Sinto muito — diz Tia. — Não tem mais nada. Só estática.

Minhas pernas tremem. Estou só de biquíni. A água salgada escorre pelas minhas pernas, pingando no piso de borracha sob meus pés. Nem sei mais se estou tremendo de frio ou de choque.

— Dev avisou a eles — murmuro. — Talvez tenham conseguido sair. Ele ainda pode estar vivo?

Lee-Ann Best é a navegadora de plantão. Suas orelhas ficam vermelhas, um sinal de que está prestes a mentir. Lee-Ann tem consciência dessa característica. Dado o seu interesse por contraespionagem, era de se esperar que ela adotasse um cabelo longo para esconder as orelhas reveladoras de mentira. Em vez disso, mantém os cachos pretos raspados nas laterais.

— Talvez — diz ela. — Quer dizer, é possível, não é?

Gem franze o cenho.

— Acho que não deu tempo. Ana, o barulho no fim da gravação...

Sei que ele tem razão.

Os ruídos provavelmente eram o som da nossa escola desabando no oceano. Imagino Dev falando no sistema de som. Ele devia estar na sala de segurança, no prédio da administração. Não sairia até ter certeza de que as pessoas estavam deixando o local.

Os drones não capturaram imagens de alguém vivo. Nenhuma das reportagens mencionou sobreviventes. Dev realmente se foi.

Tudo que tenho é uma gravação confusa dos seus últimos momentos desesperados.

Tento dizer alguma coisa. Percebo que, se não for embora agora, vou desabar na frente de todo mundo. Dou meia-volta e saio do passadiço.

Não me lembro de chegar à minha cabine.

Eu me deito na cama em posição fetal. Observo as ondas batendo no tanque vazio de Sócrates.

Tento recapturar a serenidade que senti no mar, dançando com o meu amigo golfinho. Essa sensação passou. A culpa já fincou as garras nas minhas entranhas.

Eu deveria ter feito mais pelo Dev. Se eu tivesse sido mais insistente sobre o que vi: aquele estranho momento em que as luzes da grade de segurança se apagaram... Se eu mesma tivesse falado com a equipe de segurança em vez de perder tempo tomando café da manhã... talvez meu irmão ainda estivesse vivo.

Não pude me despedir dos meus pais. Não de verdade. Eles disseram que iam fazer uma nova expedição e retornariam em mais ou menos um mês. Disseram para eu ser obediente. Deixei-os ir só com um abraço, um beijo e um revirar de olhos. *É claro que vou ser obediente. Vocês deveriam se preocupar com o Dev!* Minha mãe falou: *Daqui a pouquinho estaremos de volta.* E eu acreditei. Eles sempre voltavam.

Agora, também perdi o Dev. Por que sempre deixo escapar as chances de despedida?

A dor na minha barriga está ficando mais forte. Levo um instante para perceber que não é apenas por causa do luto. Minha menstruação desceu.

Ótimo. Como se eu já não tivesse problemas suficientes.

Me levanto, cambaleante, então mexo na bolsa em busca de roupas e artigos de higiene pessoal.

Quando abro a porta da cabine, vejo Nelinha e Ester. Ambas parecem sem jeito, como se estivessem decidindo se deveriam ou não bater à porta. Elas percebem a minha expressão de dor e a caixa de absorventes na minha mão. Logo saem do caminho, compreendendo que preciso ir ao banheiro.

— Vou pegar o remédio para cólica — diz Ester.

— Eu encho a bolsa de água quente — fala Nelinha.

Murmuro um agradecimento quando passo. Elas sabem como é. Mesmo com os suplementos de vitamina B1, exercícios regulares e uma boa alimentação, minha cólica menstrual é torturante. Entendo por que a menstruação é historicamente considerada uma "maldição". Lido com isso há dois anos e meio. Sem as minhas amigas, não sei como teria aguentado.

Assim que me visto e retorno à cabine, me aconchego na cama de novo. Engulo o remédio para cólica e pressiono a bolsa de água quente no abdômen.

Manchas amarelas de dor dançam diante dos meus olhos. Algo que mais parece um gancho metálico continua a atingir as minhas entranhas.

Top se aproxima e me dá um beijinho no nariz. Ele quer ajudar.

— VOCÊ NÃO VAI MORRER — diz Ester para mim.

Eu rio, o que faz a dor piorar.

— Obrigada, Ester. Sempre passo por isso.

— NÃO A SUA MENSTRUAÇÃO — diz ela. — QUERO DIZER NA ILHA.

— Volume, gata — diz Nelinha.

— Me desculpe. — Ester se senta à mesa e começa a mexer nos cartões de fichamento. — Escrevi todos os segredos que consigo lembrar. Todas as coisas que eu não deveria contar para você. Está aqui em algum lugar.

— Ester esteve ocupada — diz Nelinha para mim. — Só vamos garantir que esses cartões fiquem em segurança a partir de agora, tá, Ester? Não vamos deixar anotações ultrassecretas por aí, onde qualquer um pode encontrá-las, certo?

— Eu deixei na cozinha por um minuto — confessa Ester. — Enquanto roubava um cookie. Mas não tem problema. Ninguém viu.

Ahá! Então não sou a única ladra de cookies com gotas de chocolate. Se a tripulação se amotinar, eu e Ester seremos lançadas no mar.

Quando notei pela primeira vez que Ester tinha uma ótima memória, perguntei por que ela precisava dos cartões de fichamento. A explicação foi a seguinte: ela consegue se lembrar de uma orquestra sinfônica inteira, centenas de músicos tocando ao mesmo tempo. Mas, se alguém perguntar o que o oboé estava fazendo no segundo compasso do terceiro movimento, ela não consegue separar imediatamente essa informação de todos os outros sons que absorveu. Os cartões a ajudam a compreender a música. Ela pode organizar os metais por cor, por assim dizer, e mantê-los separados das cordas e da percussão. Pode dividir a sinfonia e estudá-la instrumento por instrumento, linha por linha.

Sem os cartões de fichamento, o mundo é um lugar assustador e opressivo.

— Aqui. — Ela segura um cartão azul, preenchido nos dois lados com a sua caligrafia perfeita. — Amanhã, quando nos aproximarmos da base secreta, haverá um teste.

Tento me concentrar. A bolsa de água quente está funcionando aos poucos, desfazendo os nós na minha barriga, mas a dor ainda é excruciante. A voz de Dev surge na minha cabeça. *Séria ameaça. Temos que EVACUAR o local.*

— Um teste? — me esforço para falar.

Ester assente.

— É o protocolo padrão quando alguém se aproxima de uma base. É o que diz aqui. Não sei que tipo de teste. Algo para provar que somos dignos. Se não formos, a ilha provavelmente vai nos destruir com armas de tecnologia alternativa.

— Mas isso não vai acontecer — garante Nelinha.

— Não — concorda Ester. — Porque... — Ela olha para Nelinha. — Por que não vai acontecer?

— Porque vamos descobrir como passar no teste — responde Nelinha, com delicadeza. — Vamos fazer isso enquanto a Ana dorme um pouco. Lembra?

— É mesmo — diz Ester. — Ana, é por isso que você não vai morrer. Durma um pouco.

Ela fala como se fosse algo tão simples quanto desligar um rádio.

Talvez seja.

Quero me juntar a elas na mesa. Eu deveria ajudá-las a entender esse teste. Mas o meu corpo está desligando. Ouvir a voz de Dev foi demais para mim. O remédio, o calor e a cólica estão lutando por domínio, transformando o meu sistema nervoso em um mar revolto. Eu me agarro à voz das minhas amigas como a um bote salva-vidas.

Fecho os olhos e mergulho nas profundezas indolores.

CAPÍTULO 23

NO MEU SONHO, É Quatro de Julho. Tenho dez anos. Estou esparramada em um lençol no Jardim Botânico de San Alejandro, esperando os fogos de artifício começarem.

Dev dança pelo local do piquenique, agitando uma estrelinha. Minha mãe está sentada ao meu lado, o rosto engolido pela sombra do longo chapéu de palha. A pérola negra brilha em seu pescoço. Ela mexe os pés descalços (sempre odiou sapatos) no ritmo da música de John Philip Sousa, que está tocando nos alto-falantes.

Ela se recosta no peito do meu pai. Ele envolve a cintura dela com os braços. Essa demonstração de afeto me deixa um pouco constrangida. Os pais têm *permissão* para ficar de chamego em público?

A camisa branca do meu pai, as calças brancas largas e a taça de vinho branco parecem brilhar no crepúsculo. Seu cabelo preto engomado é o contraste perfeito. Seu sorriso de *Mona Lisa* faz parecer que ele acabou de acordar de um lindo sonho.

Minha mãe observa o campo de papoulas, girassóis e miosótis que vai até o lago. Ela suspira, contente.

— Quando eu morrer, joguem as minhas cinzas nessa água. Gosto da vista.

— Mãe! — exclamo.

Ela ri com doçura.

— Minha querida, não tem nada de ruim na morte. Acontece com todo mundo.

— Tá bom, mas a gente pode não falar disso agora?

Ela me dá um beliscão afetuoso no braço.

— Ana, é bom conversar abertamente sobre essas coisas. Além disso, só estou comentando... Esse seria um ótimo lugar para descansar em paz.

— Mas você não está morrendo!

— O quê? — Dev para de dançar com a estrelinha e marcha até nós, em estado de alerta. — Quem está morrendo?

A estrelinha despeja uma cachoeira de faíscas douradas em seu braço nu. Ele não parece perceber.

— Ninguém está morrendo — garante meu pai. — Pelo menos não até eu terminar esse Chardonnay. — Seus olhos brilham de alegria. Eles são de um castanho profundo, como o centro de um girassol. — Mas concordo com a sua mãe. Quando chegar a hora, joguem as minhas cinzas aqui também, viu?

Estou prestes a dizer que eles estão sendo mórbidos demais, porém os fogos de artifício explodem no céu...

Acordo na minha cama. A julgar pelo ângulo em que o raio de sol entra pelas janelas, dormi a noite toda.

Meu corpo inteiro dói, e minha cabeça está latejando. Ester e Nelinha não estão na cabine. Acho que queriam me dar a chance de dormir bem.

Não tem nada de ruim na morte. Acontece com todo mundo.

Ah, mãe...

Não pude nem honrar o seu desejo. Não tínhamos cinzas para jogar em um lago. Agora, não tenho nada além de sua pérola. E conseguir *isso* de volta foi um milagre. A escola nos enviou com pêsames profundos — a única coisa que conseguiram recuperar depois do "acidente".

Estou tentada a permanecer na cama e me afundar na tristeza, mas sei que isso só pioraria as coisas. Descobri do jeito mais difícil que seja com luto, seja com cólicas menstruais, preciso sempre seguir em frente. E hoje, teoricamente, é o dia em que chegaremos à base secreta. Se é que ela existe mesmo...

Eu me limpo e me visto. Não tomo banho. Estamos racionando água. O café da manhã é uma barra de proteína de alga marinha. Também estamos racionando comida.

Por fim, chego ao passadiço.

Ninguém me olha feio por chegar tarde. Ainda assim, me sinto culpada. Com os nossos suprimentos chegando ao fim, a atmosfera a bordo está tão carregada quanto uma arma de Leiden. Para o bem da tripulação, preciso estar funcionando a todo vapor. Ou pelo menos *fingir* que estou.

Nosso teste começa às dez horas em ponto.

As luzes do LOCUS brilham com uma porção de manchas roxas.

— Aviões! — grita Jack Wu. — Espera. Não... *O que* são essas coisas?

As bolhas roxas acendem e apagam, mudando de forma e intensidade. No LOCUS, elas parecem ser objetos aéreos, pairando sobre o *Varuna*. No entanto, quando olho pelas janelas da proa, não vejo nada além de mar aberto por todo o horizonte.

Jack chega à conclusão antes de mim. Ele é o melhor da Casa Golfinho para esse tipo de coisa.

— Não são objetos físicos — deduz ele. — Está vendo como as manchas se achatam e se transformam em ondas?

Assinto.

— Esperto.

— O quê? — demanda Dru Cardenas, com a voz sobressaltada. — Estamos sendo atacados?

Ele parece louco para atirar em alguma coisa com o canhão de Leiden novinho em folha. Dru tem dedo nervoso, mesmo para o padrão dos Tubarões. Decido dar a ele um trabalho que não envolve armas.

— Não tem ataque nenhum — asseguro-lhe. — Pelo menos, não ainda. Você pode reunir os outros Golfinhos e trazê-los para cá, por favor? Temos que decifrar um código.

Poucos minutos depois, Virgil entra no passadiço, grogue e com os olhos inchados por ter passado a noite em claro trabalhando. Lee-Ann e Halimah aparecem logo depois. Enquanto eles chegam, Jack e eu identificamos o momento em que o padrão começa a se repetir. Também descobrimos como passar os impulsos elétricos do LOCUS para os alto-falantes, convertendo em som as manchas roxas e brilhantes.

Halimah inclina a cabeça.

— Baleia-azul?

— Em parte — respondo. — Mas é um pouco mais complicado do que isso. Continue escutando.

Durante anos, a HP usou o canto da baleia-azul como código. A modulação, o alcance e a duração do tom podem ser associados a componentes das línguas humanas, resultando em uma criptografia multicamada que é quase impossível de decifrar se não conhecermos a chave.

Esse código, porém, é ainda mais complicado.

Depois de alguns segundos, o padrão muda. Uma série de estalos, como uma coda de golfinhos, se sobrepõe ao canto da baleia. Dois segundos depois, os estalos e o canto são substituídos por sons como o vento atravessando uma concha.

Então o padrão recomeça.

— Quem quer que esteja enviando isso conhece os métodos de criptografia da HP — sugere Jack. — Eles devem supor que temos um LOCUS para receber a transmissão.

— Isso é bom, não é? — diz Lee-Ann. — Deve ser da nossa base.

— A não ser que seja uma armadilha — adverte Virgil. — Se for uma mensagem do *Aronnax* e a gente responder...

Que pensamento divertido.

Balanço a cabeça.

— Não. Deve ser da base. Estávamos esperando um teste...

— Estávamos? — pergunta Halimah.

Conto a eles sobre o aviso de Ester na noite passada.

— Então, se esse for o teste e a gente *não* responder, não vai ser bom. De qualquer forma, precisamos decifrar o código. Depois decidimos o que fazer.

Dá para ver que colegas de Casa relaxam. Decifrar um código... *esse* é um teste que podemos encarar. É para isso que os Golfinhos são treinados.

— Vamos supor que a primeira parte seja baleia-azul. — Jack pega um bloco de notas e um lápis. Começa a desenhar as manchas roxas e as ondas.

Ele diz que pensa melhor quando trabalha com as mãos, e, como é o nosso melhor decifrador, eu nunca discuto. — A segunda parte, com os estalos... Dá para diminuir a velocidade?

— Hã... — Eu não sou uma Cefalópode, mas, depois de alguns minutos de ajuste, consigo repetir a transmissão a um quarto de velocidade, o que torna o padrão mais claro. — É um código poligrâmico.

Só percebo que Gem está ao meu lado quando ele pergunta:

— O que é isso?

Quase pulo de susto. Sério, vou ter que colocar sininhos nos coldres de Gem para ele não aparecer mais do nada.

— É que nem código Morse — explico. — Mas diferente. Na Guerra do Vietnã, os prisioneiros usavam isso para passar mensagens um para o outro.

— E a terceira parte? — diz Halimah. — O que é?

Nós nos juntamos à mesa do mapa e tocamos a gravação diversas vezes, em velocidades diferentes. Jack enche o bloco de notas com desenhos e equações matemáticas. Halimah e Virgil discutem sobre fonética e simbologia alfabética. Lee-Ann nos dá uma aula sobre a relação entre a acústica e a dinâmica dos fluidos. Basicamente, é um grande festival nerd dos Golfinhos.

Não vejo o tempo passar, até que Gem coloca uma bandeja de sanduíches na nossa frente.

— Almoço.

Enquanto os outros comem, vou ao banheiro. Eu me refresco, lavo o rosto, tomo mais um remédio. Agora, a cólica está competindo com a dor nas costas. Fiquei muito tempo curvada, analisando códigos. Estou prestes a vomitar, mas reprimo a ânsia com pura força de vontade. Quando me entrego ao enjoo, não é fácil fazer o gênio do vômito voltar para a garrafa.

Começo a retornar ao passadiço, mas paro no meio do caminho. De repente, todos os pedaços do código que estavam rodopiando no meu cérebro formam um padrão perfeito. Eu vivo por esses momentos. São tão estimulantes quanto mergulhar de um penhasco e são o motivo principal para eu amar a Casa Golfinho. Jack é melhor em criptografia. Halimah tem mais talento para a navegação. Lee-Ann tem um entendimento mais apurado de contraespionagem, e Virgil é o nosso especialista em meios de comunicação eletrônicos.

Mas eu sou a melhor em juntar as peças para formar um todo. É por isso que fui eleita representante do segundo ano.

Com um sorriso no rosto, volto para o passadiço.

— Eu entendi.

Ensino o código aos meus colegas de casa. A primeira parte, o canto da baleia-azul, é um algoritmo para decifrar a segunda parte, que é a mensagem propriamente dita. A terceira parte dá pistas fonéticas, que nos indicam a linguagem usada na mensagem: bundeli, uma variante do hindu, que, por acaso, é a minha língua ancestral e o dialeto nativo do capitão Nemo.

— Uau — comenta Halimah, admirada. — Bom trabalho, Ana.

— Foi mesmo — diz Virgil. — Acho que eu ia ficar maluco se ouvisse aquela gravação mais uma vez. Queria ter o seu ouvido.

Tento não ficar orgulhosa demais de mim mesma.

— Só juntei tudo que vocês fizeram. Jack, você pode...?

Ele está mastigando um sanduíche de pasta de amendoim, mas começa a escrever, traduzindo a mensagem codificada.

Jack entrega o bloco de notas para Lee-Ann.

Ela pigarreia dramaticamente.

— E o prêmio vai para... "Aqui é a base Lincoln. Identifique-se. Cinco horas."

Halimah franze o rosto.

— Foi trabalho demais para uma mensagem tão curta.

— *Île* Lincoln — interrompe Gem. — Foi assim que Harding e Pencroft nomearam a ilha em que ficaram presos.

Os Golfinhos se viram e o encaram.

— O que foi? — pergunta ele. — Eu também li *A ilha misteriosa*.

Observo o display do LOCUS. Ainda está crivado de manchas roxas semelhantes a tiros de revólver. Meus nervos formigam. Finalmente a nossa situação começa a parecer *real*. Estamos nos aproximando da ilha do capitão Nemo... O lugar onde meus pais morreram.

— *Identifique-se.* — Lee-Ann tamborila na mesa. — Essa parte é clara. Eles querem saber quem somos. *Cinco horas...* Será que é o nosso horário de chegada?

136

— Seriam duas horas agora — diz Gem. — Vocês trabalharam nesse código por três horas.

Isso parece impossível. Porém, de acordo com o cronômetro do navio, Gem tem razão. É uma hora da tarde. Penso nas coordenadas que vi no mapa ultrassecreto na cabine do capitão. Faço alguns cálculos baseados no nosso trajeto e na velocidade atual.

— Não é a nossa hora estimada de chegada — decido. — Só devemos chegar à ilha às dezenove horas. Essas *cinco horas* são um ultimato. Precisamos descobrir como responder ao desafio. E só temos duas horas para isso.

Virgil engole em seco.

— E se a gente não responder a tempo ou der a resposta errada?

— Aí — falo — acho que a nossa base secreta vai nos explodir para fora d'água.

CAPÍTULO 24

MAS TUDO BEM, SEM PRESSÃO.

Uma coisa é decodificar uma mensagem. Outra muito mais difícil é descobrir a resposta correta e dizê-la no mesmo código. E ter menos de duas horas para fazer isso.

Talvez a base Lincoln — se é que realmente é a base Lincoln — tenha uma máquina que gera mensagens em código poligrâmico/ baleia-azul/ bundeli. Nós não temos. Tampouco temos acesso àquela superarma da informação, a internet, que poderia nos ajudar a resolver esse mistério.

Precisamos confiar unicamente no nosso treinamento e nas nossas melhores suposições.

O que é apavorante.

— Virgil — falo —, você ainda tem aquele app no seu celular que simula canto de baleias?

Ele me encara, surpreso.

— Eu... Tenho!

— Ele funciona sem internet?

— Claro. — Ele parece meio ofendido. — Baixei toda a biblioteca de cantos de baleia.

Isso não me surpreende. Passei anos zoando Virgil pela quantidade de aplicativos inúteis que ele tem no celular. Agora lhe devo mil desculpas.

— Virgil, você é incrível — falo. — Gem, vá com ele abrir o baú. Só se lembrem de manter o celular off-line.

Duvido que eles conseguissem sinal de qualquer forma, e nem Virgil nem Gem parecem do tipo que tentariam checar o TikTok no meio do Pacífico. Mas achei melhor avisar.

Gem assente, e os dois vão embora.

Enquanto isso, Jack corre para buscar Nelinha. Quando voltam, começam a pensar em como usar o LOCUS para mandar mensagens em vez de só recebê-las.

Lee-Ann faz cálculos para uma nova base de criptografia. Não podemos simplesmente mandar de volta o mesmo algoritmo de canção de baleia. Se estamos *mesmo* falando de uma base da HP, eles vão esperar que a gente mantenha o formato, mas mude o registro, como quem modula o tom no meio de uma música.

Eu e Halimah conversamos sobre expressões em bundeli que podemos enviar. Começamos com NÃO ATIREM. Essa parece uma mensagem importante.

Virgil e Gem voltam com o celular. Virgil começa a tocar cantos de baleia, o que não é nem um pouco irritante. Gem serve de relógio, periodicamente avisando quanto tempo nós temos até sermos explodidos. Mais uma vez, nem um pouco irritante.

Depois de uma hora e meia, meus olhos começam a ficar embaçados. Uma gota de suor escorre pelas minhas costas, grudando a camiseta na minha pele como uma supercola. Damos os toques finais na nossa transmissão, codificando os componentes fonéticos nos tons e modulações do canto de baleia, como se baleias-azuis cantassem em bundeli.

A mensagem diz: *VARUNA* DA HP. NÃO ATIREM. SITUAÇÃO DE EMERGÊNCIA. ANA DAKKAR A BORDO.

Pelo menos, espero que diga. A essa altura, meu cérebro está tão derretido que a mensagem pode dizer TOFU É MEU MAMÍFERO FAVORITO e eu não saberia a diferença.

Fico um pouco constrangida por usar meu nome na resposta. Os outros Golfinhos me convenceram de que é necessário. Eles concluíram que, se sou mesmo tão valiosa, minha presença a bordo pode evitar que qualquer um — amigos ou inimigos — nos ataque com armas mortíferas de tecnologia alternativa.

— A não ser que estejamos falando com um transmissor automático — reflete Virgil. — Se ele estiver esperando um código específico, e a gente não mandar...

— Então viajamos isso tudo só para morrer — completa Halimah.

— Esse é o espírito Golfinho que eu tanto amo — comento.

É uma das nossas piadas internas. Somados, somos fluentes em uns vinte idiomas, mas não temos nenhuma palavra para *otimismo*.

Ninguém ri. Há muita coisa em jogo.

Eu me viro para Nelinha.

— Estamos prontos para transmitir?

— Acho que sim. — Ela parece animada. Escolheu um gloss e uma sombra em tom festivo de tangerina, combinando com a saia verde e o casaco laranja. Sua bolsa deve ser um espaço extradimensional para comportar tantas roupas. — É claro que o transmissor pode não funcionar. Ou a gente pode entregar nossa posição para o *Aronnax*. Mas temos que tentar coisas novas, né?

Gem limpa a garganta para chamar nossa atenção. Está com o traje preto de sempre, e, ao lado de Nelinha, os dois parecem a página de teste de uma impressora.

— Vinte minutos até o fim do prazo para a resposta — diz ele.

— Permissão para enviar? — solicita Lee-Ann.

Eu hesito.

— Ainda não. Reúna a tripulação. Eles merecem saber o que está acontecendo.

O sol da tarde castiga o convés principal. Conto à tripulação sobre o teste, a resposta que preparamos e as 273 coisas que podem dar errado.

— Quando enviarmos esse sinal, estaremos revelando nossa posição — explico. — Temos que acreditar que isso não é uma armadilha, e que já conseguimos despistar o inimigo. — Ainda parece estranho chamar o Instituto Land de *inimigo*, mas não há outro nome possível. A fase de cobrir ônibus escolares de papel higiênico já passou há muito tempo. — Além disso, se mandarmos a mensagem e ela não estiver correta, podemos ser atacados em quinze minutos.

— Onze — diz Gem.

— Obrigada, representante Twain — respondo secamente.

Alguns dos nossos colegas abrem um sorriso. Acho que o humor aflito funciona.

— Se, porém — continuo —, estivermos *mesmo* nos comunicando com uma base da HP, então provavelmente estaremos entre amigos hoje à noite.

Um murmúrio ansioso percorre o grupo. Depois de três dias no mar, nossas vidas antigas parecem bem distantes. É cada vez mais difícil acreditar que existam outras pessoas fora deste navio, que dirá pessoas amigas. Mesmo assim, ninguém protesta. Ninguém faz perguntas. A essa altura, no meio do oceano e quase sem suprimentos, que escolha nós temos?

— Representante Romero — chamo.

— Capitã.

Eu pisco, confusa. É a primeira vez que alguém me chama de *capitã*. Não sei bem como me sinto com relação a isso.

— Todos em postos de combate. Nelinha?

— Pois não, docinho?

Isso faz as pessoas rirem. Em silêncio, agradeço a Nelinha por ter um senso de humor insubordinado. Fazia muito tempo que a gente não dava uma boa risada. Além disso, *docinho* não me parece mais ridículo do que *capitã*.

— Mande a mensagem — peço a ela. — Se alguém precisa usar o banheiro, essa é uma boa hora.

A tripulação se dispersa. Apesar de tudo, eles parecem confiantes. Espero que eu não os decepcione.

Vou para o banheiro. Troco o absorvente, tomo mais um remédio para cólica e vomito. Que dia ótimo.

Volto para o passadiço quando Nelinha acaba de mandar a mensagem.

Ester e Top se juntaram a nós para o grande momento.

Gem se remexe como se tivesse uma água-viva na camisa. Assim como Ester, ele é uma daquelas pessoas que acham que *pontualidade* significa *trinta minutos de antecedência.* Ver a mensagem ser enviada tão perto do prazo final deve deixá-lo com o coração na mão.

Ficamos aguardando uma resposta.

Eu me forço a respirar.

Imagino mísseis balísticos cruzando o horizonte, se aproximando do nosso navio. Eu me lembro do rastro em formato de tridente que os torpedos deixaram antes de destruir nossa escola. Imagino um cardume inteiro de peixes sônicos, feitos com tecnologia alternativa, atravessando o oceano na direção do nosso casco.

Nada acontece.

Até que, de repente... nada acontece de novo.

Mais cinco minutos se passam. Ainda nada.

Os minutos se transformam em uma hora. Engraçado como isso acontece quando sessenta minutos correm um depois do outro.

O sol da tarde entra de viés pelas escotilhas frontais, transformando o passadiço em um forno. O suor escorre pela minha nuca. O rosto de Ester está vermelho como um camarão. Até a maquiagem perfeita de Nelinha começa a derreter. Top termina o segundo potinho de água e continua arfando sem parar. (Acho que ele não compreende o conceito de racionamento de água.)

Do lado de fora, Dru e Kiya comandam o canhão de Leiden. Eles parecem estar sofrendo nos coletes salva-vidas e no equipamento tático.

O mar permanece plano e só não parece totalmente vazio por causa de Sócrates, que segue à frente como um peixe-piloto. De vez em quando ele pula para fora d'água, girando no ar. Ele olha para a gente com seu sorriso de lado. Imagino que esteja pensando: *Fiquem tranquilos, pessoal! Se vocês se explodirem ou sei lá o quê, não tem problema! Eu vou ficar bem!*

— Ainda estamos vivos — comenta Ester. — Isso é bom. Talvez a gente tenha passado no teste.

Espero que ela esteja certa. Mas eu queria uma confirmação. Um emoji já seria suficiente, tipo um smiley gigante brilhando na tela do LOCUS. Ou uma chuva de confete. O silêncio é enlouquecedor.

O sol está quase tocando o horizonte quando mando desligar os motores.

O céu está claro. Se houvesse uma ilha perto de nós, a gente conseguiria vê-la. Este era para ser o nosso destino. Não tem nada aqui.

Minha boca parece cheia de papel de arroz.

— Mande a mensagem de novo — falo para Nelinha.

Dessa vez, ela não me chama de *docinho*. Todo mundo no passadiço está com um olhar sombrio.

A segunda transmissão não tem nenhum efeito visível.

Flutuamos na calma do pôr do sol. No convés de proa, Dru e Kiya observam o lado oeste, o canhão já esquecido.

Eu me xingo por acreditar no mapa pseudocientífico do dr. Hewett. Realmente achei que conseguiria liderar um navio de treinamento de quarenta metros com uma tripulação de adolescentes e encontrar no meio do Pacífico um lugar que não existe em nenhuma carta náutica.

Penso no que vou falar à tripulação. Sem comida e sem água, até quando podemos aguentar? Se emitirmos um sinal de SOS, será que alguém vai nos ouvir? Será que vão chegar a tempo?

Eu me recrimino por não ter um Plano B. Condenei todos nós à morte.

— Pessoal... — Não sei o que dizer para a equipe do passadiço. Como pedir desculpas por um fracasso tão colossal?

— OLHEM! — grita Ester.

Bem em frente à nossa proa, o ar se agita. É como se uma cortina de espelhos quilométrica estivesse refletindo o mar. Agora essa cortina se quebra.

A ilha é de tirar o fôlego.

O cume vulcânico central se ergue a cem metros de altura, dentado e irregular como uma torre de açúcar mascavo. Ao seu redor há uma lagoa turquesa, cercada por um atol de talvez um quilômetro e meio, com praias de areia branca abraçando uma coluna de vegetação densa. A estibordo, uma abertura no atol forma um portão de entrada natural para a lagoa.

Não existe camuflagem dinâmica capaz de deixar essa ilha invisível a uma distância tão curta. Mas lá está ela.

— Conseguimos — comenta Gem, chocado.

Uma voz feminina estala no nosso rádio.

— *Varuna*, aqui é a base Lincoln.

Ela parece meio mal-humorada.

— Sua visita não estava programada. Aguarde a orientação de aportamento via drone. Se for observado qualquer sinal de agressividade, vocês serão destruídos. Se não virmos Ana Dakkar a bordo, em segurança e ilesa, vocês serão destruídos.

Tá. Ela parece *muito* mal-humorada.

Um som distorcido surge no rádio, como se outra pessoa estivesse conversando com ela ao fundo.

— Tá bom — rosna a mulher, fora do microfone. Então ela volta a falar conosco: — Avisem ao drone quantas pessoas virão para o jantar. Júpiter está fazendo lasanha. Base Lincoln desliga.

CAPÍTULO 25

SE AS OPÇÕES FOREM destruição e lasanha, escolherei sempre lasanha.

Quem quer que seja Júpiter, espero que possa cozinhar o suficiente para mais vinte pessoas. (Com o dr. Hewett nosso grupo chega a vinte e um, mas sua alimentação atualmente é à base de soro.)

Observo a entrada da lagoa em busca do drone piloto. Estava esperando algo grande, como um rebocador. Então nem vejo o drone até ele passar zumbindo pela minha orelha e pousar no painel de controle.

Um drone-libélula, feito a partir de tecnologia alternativa, bate as asas de cobre e cristal. Seus olhos compostos são como minúsculos ovos Fabergé. Fico aliviada por ninguém tentar matá-lo. Tenho quase certeza de que isso contaria como sinal de agressividade.

Top começa a latir.

O drone vira a cabeça e solta um *pop* de eletricidade estática entre as patas dianteiras. Com um ganido, Top se esconde atrás de Ester.

— Oi — falo para a libélula. Tento parecer calma, como se falasse com insetos mecânicos todos os dias. — Meu nome é Ana Dakkar. Como você pode ver, estou em segurança e ilesa. Temos uma tripulação de vinte pessoas para o jantar, por favor. Além disso, precisamos de assistência médica urgente para o dr. Hewett. Ele está em coma na enfermaria.

A libélula agita as antenas. Um fio de cobre se desenrola de sua boca e entra no painel do piloto automático.

— Tranquilo — murmura Tia Romero. — Isso parece totalmente normal.

O motor do navio ronca ao despertar.

O Inseto Piloto vira a estibordo e nos guia até a lagoa.

Chegamos a um paraíso altamente armado.

Ao longo do perímetro do atol, torres de artilharia se erguem por entre os arbustos. Elas giram para acompanhar nosso trajeto. Lasers piscam e se movem pelo nosso casco. Não sei que projetores controlam o impressionante sistema de camuflagem da ilha, mas imagino que também se escondam em meio à vegetação.

Passei os últimos três dias lutando para acreditar que este lugar existia. Agora que estamos aqui, continuo sem acreditar.

Sócrates, destemido como sempre, segue para a lagoa primeiro. Dois golfinhos locais nadam até ele. Em minutos, os três começam a saltar juntos, conversando animadamente. Meu amigo está longe de ser um golfinho solitário.

A água é tão transparente que vejo um labirinto de recifes pontiagudos abaixo da superfície. Cardumes de peixes tropicais nadam pela luz do crepúsculo como jatos de tinta colorida. Estou com tanta vontade de mergulhar nessa lagoa que sinto meus dentes doerem.

Seguimos em direção à ilha vulcânica central. Ela não tem um litoral — só penhascos escuros que mergulham direto na lagoa. O único sinal de moradia é uma doca de madeira, com uma cabaninha ancorada na base dos penhascos. A estrutura tem aparência tão frágil que talvez saia voando na primeira tempestade. Não parece grande o bastante para vinte pessoas.

Ainda assim, o Inseto Piloto nos guia até lá. A seis metros de distância, ele desliga os motores.

— Tia, prepare as amarras — digo. — Inseto Piloto, permissão para aportar?

O drone retrai a língua de cobre, cospe outra fagulha de eletricidade e sai voando. Entendo isso como um sim.

A tripulação amarra o *Varuna*. Sou a primeira a sair do navio, seguida por Gem, Ester e Top.

No píer, sinto a desorientação de sempre quando volto para a terra firme. Minhas pernas tentam compensar a falta de movimento das ondas. Terra firme... nunca confiei muito nela. Ainda mais agora, depois do que aconteceu com a HP.

Gem mantém as mãos próximas às armas.

— E agora?

A porta da cabana se abre com um estrondo. Paro na frente de Gem para evitar que ele saque as pistolas.

Um homem negro, alto e magro se aproxima. Ela usa um jeans branco justo e uma camisa de futebol com listras verticais que acentuam seus membros finos e compridos e o fazem parecer um personagem de anime — talvez um dos piratas de *One Piece*. Seu cabelo preto raspado está cheio de fios brancos. As mãos, escondidas em luvas de cozinha, seguram uma fôrma de pão fumegante que cheira a manteiga e alho.

Minha boca começa a salivar.

— Ana Dakkar, certo? — Seu sorriso é simpático. — Você é igualzinha aos seus pais.

Já ouvi isso um milhão de vezes, mas, depois do estresse dos últimos dias e do que aconteceu com Dev, o comentário é um soco no estômago. Levo um segundo para conseguir falar.

— Eu... Sim. Essa é a turma de segundo ano da Harding-Pencroft. Temos más...

— Segundo ano? — O pirata do pão cai na risada. — Mas que coisa! — Não identifico seu sotaque até ele se apresentar: — Meu nome é Luca Barsanti.

Respondo em italiano.

— *Piacere.*

— *Ah, parli la lingua del Bel Paese!*

— *Certo, sono un Delfino.*

— *Ottimo! Prego, entrate tutti! Anche povero Hewett, portatelo. La mia prossima pagnotta di pane sta bruciando!*

Ele volta para a cabana.

— Hã... O que aconteceu? — pergunta Gem.

— Ele disse para a gente entrar e trazer o Hewett — traduzo. — A próxima fornada de pão de alho está queimando.

CAPÍTULO 26

PEÇO PARA AS ORCAS buscarem o dr. Hewett na enfermaria.

Será arriscado transportá-lo. Não sei que tipo de instalações médicas essa base secreta tem, mas Barsanti nos falou para trazê-lo. Espero que sua tecnologia de ponta faça mais do que camuflar a ilha e assar pão de alho.

— Sem movimentos bruscos — digo para a tripulação.

Os Tubarões se viram para mim com cara de *Quem, eu?*.

De repente, percebo que dei uma ordem aos meus colegas e eles me levaram a sério. Três dias atrás, teriam rido ou me ignorado, ou pelo menos zombado de mim por agir como figura de autoridade. Muita coisa mudou. Não sei se isso é bom.

Guio o grupo até a cabana, que na verdade é só uma espécie de saguão. O capacho de borracha diz VIVA A BAGUNÇA. Na parede da esquerda, tem um chuveiro. Na da direita, há um móvel com máscaras de mergulho, cilindros, pés de pato e arpões. Uma câmera de segurança nos observa do teto. Nos fundos do cômodo, um túnel cavado na rocha vulcânica leva para o coração da montanha.

Vejo a silhueta de Barsanti mais à frente, na meia-luz. Sua voz ecoa até nós.

— Desliguei os lasers para vocês não serem fatiados! Por favor, venham!

Ao lado de Ester, Top fareja o ar. Ele não parece preocupado, acho que só está de olho naquele pão. Top normalmente sabe avaliar se uma situação é perigosa. Continuo em frente, seguindo o cheiro da manteiga de alho.

Depois de uns trinta metros, o corredor se abre em um espaço retangular amplo, como o estúdio de um artista. Mais corredores se espalham em diferentes direções. Qual é *exatamente* o tamanho deste lugar?

O teto está cheio de dutos de ventilação e grandes lustres industriais. O chão de pedra polida brilha como chocolate derretido. Peças desmontadas de tecnologia alternativa inundam as mesas de trabalho.

No canto esquerdo, há uma área de estar. Dois sofás confortáveis formam um L ao redor de uma mesinha de centro. Um balanço de pneu pende do teto. (Por quê?) Uma televisão gigante, conectada a vários videogames, exibe o que parece ser um programa de culinária. Pilhas de DVDs estão ao lado da tela. Pelo visto, não existe TV a cabo nem streaming na ilha.

No canto direito, um lustre feito de fragmentos de abalone brilha acima de uma longa mesa de jantar metálica. Sentada sozinha à cabeceira está uma mulher pequena com cabelo grisalho volumoso trançado.

Ela está descalça e de pernas cruzadas. Seus óculos grossos de armação de metal cintilam sob a luz do laptop. Pulseiras metálicas adornam seus braços. A calça legging e o top de ginástica pretos não parecem tanto roupa de se exercitar, estão mais para fantasia de acrobata diabólica.

Ela lança um olhar desconfiado para Barsanti, como se estivesse prestes a apertar um botão muito perigoso no laptop.

— Devo vaporizá-los?

— Não, não, eles são amigos. — Barsanti ergue a fôrma de pão. — Tenho que dar uma olhada no forno. O Júpiter vai me matar.

— Tá bom. — A mulher agita a mão para dispensá-lo, parecendo um pouco decepcionada.

Barsanti sorri para mim.

— Essa é Ophelia, *mia moglie*. Por favor, sintam-se em casa.

Ele sai às pressas por um dos corredores laterais.

Ophelia fica de pé. Ela definitivamente não é alta. Se aproxima da gente como um Leprechaun Ninja Metálico da Morte. Parece prestes a dizer alguma coisa — talvez uma explicação de como vai nos incinerar caso nos comportemos mal — quando nossa equipe Orca chega com o dr. Hewett em uma maca.

Ophelia fecha a cara ao ver nosso paciente em coma. Depois de três dias na enfermaria, ele está com uma aparência péssima e um cheiro ainda pior.

— Theodosius, seu idiota — resmunga Ophelia. Ela estala os dedos para as Orcas. — Vamos, não há tempo a perder.

Começamos a segui-la, mas Ophelia estala a língua.

— Só os médicos, obrigada. O restante espera aqui.

E lá foram eles por outro corredor. Nelinha começa a se aproximar de uma das mesas de trabalho, até que Ophelia grita por cima do ombro:

— NÃO TOQUEM EM NADA!

A gente fica ali parado, sem jeito, olhando uns para os outros como quem diz: *Bom, aqui estamos. E agora?*.

— *Sintam-se em casa!* — exclama Nelinha, imitando Luca Barsanti. Então muda para a voz de Ophelia: — *Mas não toquem em nada!*

Robbie Barr espirra.

— Bom, ela não falou que a gente não podia *olhar*. Vou dar uma checada nos jogos.

— Eu também — diz Kay Ramsay. — Eita, aquilo é um Nintendo 64?

Gem faz um gesto para os Tubarões. Eles se espalham para examinar a sala. Na mesa mais próxima, Nelinha e Meadow Newman fazem uma inspeção estritamente visual dos aparelhos desmontados.

Halimah se aproxima de mim.

— *Cad a cheapann tú?*

Os outros Golfinhos se aproximam.

— Não tenho certeza — respondo em irlandês, embora eu duvide que qualquer idioma seja seguro, considerando o nível de codificação necessário só para chegar até a porta. — Eles parecem amigáveis. Se estivessem com o Instituto Land...

Deixo esse pensamento vagar sem ancorá-lo. Se for uma armadilha, como vamos saber? Começo a me perguntar se cometi um erro terrível trazendo todo mundo para cá...

Aí Robbie Barr faz o impensável. Pausa o vídeo que está passando na TV.

Talvez ele tenha imaginado que a ordem *não toquem em nada* não incluísse as opções de entretenimento. Enquanto confere as pilhas de DVDs, um uivo furioso irrompe de um dos corredores laterais. Uma criatura humanoide entra bamboleando na sala, agitando os braços ruivos peludos. Meu Deus. É um orangotango. E ele está usando um avental de cozinha decorado com margaridas sorridentes.

O orangotango arreganha os dentes para Robbie, então diz em perfeita língua de sinais: — NÃO DESLIGUEM MARY BERRY.

CAPÍTULO 27

OS TUBARÕES COMEÇAM A assumir posição de combate.

— Sem armas! — grito.

Felizmente, eles me escutam.

— Robbie — falo, com o coração disparado. — Coloque o controle remoto na mesa e se afaste.

Como não é nenhum idiota, Robbie obedece. Faço um gesto para os meus amigos darem espaço ao ruivo recém-chegado.

O orangotango pega o controle remoto com raiva e volta ao programa que estava passando, que parece envolver um monte de ingleses suando para fazer pudins de pão.

Eu me aproximo lentamente do orangotango. Ergo as mãos para mostrar que estão vazias. Ele parece indiferente aos humanos armados ao seu redor. Não tem mais de um metro e meio, mas ainda é impressionante e assustador. Provavelmente pesa o mesmo que eu. Definitivamente tem dentes maiores. Seu rosto — achatado e redondo, com uma barba ruiva rala — me lembra as ilustrações de um livro infantil sobre um homem na lua. O pelo cascateia por seus braços como cortinas de corda alaranjadas. O nome Júpiter está bordado em seu avental de margaridas sorridentes.

Quando ele olha para mim, digo em sinais: *Sentimos muito pela TV. Vi que você fala língua de sinais.*

Seus olhos são de um castanho-escuro lindo, cheios de uma inteligência silenciosa. Ele guarda o controle no bolso do avental. Então responde: *Você fala orangotango*.

Eu me apresento como *A-N-A*. (Sorte que tenho um nome fácil.) Estou tentando decidir qual das dezenas de perguntas quero fazer quando Luca Barsanti entra correndo na sala, sem as luvas ou a fôrma de pão.

— Ih, caramba — sussurra ele. — Estou vendo que vocês conheceram o Júpiter. Por favor, nunca tirem de *The Great British Bake Off*. É uma religião para ele, e Mary Berry é sua deusa.

Júpiter sobe no sofá. Ele encara a tela com atenção, enquanto uma senhora inglesa com cabelo loiro cheio de laquê descreve os perigos da massa de torta.

— Eu me lembro desse episódio — comenta Gem. — Terceira temporada. Eles fazem tortas de frutas.

Ergo uma das sobrancelhas.

— O que foi? — reclama ele. — É um programa legal.

Júpiter deve entender um pouco de inglês. Ele observa Gem com clara aprovação, em seguida dá um tapinha na almofada ao seu lado. Gem, sem querer ofender o cozinheiro com presas mortíferas, se junta a ele no sofá.

Luca dá uma risada.

— Já fez um amigo. Que bom! Júpiter já assistiu a todos os episódios umas vinte vezes. Seria irritante se ele não fizesse as receitas para nós.

Nelinha aponta para o orangotango, depois para a tela, daí para o orangotango de novo.

— Então esse é o cara da lasanha...

De repente, ela não parece mais tão ansiosa pelo jantar.

— Ele é muito mais que o cara da lasanha — assegura Luca. — Sabe fazer quase tudo! Às vezes tenta me transformar em *sous chef*, mas infelizmente o forno é uma máquina que não consigo dominar.

— E ele é... um orangotango.

Nelinha comenta delicadamente, como se Luca nunca tivesse percebido.

— É claro! — concorda ele. — Sempre houve um Júpiter na Harding- -Pencroft.

São quase as mesmas palavras que Ester usou para falar de Top. Com um susto, eu me lembro de haver um orangotango em *A ilha misteriosa* também. Outro Júpiter. Esse Júpiter deve ser seu... O quê? Clone? Vigésimo tataramacaco? Pelo visto, os Júpiteres evoluíram o suficiente para se comunicar bem em língua de sinais e fazer suflês.

Luca se vira para mim, franzindo as sobrancelhas em preocupação.

— Agora, minha querida, talvez você possa nos contar por que estão aqui. Nós só esperávamos seu irmão daqui a quatro anos. E não esperávamos que você... bem, simplesmente não esperávamos *você*. Algo deve ter dado muito errado.

Tenho certeza de que ele não pretendia me machucar com essas palavras. Mas é o que acontece.

Eu cresci sob a sombra de Dev. Em geral, não me importava com isso. Meus pais eram mente aberta e amorosos, mas tinham a ideia antiquada de que o filho primogênito deveria assumir o legado da família. Não tive problema nenhum em deixar Dev ser o Escolhido. Isso me deixava livre para fazer o que eu quisesse da vida — ou foi o que pensei.

Agora tem um buraco do tamanho de Dev no mundo, e nunca vou conseguir preenchê-lo. Provavelmente, Luca e Ophelia não planejavam que eu viesse para cá em *momento nenhum*. Minha presença é um sinal de que algo terrível aconteceu.

Preciso dar as más notícias para Luca: Dev morreu. A Harding-Pencroft não existe mais.

Minhas cordas vocais se recusam a emitir sons.

Sou salva de responder quando Ophelia volta da enfermaria. Ela marcha até nós com Ester, Top e Rhys Morrow em seu encalço. O rosto de Ester está inchado e vermelho de chorar. Rhys tenta acalmá-la, sussurrando em um tom tranquilizador.

— Câncer de pâncreas — relata Ophelia. Seu olhar é pesado e sério. — Theodosius foi um tolo.

Sinto minhas costelas se comprimirem.

— *Foi?*

— Não, não. Ele ainda está vivo. O seu amigo Franklin está administrando um dos nossos tratamentos experimentais. Só quis dizer que Theodosius deveria ter procurado ajuda médica meses atrás. No que ele estava pensando, vindo para cá nessas condições e com uma tripulação de adolescentes?

Ela me encara, aflita, esperando respostas que eu não tenho.

Top se aproxima do sofá e fareja os pés de Júpiter. O orangotango simplesmente olha para o cachorro, tira um biscoito do bolso do avental, e estende para Top. Mais uma amizade garantida.

— Eu...

Minha voz falha. Estou tentando me segurar há três dias. Não posso desmoronar agora, na frente da tripulação inteira.

Gem se levanta do sofá. Ele e Nelinha se aproximam de mim, como se sentissem que eu preciso de ajuda.

— Que tal a gente se sentar e conversar um pouco? — sugere Gem para os nossos anfitriões, indicando a mesa de jantar. Seu tom de voz calmo me faz lembrar que os Tubarões também são treinados para serem diplomatas, e não apenas soldados.

— Boa ideia — diz Nelinha. É a segunda vez essa semana que ela concorda publicamente com Gem. O fim do mundo deve estar próximo. — O restante da tripulação pode cuidar do *Varuna*, talvez tomar um banho. Não é, Ana?

Concordo com a cabeça, grata pela ajuda. É melhor do que eu me debulhar em lágrimas.

— Vocês precisam mesmo de um banho — concorda Ophelia.

Depois de três dias no mar racionando água, a gente não deve estar cheirando muito bem.

Ophelia faz um estalo com a lateral da boca, como se estivesse instigando um cavalo. Duas libélulas mecânicas aparecem zumbindo e flutuam em torno dos seus ombros.

— Os drones vão mostrar os alojamentos para a sua tripulação — diz ela. — Também vão evitar que crianças intrometidas se enfiem em áreas restritas e acabem mortas.

— Vou pegar os espressos e os biscotti. — O sorriso de Luca se torna frágil. Talvez ele saiba que o peso da nossa história vai esmorecê-lo. — Tenho a sensação de que vamos precisar de uma injeção de ânimo antes do jantar.

CAPÍTULO 28

AINDA É MUITO DIFÍCIL falar sobre o que aconteceu com a Harding-Pencroft.

Quando explico como meu irmão morreu, sinto que estou reunindo as cinzas de sua pira funerária, revirando seus restos incandescentes com as mãos descobertas.

Gem e Nelinha se sentam ao meu lado. Ester, ainda fungando baixinho, ocupa o lado direito de Nelinha. Não sei se Ester está chorando pelo estado do dr. Hewett, pela perda da escola ou pelo lugar novo e as pessoas desconhecidas com que precisa lidar. Todos são motivos totalmente compreensíveis.

Como sempre, os outros dois representantes deveriam estar presentes nessa conversa, mas parecem contentes em deixar Ester e Nelinha ficarem em seu lugar. Franklin continua na enfermaria, cuidando do dr. Hewett. Tia Romero, nossa protetora, está tomando conta de todo mundo. Guia o resto da tripulação pelo local, se certificando de que ninguém seja destruído por um laser ou por libélulas mecânicas enquanto se acomoda na base.

Quando termino o relato, Luca e Ophelia se entreolham por um bom tempo. Não parecem surpresos por nada que contei. O rosto deles expressa uma confirmação sombria, como se temessem uma notícia assim havia anos.

Ophelia ajeita os óculos de metal. Apoia os cotovelos na mesa e entrelaça os dedos, deixando as pulseiras cascatearem pelos braços.

— Ana, eu sinto muito. Você merecia mais de nós.

Seu tom me surpreende quase tanto quanto o pedido de desculpas. Ela parece amarga e furiosa, o que me faz perceber como tenho engolido essas emoções nos últimos três dias. Engulo o gosto de bile. Melhor isso do que o luto debilitante.

— O que eu merecia, então? — pergunto. — Talvez a verdade?

Luca franze a testa, olhando para a xícara de espresso.

— *Certo. La verità Ma non è così semplice, cara mia.*

— Por que não? — insisto. — Parece bem simples para mim. Por que Dev precisou esconder o que sabia? Por que Ester precisou viver com os segredos da família?

Ester fica vermelha.

Me dou conta de que talvez não devesse ter colocado minha amiga na berlinda, o que me faz olhar ainda mais feio para Ophelia.

— E *sem essa* de que a escola estava tentando me proteger.

Ophelia balança a cabeça.

— Não, Ana. A escola estava tentando proteger a si mesma.

— E vocês aceitaram isso.

Gem pigarreia, um aviso sutil de que meu tom está ficando agressivo. Não sei por que estou com tanta raiva de Luca e Ophelia. Eu mal os conheço. Foram gentis com a gente até agora, tirando as ameaças de aniquilação.

Com um suspiro, Luca mergulha um biscotto no espresso.

— Ana, quando seus pais morreram... Eu e Ophelia estávamos aqui. Fazíamos parte da equipe deles.

É minha vez de olhar para o meu café e cookie. Quero esmagar o biscotto em mil pedaços, mas provavelmente Júpiter fez a receita do zero, e não quero ofender o orangotango.

— O que houve? — me forço a perguntar.

Os dentes de Luca se cerram.

— De verdade? Ainda não sabemos com certeza. Devíamos ter sido mais cuidadosos. Depois de sua família procurar por quatro gerações, seu pai finalmente encontrou este lugar. Ele e sua mãe estavam determinados a seguir em frente.

— Ou seja, eles queriam explorar os destroços do submarino — falo.

Luca hesita por tanto tempo que o café já encharcou metade do seu biscotto.

— Tentamos pedir cautela... Principalmente Ophelia. Mas foi como dizer a alguém que acabou de encontrar o Santo Graal que não o bebesse. Seus pais tinham certeza de que conseguiriam fazer o mergulho. E depois... depois do acidente...

Luca baixa a cabeça.

Nelinha compreende antes de mim.

— Vocês se sentem culpados — adivinha ela. — Eram amigos.

Ophelia coloca a mão no ombro do marido.

— Nós quatro nos formamos juntos na Harding-Pencroft. — Ela olha para mim. — Quando Tarun e Sita morreram, alguns professores da HP quiseram trazer você e seu irmão para cá imediatamente... para protegê-los. Theodosius Hewett foi uma dessas pessoas.

— Nós não concordamos — diz Luca. — Achávamos que seria perigoso demais. Ainda *é* perigoso demais. Queríamos que vocês dois tivessem mais tempo para treinar, mais anos de vida no continente antes de precisarem encarar o legado de Nemo. Não pensamos que haveria o imenso risco de o Instituto Land organizar um ataque, colocando você e Dev em perigo. Vocês eram importantes demais. Mas agora que seu irmão... — A voz de Luca falha. — Parece que estávamos errados. Sinto muito.

Minha cabeça começa a zumbir, e não é só por causa da cafeína.

Tento imaginar como seriam as coisas se Dev e eu tivéssemos passado os últimos dois anos nesta ilha. Eu não conheceria Nelinha nem Ester. Não seria a representante dos Golfinhos. Teria mais tempo com Dev, mas estaríamos nesta base subterrânea, no meio do nada, onde nossos pais morreram.

Não posso culpar Luca e Ophelia por não terem sido a favor dessa opção. Mesmo assim, um nó de raiva arde no meu peito. Dev e eu não pudemos escolher. Se esta base é herança da nossa família, se a tecnologia alternativa é *nossa*, que direito tinha a Harding-Pencroft de esconder isso de nós? Por que a escola tinha o poder de controlar as nossas vidas?

Penso no que Caleb South falou sobre a HP manter tantos segredos: *Quantos problemas do mundo vocês teriam resolvido se não fossem covardes e dividissem o que têm?*

Eu me pergunto se Caleb está certo. Será que a Harding-Pencroft é realmente tão melhor que o Instituto Land?

Ophelia parece ler meus pensamentos.

— Você não tem motivo para confiar em nós, mas nós confiamos em você, Ana. Você é a última Dakkar. Theodosius claramente acredita na sua capacidade, e você conseguiu trazer sua tripulação em segurança para a base Lincoln.

Luca lança um olhar preocupado para a esposa.

— Você está sugerindo...?

— Estou — diz Ophelia. — Vamos mostrar tudo a Ana. A decisão é dela.

A cadeira de Gem range quando ele se aproxima.

— O que exatamente é *tudo*?

Ele até que consegue esconder a animação na voz. No entanto, como qualquer bom Tubarão, deve estar sonhando com armamentos novos e reluzentes.

A atenção de Ophelia continua em mim.

— Os dispositivos de tecnologia alternativa que você viu até agora, como as armas de Leiden e a camuflagem dinâmica, não chegam aos pés da tecnologia de Nemo. Durante os últimos cento e cinquenta anos, tanto a HP quanto o Instituto Land tentaram recriar as inovações de Nemo. Tivemos alguns sucessos: micro-ondas, fibra ótica, lasers, fissão nuclear.

— Micro-ondas? — Nelinha parece chocada. Minha amiga não vivia sem o forno de micro-ondas que ficava na sala de jogos da HP. Ela ama pipoca.

Ophelia abre um sorriso fraco.

— Sim. Foi uma das invenções menos perigosas do Nemo. No final dos anos 1940, sentimos que era seguro divulgar essa tecnologia para o público.

— Espera aí — disse Gem. — Fissão nuclear? Quer dizer o que o capitão Nemo tinha bombas atômicas?

Ophelia dá uma risada.

— Claro que não. Ele nunca faria armas tão grosseiras e desajeitadas. Mas Nemo era um pioneiro da física nuclear. Durante a Segunda Guerra Mundial, o Instituto Land decidiu que poderia "melhorar" o mundo vazando parte do conhecimento de Nemo para ajudar o Projeto Manhattan. Eles ainda defendem que fizeram uma coisa boa, embora a corrida armamentista da Guerra Fria tenha quase destruído o mundo em diversas ocasiões.

— Certo... — diz Gem. — Mas essa tecnologia também nos levou a energia nuclear, tratamentos de câncer e exploração espacial de longo alcance, não? Tecnologias podem ser boas *e* ruins.

Luca pousa a mão no pulso de Ophelia, talvez temendo que a esposa fosse pular no pescoço de Gem.

— Meu rapaz — começa ele. — Toda vez que um avanço da tecnologia alternativa é divulgado para o mundo, isso causa um desequilíbrio terrível. A fissão nuclear é só um exemplo. O que aconteceria se disséssemos ao mundo que Nemo sabia o segredo da fusão a frio?

Nelinha perde o fôlego.

Não sou especialista em ciências exatas, mas até *eu* entendo como isso seria importante. A fissão separa átomos pesados para criar energia, mas também gera muito lixo radioativo perigoso. A fusão é o oposto. Ela combina átomos. É a força que alimenta o Sol. Se os seres humanos descobrissem como fazer esse processo em temperatura ambiente, a chamada fusão "a frio", poderiam criar energia ilimitada gerando apenas gases inofensivos como resíduos.

— Por que vocês não divulgariam essa informação? — pergunto. — Isso mudaria o mundo.

— Ou *destruiria* o mundo — argumenta Ophelia. — Imagine um governo monopolizando esse poder. Ou pior, uma corporação.

Sinto um arrepio.

— Você está dizendo que o segredo da fusão a frio está aqui, nesta base.

— Esse segredo — concorda Luca — e muitos outros. Mas não podemos acessá-los ou estudá-los, muito menos reproduzi-los, porque Nemo atrelou sua obra-prima ao sangue da família. Ao *seu* sangue.

O nó de raiva no meu peito começa a arrefecer e se afrouxar criando sua própria minifusão a frio.

— A obra-prima de Nemo... — começo. — Você não está falando da base. Está falando do *Náutilus*.

Luca e Ophelia ficam em silêncio.

Balanço a cabeça, incrédula.

— Mas só temos os destroços.

Penso nas fotos que vi das ruínas do *Titanic*: uma casca de metal destruída, coberta de estalactites de ferrugem, sendo lentamente reduzida a pó. E *aquele* navio afundou uns cinquenta anos depois do *Náutilus*.

— Não deve ter sobrado muita coisa. Ele está no fundo do mar há um século e meio.

— Não, minha querida. — Luca parece melancólico, como se essa notícia fosse pior que a destruição da Harding-Pencroft. — Seus pais encontraram o *Náutilus* intacto. Amanhã, vamos apresentá-lo vocês.

CAPÍTULO 29

COMO DEIXAR VINTE ADOLESCENTES HIPERATIVOS:

1. Disponibilize uma máquina de espresso.

2. Ofereça-lhes um porto seguro depois de setenta e duas horas fugindo da morte.

3. Alimente-os com refeições caseiras feitas por um orangotango.

4. Diga que amanhã poderão ver um submarino fictício do século XIX que, afinal, não é fictício.

Luca insiste que não conversemos mais sobre o *Náutilus* até amanhã de manhã. Embora eu tenha mil perguntas, acho até bom. Minha cabeça já parece prestes a explodir com todas as impossibilidades.

Como um submarino pode ficar intacto depois de cento e cinquenta anos debaixo d'água? E o que Luca quer dizer com *intacto*? Ainda dá para reconhecer o casco? O interior não foi totalmente inundado? E, o mais importante: o que ele quer dizer com me "apresentar" ao submarino? Fica quase parecendo que... Não, não vou seguir essa linha de pensamento. É loucura.

No jantar, só cabem dez pessoas na mesa. O restante da tripulação se espalha pela sala. As pessoas se sentam onde dá, embora ninguém tenha coragem de ocupar o balanço de pneu do Júpiter.

O volume das conversas aumenta. De vez em quando, escuto risadas. Meus colegas estão brincando, com o jeito relaxado e feliz que era habitual antes de o nosso mundo ser destruído. Quando fecho os olhos, quase acredito que estou no refeitório da HP em uma noite qualquer.

Minha melancolia começa a sair de controle, até que Júpiter coloca um prato fumegante de lasanha à minha frente. Ele ainda inclui uma linda salada como acompanhamento, além de duas fatias levemente queimadas de pão de alho.

Ele aponta para Luca. *O pão foi culpa dele.*

Obrigada, respondo, em língua de sinais.

Júpiter pega um guardanapo e o coloca no meu colo. Afinal, como a maioria dos primatas mais evoluídos, ele sabe mais sobre etiqueta de jantar do que eu.

O cheiro da lasanha me deixa com água na boca. Queijo e molho de tomate borbulham entre faixas douradas de massa.

Eu me viro para Luca.

— Não quero insultar a culinária do Júpiter, mas esse prato não tem carne, né? Sou hindu.

Luca ri.

— Sem carne. Nos primeiros dias do *Náutilus*, Nemo e a tripulação caçavam animais marinhos para comer, mas, com o passar do tempo, Nemo se tornou o que hoje chamaríamos de vegano. Ele percebeu que era melhor para o oceano. Fazia um cultivo híbrido em jardins subaquáticos lá... — Uma sombra momentânea cobre seu rosto, como se ele percebesse que falou algo que não deveria. — Nas águas da região. Muito desse cultivo pegou. Ainda estão firmes e fortes hoje. Tudo no seu prato vem desses jardins.

Do lado dele, Ester cheira o pão de alho.

— Até isso?

— Bom, não o alho em si — reconhece Luca. — Na superfície tenho meu próprio jardim para ervas e condimentos que são difíceis de simular. Mas todo o resto, sim. Farinha de alga branca, bicarbonato de sódio e ácido para o fermento...

— A manteiga e o queijo também? — pergunto.

— São macroalgas processadas e extratos de musgo-do-mar.

— E isso é bom? — brinca Nelinha, do outro lado da mesa.

Ophelia a cutuca.

— Experimente.

Nelinha dá uma mordidinha no pão. Arregala os olhos.

— Isso é ótimo! Um pouco queimado, mas...

— Tá, já entendi! — reclama Luca.

Ophelia sorri, o que faz seu olhar parecer menos metálico e mais... sei lá, *prateado*.

— O que Júpiter vê no *The Great British Bake Off*, ou em qualquer outro programa de culinária, nós podemos simular com extratos de plantas marinhas. Com o orangotango, a gente está sempre pronto para tudo.

Provo a lasanha. O gosto é ainda melhor do que o cheiro.

— Daria para alimentar o mundo com esses produtos.

Ophelia ergue o dedo em sinal de advertência.

— Ou daria para alimentar o bolso das corporações multinacionais que querem explorar as fontes de comida, ou mais provavelmente sufocá-las, para manter seus monopólios.

De repente, meu jantar fica com mais gosto de macroalga.

Top está sentado pacientemente aos pés de Ester. Ele não pede comida, é esperto demais para isso. Só fica ali parado, com uma carinha fofa e triste, encarando o nada com uma expressão de *Ah, meu pobre estômago!*. Sempre que alguém lhe oferece um pouco, o que acontece com frequência, ele finge surpresa. *Para mim? Ah, se você insiste...*

Ele é metade cachorro de apoio emocional, metade vigarista.

Enquanto isso, Júpiter circula entre os Golfinhos, conversando com eles em língua de sinais. Ele descreve as maravilhas culinárias que estamos provando. Parte do jargão culinário é difícil de entender. Nunca aprendi os sinais para *sauté* ou *musgo-do-mar*. Mesmo assim, os Golfinhos sabem dizer *delicioso* e *obrigado*. Isso parece deixá-lo satisfeito.

Gem usa o pão de alho para limpar o resto de lasanha do prato.

— Então, dr. Barsanti...

— Luca, por favor.

Gem se remexe na cadeira, desconfortável. Ele gosta de formalidades.

— Hum, então você e a doutora...

— Meu sobrenome é Artemesia — diz Ophelia —, mas me chame de Ophelia.

Gem dá um jeito de processar esses pedidos sem ter um piripaque.

— Hum, Ophelia e Luca... Vocês disseram que estudaram na Harding-Pencroft?

Luca assente.

— Assim como meu pai, meu avô e meu bisavô! No meu último ano, fui o capitão dos Cefalópodes.

Alguns dos Cefalópodes comemoram e dão soquinhos no ar, cheios de orgulho.

— Nesse mesmo ano — comenta Ophelia —, fui capitã das Orcas. Também me formei como Tubarão *summa cum laude*.

Olho para ela com admiração renovada. Se formar por duas casas não é impossível, mas é *extremamente* difícil. A quantidade de trabalho quase dobra. Ser capitã da casa *e* se formar por outra casa *summa cum laude*... Inacreditável.

Além disso, Orcas e Tubarões são considerados opostos. Tubarões são guerreiros de linha de frente, estrategistas, especialistas em armas, comandantes. Orcas são médicos, formadores de comunidade, arquivistas e equipe de apoio. Nem imagino como alguém possa ser bom nas duas coisas.

O pão esquecido de Gem continua erguido acima do prato, pingando molho marinara adaptado.

— Então... caramba. Doutora... Quer dizer, Ophelia... o capitão dos Tubarões era Tarun Dakkar?

— Isso mesmo. E Sita era minha melhor amiga. Ensinei a ela todas as estratégias para aterrorizar nossos colegas mais novos.

— Você também me aterrorizava — diz Luca com um sorriso. — Foi assim que roubou meu coração!

— E eu te aturo até hoje. — Ophelia mantém o rosto sério, mas dá uma piscadela para o marido.

Luca ri.

— Isso é bem verdade. Aliás, Ana, sua mãe era uma excelente capitã para os Golfinhos. Ela teria muito orgulho de você.

Não é a primeira vez que ouço alguém falar sobre os meus pais. Mas é estranho pensar na época em que eles, Luca e Ophelia eram adolescentes — andando juntos pela HP no quinto ano como se fossem donos da escola, que nem Dev faz hoje em dia... Ou fazia antes do ataque...

Tento dizer *Obrigada*, mas só consigo pronunciar as últimas sílabas.

Baixo o garfo, torcendo para ninguém perceber minha mão trêmula.

É claro que Nelinha percebe.

— ENTÃO, LUCA... — Ela atrai sua atenção com um volume de voz digno de Ester. — Há *quantas* gerações sua família estuda na HP?

Seus olhos brilham.

— Desde o início. Fomos recrutados por conta do trabalho que meu antepassado realizou com combustão interna.

O interesse de Nelinha aumenta.

— Espera, seu antepassado era Eugenio Barsanti? O cara que criou o primeiro motor de combustão interna?

Luca ergue as mãos.

— Muitas famílias famosas estão ligadas à HP há gerações. A escola precisava das melhores mentes para replicar a tecnologia de Nemo! Mas isso não deve ser surpresa para vocês. Sua turma tem uma Harding, uma Dakkar... — Ele olha para Gem. — Seu sobrenome é Twain, não é? Não existe um autor americano famoso...?

— Não tem nenhuma relação — resmunga Gem. — O sobrenome desse cara na verdade era Clemens.

— Entendi. — Luca parece meio decepcionado, como se tivesse perdido a chance de ganhar um autógrafo. — De qualquer forma, cada geração precisa provar seu valor na HP, e tenho certeza de que vocês farão isso!

Ao redor da mesa, a expressão dos meus colegas fica sombria. Devem estar pensando o mesmo que eu. Como vamos provar nosso valor se a HP não existe mais?

Talvez, um dia, nós nos tornássemos capitães das casas. Talvez nos apaixonássemos por alguém do grupo, como Luca e Ophelia (embora, para ser sincera, isso me pareça pouco provável). Talvez tivéssemos carreiras brilhantes.

É impossível saber. Quatro dias atrás, nossos futuros foram destruídos e jogados no mar.

Ophelia percebe a mudança no clima. Ela suspira, exasperada.

— Ah, Barsanti...

Luca parece confuso.

— O que foi que eu fiz?

Luca parece o tipo de cara que sai pulando feliz da vida por um campo minado e nem se machuca, enquanto Ophelia arranca os cabelos e briga com ele por ser tão descuidado. É fácil imaginá-los como amigos dos meus pais. São carinhosos, aventureiros, brilhantes e excêntricos na medida certa.

— Se todos estiverem satisfeitos — começa Ophelia —, talvez possam nos ajudar a limpar os pratos. Júpiter cozinha, mas não lava a louça.

Trabalhamos todos juntos. Nada como esfregar travessas de lasanha para colocar os problemas em perspectiva. Depois que a cozinha e a sala de jantar estão brilhando, a maior parte da tripulação volta ao *Varuna* para dormir. O navio está limpo e cheio de suprimentos, então meus colegas ficarão confortáveis. Além disso, a base não tem camas para todo mundo. Eu preferia ir com eles, mas Luca e Ophelia pediram que eu ficasse no quarto de hóspedes da base. Há duas beliches: espaço suficiente para Nelinha, Ester e eu. Nelinha vai buscar sua bolsa e traz a minha também.

Gem parece em dúvida, como se cogitasse ficar na quarta cama para manter a vigia.

É... Não vai rolar.

— Vou ficar bem — garanto. — Cuide da tripulação no *Varuna*, tá? A gente se vê no café da manhã.

Ele hesita.

— Tome cuidado.

Não sei se ele não confia nos nossos anfitriões ou se só não confia no mundo em geral. Depois das nossas experiências recentes, não o culpo.

Ophelia nos leva para o nosso quarto: é simples, feito de pedra, com os beliches e nada mais. Tento não pensar muito na semelhança do lugar com uma cela. Pela primeira vez desde que saí da HP, durmo em um quarto que não se move no ritmo das ondas.

Isso só faz com que meus pesadelos sejam piores.

CAPÍTULO 30

EU SONHO QUE ESTOU me afogando, o que não é normal.

Estou presa com Dev na sala de segurança da Harding-Pencroft, nas profundezas abaixo do prédio administrativo. Em múltiplos monitores, vemos os torpedos seguindo em direção à base dos penhascos. Dev grita no sistema de som: *Séria ameaça. Temos que EVACUAR o local. Eu...*

A sala se desfaz ao nosso redor. O chão se parte como gelo. Monitores e painéis de controle explodem. O teto colapsa. Nós caímos no abismo.

Mergulhamos abaixo da baía, presos em um bolsão de ar entre as tumbas do naufrágio. Gritamos e socamos os pedaços quebrados de concreto. A água salgada nos inunda. Dev tenta pegar minha mão quando minha cabeça fica encoberta. Meus pulmões se enchem de água e sedimentos.

Acordo suando frio.

Durante alguns segundos trêmulos, não sei onde estou.

Ouço o ronquinho de Ester na cama ao lado. Acima de mim, Nelinha resmunga enquanto dorme. Talvez eu esteja de volta à escola e tudo esteja bem...

Então eu me lembro. Base Lincoln. Minha vida antiga acabou. Existe um motivo para eu estar sonhando com um naufrágio...

Eu me sento na cama, tremendo. Pelo menos as cólicas começaram a diminuir. Já é uma ótima notícia.

Dou uma olhada no relógio: são cinco e meia da manhã.

Sei que não vou conseguir dormir de novo. Saio da cama silenciosamente e pego um maiô na bolsa. Quando alguém sonha que está se afogando, só há uma coisa a fazer: entrar na água o mais rápido possível.

Não encontro ninguém enquanto caminho pela sala principal rumo ao píer. O *Varuna* está quieto e às escuras na doca.

Quando o sol nasce, a lagoa se transforma em um vidro turquesa e cor-de-rosa. Mergulho na água quente e transparente. Na mesma hora, sou cercada por um turbilhão de acarás. Nado por entre os recifes. Aceno (a uma distância segura) para uma moreia víbora que se esconde em uma fenda. Admiro o tubarão-enfermeiro de quatro metros que atravessa a erva marinha.

Depois de um tempo, Sócrates me encontra. Ele me apresenta aos seus amigos golfinhos da região. Nadamos juntos até o céu estar totalmente iluminado.

Quando retorno à base, me sinto revigorada. O cheiro de pão fresco melhora ainda mais meu humor. Júpiter está dando a volta na mesa de jantar, organizando cestas de croissants, muffins e pães doces antes que todos acordem. Não acredito que um só orangotango tenha feito tanta comida em tão pouco tempo.

O cheiro está ótimo, falo. *Posso ajudar?*

Ele me entrega um folheado. *Prove isso.*

A comida derrete na minha boca: manteiga que não é manteiga, uma massa crocante perfeita que não tem gosto de alga e um recheio de fruta que lembra peras e laranjas, mas provavelmente vem dos projetos botânicos de Nemo, a quinze metros abaixo d'água.

Se eu morasse aqui, meu nível de colesterol estaria nas alturas... Ou será que Nemo também descobriu uma forma de evitar o colesterol alto?

Delicioso, digo. *Mary Berry ficaria orgulhosa.*

Júpiter responde calmamente: *Te amo*. Então volta bamboleando para a cozinha. Pego uma cesta de doces para levar até o quarto — estou só pensando nas minhas amigas, é claro. Penso em perguntar a Júpiter se ele sabe fazer gujiyas. Se não, tenho que ensinar a ele. Sem dúvida Mary Berry aprovaria.

Encontro Ester e Nelinha já vestidas e de banho tomado. Não parecem preocupadas com meu sumiço. Estão habituadas a meus mergulhos matinais.

— Doces de orangotango? — ofereço.

— Sim, por favor. — Nelinha pega um folheado e me olha de cima a baixo. — Que bom que nenhuma defesa submarina explodiu você na lagoa.

Eu me sinto burra ao ouvir o comentário, porque nem tinha pensado nisso.

Ester pega uma torta falsa de maçã. Está usando uma blusa rosa e legging rosa. Imagino que ela esteja especialmente nervosa, porque essa é a cor que a tranquiliza. O cabelo, penteado para trás em cachos louros molhados, já está secando e se espalhando para todos os lados. Como a linha de pensamento de Ester, seu cabelo sempre acaba seguindo seu próprio caminho.

— Ontem à noite fiquei pensando. — Ela encara meus pés. — Você lembra que eu falei que o *Náutilus* é perigoso? E que eu acho que ele matou os seus pais?

Assinto.

Não dá para esquecer uma coisa dessas.

— Eu cheguei a uma conclusão — diz ela. — Depois de ouvir Luca e Ophelia conversando ontem, não acho que você deveria...

Alguém bate na porta.

Ophelia coloca a cabeça para dentro do quarto.

— Ah, ótimo. Vocês estão acordadas.

Seu tom de voz me faz pensar que ela já sabia disso. Deve haver monitores de segurança na base inteira, talvez até neste quarto.

Ester fica vermelha e baixa o olhar. Top se senta à sua frente com um gesto protetor, encarando Ophelia como se dissesse: *Minha humana*.

— Está pronta? — Ophelia pergunta para mim. — Suas amigas também vêm?

Meu cérebro leva um segundo para entender. É claro. Ela quer saber se estou pronta para ver o *Náutilus*. O folheado de Júpiter se revira no meu estômago.

— Hum...

— Sim — responde Nelinha no meu lugar. — Nós vamos.

— Eu gostaria que elas fossem — falo, olhando para Ester. — Se não tiver problema.

Ester assente, suas orelhas vermelhas como um peixe-anjo-da-chama.

Por trás de seus óculos metálicos, os olhos de Ophelia parecem tristes. Eu me pergunto se ela está se lembrando dos meus pais.

— Muito bem — diz. — Venham por aqui.

Top vem trotando ao nosso lado. É o único que não parece nervoso. Ophelia nos conduz a um corredor perfeitamente redondo, como se uma broca gigante o tivesse furado no coração do vulcão.

— Luca vem também? — pergunto.

— Ele já está lá — responde Ophelia.

Estou tentada a perguntar onde exatamente é *lá*, mas tenho a sensação de que logo descobriremos. Eu me pergunto se deveria ter chamado Gem. Imagino que ele vá reclamar depois. Mas, por algum motivo, não sei se um guarda-costas superprotetor e fortemente armado faria com que eu me sentisse mais segura.

No final do corredor, há um acesso de metal que lembra a porta antiga de um cofre de banco.

— Isso… Isso já estava aqui antes? — questiono. — Quer dizer, na época do Nemo?

Ophelia olha para mim, curiosa.

— O que a levou a fazer essa pergunta?

Tenho que pensar. O metal da porta e das engrenagens não mostra sinais de corrosão ou desgaste. O estilo é similar ao de outras tecnologias alternativas que já vimos, como o LOCUS e o canhão de Leiden. Mas a porta de cofre parece irradiar peso e poder.

— Parece antigo — decido. — Tipo, *muito* antigo.

Ophelia abre um sorriso seco.

— Muito astuta, Ana. A partir daqui, vamos entrar na base original de Nemo. Essa porta foi selada por Cyrus Harding logo depois da morte de Nemo. Ela permaneceu fechada até nós a escavarmos dois anos atrás, quando seu pai a abriu.

Ester esfrega os braços arrepiados.

— Mas a erupção vulcânica destruiu a ilha. É o que foi contado em *A ilha misteriosa*.

— Sim, bem… — Ophelia nos olha por cima dos óculos. — Harding e Pencroft talvez tenham mudado um pouco a história quando falaram com

Júlio Verne. Era menos provável que aventureiros e caçadores de tesouro procurassem a ilha se acreditassem que ela não existia mais.

— Então o livro mentiu. — Ester parece ofendida, como se seus fichamentos meticulosos a tivessem traído. — Isso explica...

Ela para. Na luz fraca do corredor, sua pele parece um coral doente, perdendo aos poucos o cor-de-rosa saudável.

— Que metal é *esse*? — pergunta Nelinha para nossa anfitriã. — Não é aço nem cobre. Não parece sofrer corrosão.

— Incrível, não é? — concorda Ophelia. — Por falta de palavra melhor, chamamos de nemônio. Ainda não conseguimos recriar a liga metálica, mas podemos trabalhá-la e adaptar peças antigas para nossa tecnologia alternativa. Até onde sabemos...

Ela começa a dar uma explicação detalhada sobre a resistência à tração, a maleabilidade e a densidade do nemônio, e tenho certeza de que várias pessoas no mundo a compreenderiam, incluindo Nelinha. Enquanto isso, viro para Ester e sussurro:

— Você está bem?

Ela rói a unha do polegar. Controlo a vontade de afastar sua mão da boca.

— Só tome cuidado lá dentro — pede ela. — Acho que ajudaria se você conversasse com ele primeiro.

Não sei se entendo o que ela diz. Um dos problemas de ser poliglota é que às vezes pensamos demais sobre o significado das palavras. Ester falou que seria bom se eu "conversasse com ele"? Mas como eu poderia conversar com um submarino? Uma coisa não é capaz de conversar com ninguém, é?

Começo a questionar:

— Conversar com...?

— Ana — interrompe Ophelia. — Quer fazer as honras?

Ela indica a porta. Há uma engrenagem imensa no centro, com pistões irradiando como os vetores de um leme. No centro da engrenagem, onde estaria o espaço para o fuso, há um hemisfério de nemônio. Ele tem o mesmo tamanho do leitor de DNA que usei na carta náutica do dr. Hewett.

— Eu? — pergunto, como se ela pudesse estar falando com outra Ana.

— Bom, eu *posso* abrir. — Do bolso, Ophelia tira o que parece ser um cartão magnético de metal. — Conseguimos manipular a tranca depois que seu pai a abriu. Mas como ela já está atrelada ao seu DNA...

Ela espera. Não sei se está me testando ou deixando que eu teste a mim mesma. Penso na corrente elétrica desagradável que atravessou meu braço da última vez que toquei um leitor de DNA do Nemo. Então penso no sonho em que eu me afogava — o sentimento desesperado de terror enquanto Dev tentava me ajudar e a água salgada invadia meus pulmões. Eu sou a última Dakkar.

Coloco a mão sobre a tranca da engrenagem. O metal não me dá um choque. A placa central começa a rodar. Os pistões se retraem. Há um sibilo de ar em torno da porta, como se eu tivesse aberto um selo de vácuo. A porta em si não se move, mas suspeito que, se a empurrasse agora, ela abriria com facilidade.

Ophelia ergue a mão, pedindo cuidado.

— Antes de seguirmos em frente... Por favor, mantenham a calma quando entrarmos. Evitem movimentos bruscos e barulhos altos. Especialmente você, Ana. Não temos tido problemas ao chegar perto do *Náutilus*. Eu e Luca entramos e saímos dessa caverna todos os dias, e nunca tivemos acidentes.

Acidentes. O termo parece um eufemismo atroz, considerando que meus pais morreram por causa do *Náutilus*.

— Mas você ainda está preocupada — comento. — Porque eu sou a primeira Dakkar a chegar perto do submarino desde... desde o acidente.

As tranças de Ophelia brilham na luz fraca.

— Estamos trabalhando há dois anos para limpar e consertar os sistemas do submarino da melhor forma possível.

— Espera aí — disse Nelinha. — Vocês estiveram *a bordo*? Ainda existem sistemas para *limpar*?

— É mais fácil mostrar para vocês — comenta Ophelia. — A maior parte das funções principais do submarino está desligada porque... Bem, porque é preciso um Dakkar para operá-las. O que aconteceu com Tarun e Sita provavelmente foi decorrente de um defeito, um mal-entendido. Mesmo assim, não há como ter certeza...

— Um *mal-entendido*? — Eu não queria gritar, mas ela está falando da morte dos meus pais. Não consigo continuar calma.

Ophelia franze as sobrancelhas e olha para Ester.

— Você gostaria de explicar, querida? — pede ela. — Vi que você já entendeu.

Ester repuxa as costuras da blusa.

— Ana, como eu falei, a morte não foi um acidente. O submarino matou os seus pais. Sinto muito.

Minhas pernas ficam trêmulas.

— Do jeito que você está falando, parece que foi de propósito.

— Ele devia estar com raiva — diz Esther. — Está no fundo do oceano há cento e cinquenta anos. Nemo o deixou abandonado.

— Nemo morreu lá dentro — completa Ophelia, sombria.

— Pior ainda — continua Ester. — Não tinha mais ninguém para manter os sistemas.

— Com raiva? — Ainda me recuso a entender. — Abandonado? Como um submarino pode sentir...

Uma onda de medo toma conta de mim. Algumas coisas eu simplesmente *não quero* entender, mesmo que todas as evidências estejam na minha frente.

— Não — falo. — Vocês não podem estar falando sério.

— Sim, querida — diz Ophelia. — Nemo criou um protótipo do que hoje chamaríamos de IA, inteligência artificial. O *Náutilus* está vivo.

CAPÍTULO 31

TUDO QUE ACONTECEU NA minha vida foi para que eu chegasse a este momento.

Meus pais sacrificaram tudo. Perdi a minha escola e o meu irmão. Meus colegas arriscaram a vida para cruzar o Pacífico. Gerações de Dakkar, Harding e outros graduados da HP me colocaram nas costas, vivendo e morrendo com a expectativa de que, um dia, um descendente de Nemo voltaria ao seu submarino.

E tudo que eu quero fazer é correr para longe.

Quando você mergulha com frequência, aprende a equalizar a pressão nos ouvidos apertando o nariz e forçando lentamente o ar para os seios nasais. Quanto mais fundo você desce, mais precisa fazer isso. Caso contrário, sua cabeça começa a parecer uma lata de refrigerante no congelador. (Dica: nunca coloque uma lata de refrigerante no congelador.)

Queria que existisse uma maneira de equalizar emocionalmente o meu cérebro. Continuo descendo cada vez mais fundo. A pressão só piora. Não posso simplesmente apertar o nariz e me adaptar a cada nível de sofrimento.

No início, achei que meus pais tivessem morrido em um acidente. Então, me contaram que eles morreram enquanto recuperavam um artefato científico de valor inestimável. Agora, me dizem que esse artefato é uma coisa viva e que ele matou meus pais — talvez de propósito, talvez não. Poxa, a gente não sabe de nada mesmo.

Ah, e, por sinal, ele está do outro lado dessa porta. Você gostaria de conhecê-lo?

Não estou cem por cento presente quando cruzo o limiar da porta de cofre. Minha mente está ocupada, se alternando entre raiva e terror. Escuto Ophelia dizendo:

— Venha.

Nelinha segura o meu cotovelo.

— Estou com você, gata. Vamos.

Então, entramos na chaminé principal do vulcão inativo. Paredes de pedra se erguem, formando uma catedral cônica de rochas pretas brilhantes. Sinto como se estivesse dentro de uma gigantesca gota de chocolate oca. Não há chão — apenas um píer que avança sobre um grande lago redondo.

Acima da gente, dezenas de drones-libélula zunem pelo ar, suas asas de metal tremeluzindo com o brilho de olhos que parecem joias. Eles estão aqui para fazer vigilância ou fornecer iluminação? Talvez este seja simplesmente o lugar onde os insetobôs passam o tempo quando não estão pilotando navios para o atol ou escoltando adolescentes perdidos pela base.

O lago também é iluminado por baixo. Nuvens de coisas que lembram fitoplânctons cintilam nas profundezas. Já vi algas bioluminescentes antes, mas em geral são azuis. Essas pequenas criaturas, o que quer que sejam, formam milhares de constelações laranjas verdes, vermelhas e amarelas, como se todo o bioma do lago estivesse celebrando o festival Holi. Eu me pergunto se meus pais viram isso e se pensaram na mesma coisa. Será que eles morreram cercados por essa nebulosa surpreendente?

Do meu lado, Ester choraminga baixinho. Top fica em alerta máximo, sentando-se à sua frente e soltando um ganido que diz *Ei, tá tudo bem. Cachorro fofo bem aqui.* Nelinha murmura:

— Vixe Maria.

Eu me forço a seguir seu olhar até a embarcação atracada no fim do píer.

O *Náutilus* não se parece com nada que eu já tenha visto. É até difícil pensar nele como um submarino.

Tudo bem que eu nunca estive em um submarino de verdade. O treinamento na HP só começa no segundo semestre do terceiro ano. Mas eu já *vi* e *estudei* submarinos. A maior parte dos modelos modernos tem a aparência de um tubo preto e liso, sem quase nenhuma característica na superfície — apenas uma curva gentil na parte de cima e a torre. Os maiores submarinos da marinha norte-americana podem ter mais de cento e oitenta metros de uma ponta à outra, aproximadamente o tamanho de dois campos de futebol americano.

O *Náutilus* tem mais ou menos metade disso, embora ainda seja uma embarcação grande. Parece ter o formato de um tubo — eu me lembro de Júlio Verne descrevendo-o como um charuto gigante —, mas não é preto nem discreto. Seu casco é feito de painéis interligados de nemônio, que reluzem como a concha de um abalone. Espirais intrincadas correm pelas laterais, intercaladas com grupos de filamentos eriçados e fileiras de entalhes que lembram as criptas vibrissais na pele do Sócrates — eletrorreceptores que o permitem sentir o ambiente ao redor.

Não consigo imaginar como um casco tão complexo, e com aparência tão delicada, tenha sobrevivido intacto desde o século XIX. Parece a pele de uma criatura marinha — algo entre um peixe-leão e um golfinho.

Ainda mais desconcertantes são os olhos do *Náutilus*. Não consigo pensar em outro nome para aquilo. Na proa da embarcação, há duas ovais convexas e transparentes envolvidas por uma treliça de metal, semelhantes aos olhos compostos de um inseto.

Minha mente se rebela contra essa falha de design. Janelas em um submarino? Ainda mais janelas gigantescas em formato de domo? A resistência da água deixaria a navegação vagarosa. Por conta de seu estilo, a embarcação seria facilmente identificada em um sonar. Pior: assim que o submarino atingisse qualquer profundidade, as janelas implodiriam, inundando o interior e matando todo mundo a bordo. E se houvesse um confronto com embarcações modernas cheias de armas explosivas? Pode esquecer. Seria o mesmo que ir para a guerra dentro de uma garrafa de vidro gigante.

— Isso não deveria existir — digo. — Com certeza não deveria ser navegável.

Ophelia dá de ombros.

— E, no entanto...

E, no entanto, lá está ele: uma obra de arte náutica de alta tecnologia, com cento e cinquenta anos de idade, atracada no meio de um vulcão. Lembro-me de uma das partes mais assustadoras de *Vinte mil léguas submarinas*, quando os sobreviventes dos ataques do *Náutilus* relatam ter visto olhos gigantes brilhando debaixo d'água — os olhos de um monstro marinho.

Preciso admitir que, se eu estivesse em um navio mercante de três mastros e casco de madeira, e então visse esse submarino louco disparando na minha direção debaixo d'água, teria molhado minhas calças do século XIX.

— Mas ele está em excelentes condições — comenta Nelinha. — Vocês fizeram os reparos em apenas dois anos, só você e o Luca?

Ophelia ri.

— Até parece. O exterior precisava de muita limpeza e de alguns pequenos reparos, mas o casco se conserta sozinho. Quando Nemo morreu, o submarino foi para o fundo do lago, mergulhou no lodo e entrou em estado de estivação.

— Que nem o peixe-pulmonado-africano — comenta Ester. De repente, ela está de volta a um terreno familiar. — Eles podem ficar debaixo da terra em animação suspensa durante anos.

Ophelia parece satisfeita.

— Exatamente, Ester. O *Náutilus* entrou em modo de autopreservação. Ficou com a maior parte dos sistemas dormentes, usando correntes elétricas e a circulação da água em torno do casco para manter sua integridade. Isso não significa, porém, que ficou livre de danos. Houve vazamentos. O interior não ficou inundado, mas... — Ela coloca a mão na frente do nariz, como se estivesse se lembrando do cheiro.

Eu me balanço de um lado para outro, embora não ache que as tábuas estejam se movendo sob os meus pés. Meu olhar varre o píer. O lado oposto das docas é pontuado por estações de trabalho e armazéns de suprimentos, que estranhamente me remetem às lojas do píer de Santa Monica. Sinto uma risada histérica se formando no meu peito. Fico pensando se podemos comprar um sorvete de casquinha ou um algodão-doce antes de entrarmos no *Náutilus*.

— E Luca já está... a bordo? — pergunto.

Ophelia assente.

— Ele começa a trabalhar todo dia às quatro da manhã. Luca dormiria no *Náutilus* se eu deixasse. — Ela me observa com preocupação. Meu rosto deve demonstrar que estou em choque. — Não precisamos entrar hoje, Ana. Vê-lo de longe pode ser suficiente para a primeira visita.

Nelinha me olha com uma cara de *É, não teria problema nenhum. Mas, por favor, por favor, por favor, podemos entrar?*

Não quero chegar nem perto do submarino que matou meus pais. Como Luca consegue ficar ali dentro, sozinho, às quatro da manhã? Prefiro dormir em uma casa mal-assombrada com um maníaco da machadinha.

Ao mesmo tempo, saber que Luca está a bordo me enche de coragem. Faz eu me sentir um pouco ridícula. Se ele consegue, por que eu não conseguiria?

— Como ele matou os meus pais? — questiono. Minha boca parece estar cheia de areia. — O que aconteceu exatamente?

Ophelia solta um suspiro.

— A gente tinha conseguido emergir a embarcação. Nós a ancoramos onde ela está agora, só que, na época, mais parecia uma ilha de lama. O seu pai queria abrir a escotilha principal imediatamente. Ele foi... imprudente, talvez. A porta começou a se abrir. Ele forçou passagem. Tinha acabado de atravessar o umbral quando...

A voz de Ophelia falha. Percebo que estou pedindo para ela reviver um dos momentos mais traumáticos de sua vida. Mas preciso saber.

— Quando o quê? — pergunto.

— Houve uma descarga elétrica — continua ela. — Ele morreu na mesma hora, Ana. Duvido que tenha entendido o que aconteceu. Sua mãe, no entanto... — O olhar de Ophelia fica duro como seus óculos de metal. — Ela correu para tentar ajudá-lo. E o agarrou enquanto...

Ah, meu Deus. Minha pobre mãe. Apesar de todo o treinamento, *é claro* que o instinto dela seria agarrar meu pai e puxá-lo para fora do perigo. A eletricidade deve ter atravessado seu corpo também... talvez sem matá-la imediatamente, mas causando muitos danos internos.

— Não conseguimos salvá-la — lamenta Ophelia.

A exaustão em sua voz me diz que ela tentou de tudo, com todo o seu treinamento de Orca, e que a morte da minha mãe não foi instantânea nem pacífica.

— Sinto muito, querida — diz Ophelia. — Seu último pedido...

— Cremação — completo. A pérola negra no meu pescoço parece quente. Penso em um comentário que Luca fez na noite anterior. — Os jardins subaquáticos do Nemo... Vocês jogaram as cinzas dos meus pais lá?

Ophelia baixa a cabeça.

— Gostaria de proporcionar a vocês uma sensação melhor de encerramento, mas as circunstâncias... eram complicadas. — Ela aponta para a pérola negra. — Sita deixou esse colar no nosso navio de pesquisa. Nunca mergulhava com ele. Foi por isso que ele sobreviveu, por isso que pudemos mandá-lo para você.

Fico esperando a minha raiva virar um tsunami. Eu me imagino esbravejando pelo píer, jogando coisas em Ophelia e no submarino, gritando com o mundo inteiro.

Por alguma razão, isso não acontece. Olho para o *Náutilus*. Sinto um ressentimento avassalador, até ódio, mas também tenho mais certeza do que nunca de que eu e esse estranho submarino estamos ligados pelo destino. Não posso deixar que o sacrifício dos meus pais seja em vão.

— Tudo bem — falo. — Onde é a entrada?

A resposta não é óbvia.

Não há torre, nem escotilha visível, nem corrimãos. Não há nem uma prancha para embarque e desembarque.

Ophelia nos leva até o meio do submarino. Ester segura a minha mão, o que é algo completamente atípico. Sua palma está quente e úmida. Não sei bem quem está confortando quem, mas fico feliz por ela estar comigo. Me ocorre que esta é a primeira vez que membros das famílias Harding e Dakkar estão juntos nesta caverna desde o dia em que o capitão Nemo morreu.

Depois de um momento, fendas estreitas, semelhantes a guelras, se abrem na lateral do submarino. Espirais de metal se desdobram, transformando-se em uma escada. No topo da rampa, uma parte circular das íris do casco se abre.

Meus ouvidos zumbem. Levo um segundo para perceber que Ophelia estava falando comigo.

— O que você disse? — pergunto.

— Quer que eu vá na frente? — repete ela. — Talvez seja mais seguro se...
— Não, pode deixar — respondo.
Nelinha se remexe, desconfortável.
— Ana, tem certeza?
Coloco um pé no primeiro degrau.

Cada nervo do meu corpo está me mandando fugir. Uma torrente de emoções passa por mim, tão grande que eu poderia me afogar mesmo sem água. Mas acho que sei o que deu errado para os meus pais. Acho que sei o que fazer.

Meu pai era um Tubarão. Ophelia é Orca e também Tubarão. Luca é Cefalópode. Todos eles devem ter visto o *Náutilus* como um prêmio a ser aberto e explorado. Minha mãe, Sita, era a única Golfinho do grupo. Duvido que ela tenha tido tempo de pensar ou agir como Golfinho quando eles emergiram o *Náutilus*. Meu pai era impulsivo demais. Entrou correndo e morreu. E minha mãe morreu tentando salvá-lo.

— Oi, *Náutilus* — falo em bundeli.

Esse era o idioma nativo de Nemo. Ele cresceu falando bundeli, assim como inglês, quando a Índia estava sob o jugo da Inglaterra. Se Nemo conversava com sua criação em alguma língua, suponho que tenha escolhido o idioma com o qual sonhava.

— Sou Ana Dakkar.

Tento não ficar constrangida por puxar assunto com uma escotilha aberta. Já conversei com golfinhos, cachorros, orangotangos e até estudantes do Instituto Land. Falar com um submarino velho não deveria ser nada de mais.

— Sei que você reagiu de maneira agressiva quando meu pai o acordou. — Eu me pergunto, preocupada, se o *Náutilus* consegue perceber a raiva na minha voz, mas decido que preciso ser sincera. — Você matou os meus pais. Acho que nunca vou perdoar isso. Mas entendo que você devia estar confuso, com medo e com raiva.

O submarino não responde. É claro.

— Meu antepassado, que se autodenominava Nemo, deixou você sozinho por um bom tempo. Sinto muito. A questão é que... eu sou a última Dakkar. Estou sozinha e sou única, assim como você. Somos meio que a

181

última chance um do outro. Gostaria da sua permissão para subir a bordo. Prometo que farei o meu melhor para respeitar e ouvir você, se fizer o mesmo comigo. E se puder não me matar, seria ótimo.

Não tenho como saber se o submarino me ouviu ou me entendeu.

Será que ele tem orelhinhas de cobre no casco? Será que sua inteligência artificial ao menos reconhece vozes?

Só há uma maneira de descobrir.

Subo na rampa.

Não sou imediatamente eletrocutada. Acho que é um bom sinal.

— Obrigada — digo ao *Náutilus*. — Vou entrar.

Então, passo pelo último umbral que meus pais atravessaram.

CAPÍTULO 32

DUAS COISAS QUE NÃO associo a submarinos: elegância e aromatizador de ambiente.

Da escotilha principal, uma escada em caracol desce até um saguão imponente, que mais parece pertencer a um navio de cruzeiro do que a um submarino em atividade. Não duvido nada que daqui a pouco apareça um garçom de uniforme branco para me oferecer um drinque tropical.

As paredes pretas brilham como ébano polido, cercadas por vigas de nemônio dourado. Do outro lado do saguão, uma segunda escada em caracol leva para o andar de baixo. No meio do piso de mármore (pelo menos *parece* mármore), há um brasão feito em mosaico: um grande *N* dourado e cursivo em um círculo preto, envolvido por uma lula dourada. Abaixo está o lema MOBILIS IN MOBILE.

Latim. Difícil de traduzir. Algo como *movendo-se pelo movente* ou *movimento em movimentação*, mas nenhuma dessas frases faz muito sentido.

Ver esse lema ao vivo é um soco no estômago. Me lembro de lê-lo em *Vinte mil léguas submarinas*, no verão antes do primeiro ano, logo depois de os meus pais saírem de casa pela última vez... antes de eu receber a notícia de que tinha ficado órfã. Minha vida estava movendo-se pelo movente, e eu nem sabia.

Agora, estou no *Náutilus* de verdade. Cyrus Harding e Bonaventure Pencroft passaram por esse cômodo. Assim como Ned Land e Pierre Aronnax. Não só como personagens dos livros de Júlio Verne, mas como *pessoas reais*.

Minha cabeça começa a rodar. O cheiro dos aromatizadores não ajuda. São daquele tipo baratinho que encontramos para comprar em lava a jatos — recortes de papelão no formato de árvores de Natal. Alguns estão presos no corrimão da escada. Outros estão colados nas vigas das paredes de nemônio. As fragrâncias enjoativas de baunilha e pinheiro batalham pelo domínio das minhas narinas.

Além desses aromas, sinto o fedor de mofo e putrefação. Luca e Ophelia fizeram o possível, mas o *Náutilus* ainda cheira a peixe podre deixado no cais e casa de uma tia-avó. Isso vai ser um problema para Robbie Barr e suas alergias. Top parece achar que o saguão tem um aroma delicioso. Ele fareja o ar como se estivesse equilibrando uma bola no focinho. Nelinha analisa as paredes sem tocá-las, seus olhos observando o caminho dos dutos de ar. Ester vai até o meio do brasão e dá um giro completo. Depois gira no outro sentido, como se estivesse se desenrolando.

— Esse submarino está irritado — diz ela. — Ele parece irritado, não parece?

Não sei bem como responder. Meus sentidos estão sobrecarregados. Sinto, sim, um peso no ar, como os momentos que antecedem uma tempestade. Posso ter conseguido uma trégua temporária com o *Náutilus*, mas suspeito que ele esteja me observando, esperando o meu próximo movimento. Ainda não somos amigos. Nem de longe.

— É lindo — comento. — Assustador. Avassalador.

— E irritado — insiste Ester. — Por favor, tome cuidado, Ana.

Ophelia é a última a descer a escada. A escotilha se fecha depois que ela passa.

— Até agora, tudo bem. — Ela me lança um sorriso encorajador, mas parece tensa. Cada músculo de seu corpo está preparado para entrar em ação. Imagino que, se uma bombinha estourasse atrás dela, Ophelia daria um pulo tão alto que precisaríamos arrancá-la do teto. — Vamos encontrar o meu marido.

Isso, pelo menos, não deve ser difícil.

Da popa do submarino, escuto o eco distante de alguém assobiando, pontuado pelo zumbido de uma furadeira.

— Luca!

O grito de Ophelia quase faz com que *eu* pule até o teto.

A voz de Luca reverbera como se ele estivesse no fundo de um poço.

— Sim, *mio cuore*! Na sala de máquinas! Aqui é bastante seguro!

Ophelia ergue a sobrancelha para nós.

— É o que ele diz. Espero que esteja certo dessa vez.

Nelinha franze o cenho.

— Você não disse que não houve mais... como você chamou, acidentes?

— Sim, pelo menos nada sério — responde Ophelia. — Mas o *Náutilus* pode ser... rabugento. Por aqui.

Ah, que ótimo. Vamos andar ainda mais no submarino rabugento.

Ophelia vai na frente, atravessando um corredor central.

Pinturas em molduras douradas ocupam as paredes. Pelo menos acho que *um dia* foram pinturas. Agora são telas de mofo escuro. O piso de azulejos é cheio de linhas manchadas, que talvez indiquem um carpete podre arrancado. No teto, luminárias ovais de bronze piscam com um leve laranja de Dia das Bruxas.

Conforme passamos pelas portas abertas, é difícil não parar e admirar cada espaço.

A bombordo: uma sala de jantar formal com uma mesa de mogno e oito cadeiras combinadas de espaldar alto. Pratos de porcelana e talheres de prata reluzem no aparador. Sob a mesa, um tapete oriental esfarrapado e bolorento.

A estibordo: uma biblioteca com estantes que vão do chão ao teto. Me dói o coração ver tantos livros mofados, intumescidos e arruinados pela água. Duas poltronas com o couro rachado encontram-se nas laterais de uma lareira. (Sério? Para onde vai a fumaça?) Na parede mais distante, uma longa janela oval dá para o lado de fora, proporcionando uma visão subaquática das constelações de fitoplâncton.

Fico chocada ao ver que os "ossos" da embarcação estão basicamente intactos. Por outro lado, o que Nemo trouxe como mobília e decoração não durou tanto. O submarino lembra uma estátua antiga, adornada com pinturas, flores e um belo tecido que vão apodrecendo aos poucos, até restar só a pedra.

Passamos pelo lugar que provavelmente abrigava a tripulação. Em vez de leitos empilhados e do tamanho de caixões, como eu esperaria ver em qualquer submarino moderno, cada quarto contém quatro beliches de tamanho considerável — muito mais espaço por pessoa do que temos no *Varuna*. Para um submarino, isso é puro luxo.

Nelinha aponta para um dos beliches.

— Vou dormir ali.

Ophelia dá uma risada.

— Você é tão ruim quanto o Luca.

— Eu ouvi, hein! — Ele aparece sorrindo no final do corredor, em um macacão sujo de graxa e com uma chave de grifo na mão. — Ana, você chegou na hora certa! Me ajude a convencer o *Náutilus* a não agir como uma diva hoje? Tem uma porta secreta que estou morrendo de vontade de abrir!

CAPÍTULO 33

CONSIDERANDO O HISTÓRICO DA minha família com esse submarino, gostaria que Luca não tivesse usado a frase *morrendo de vontade de abrir*.

Mas já passei tempo suficiente com Nelinha para saber que os Cefalópodes se esquecem do mundo quando estão trabalhando em coisas que os intrigam. E nada pode ser mais intrigante do que o *Náutilus*.

Luca nos guia por outra escada em caracol até o que presumo ser a sala de máquinas. Na maioria dos submarinos, esse local seria um espaço quente e apertado, com mais equipamentos do que ar. Nenhuma surpresa aqui: o *Náutilus* é diferente.

A câmara é coberta do chão ao teto com nemônio espelhado, o que a faz parecer ainda maior. Uma infinidade de Anas refletidas me encaram no metal reluzente. Lembro-me vagamente de uma cena como essa em *A fantástica fábrica de chocolate* (meu pai adorava esse filme, talvez até demais). Sinto que deveria estar usando óculos escuros e um traje de proteção enquanto caminho ao lado do vovô Joe.

Empilhadas nas paredes a bombordo e a estibordo há fileiras de grandes cilindros. Quando os vi pela primeira vez, achei que fossem tubos de torpedos. Então, sinto suas batidas leves e sincronizadas. Eles devem fazer parte do sistema de energia — algum tipo de pistão.

No meio do cômodo, há uma ilha com quatro estações de controle. Os medidores, os displays e as alavancas têm tantos detalhes que lembram o mecanismo de um relógio suíço. Alguns medidores estão ligados, suas agulhas em movimento. A maior parte parece desligada e morta.

Nelinha dá gritinhos empolgados enquanto lê as descrições em várias placas de cobre. Temo que minha amiga vá explodir de felicidade.

Luca ri.

— Eu sei. Tive a mesma reação quando entrei aqui pela primeira vez.

— Esse aqui. — Nelinha aponta para um botão vermelho de aparência ameaçadora. — *Propulsão de Supercavitação*. Só pode ser brincadeira.

Ophelia cruza os braços.

— Quem dera fazer esse botão funcionar. Mas, sim, pelo visto Nemo foi bem-sucedido.

— Supercavitação...? — Sei que já ouvi esse termo na aula do dr. Hewett. Minha cabeça começa a entoar "Supercalifragilisticexpialidoce", mas tenho quase certeza de que é outra coisa. Provavelmente eu teria prestado mais atenção se Hewett tivesse dito *Por sinal, essa tecnologia existe e um dia pode salvar a sua vida*.

— É a forma mais avançada de propulsão — explica Nelinha. — As melhores marinhas do mundo estão pesquisando essa tecnologia, mas ninguém conseguiu fazê-la funcionar ainda. A ideia é criar uma camada de ar em torno da ponta do submarino e zerar a resistência da água. E aí, BUM. Ligamos os motores e... bem, em teoria, podemos cruzar o oceano a qualquer profundidade com extrema rapidez, mais como uma bala do que como um barco.

Ester estremece.

— Isso explica como Nemo percorreu distâncias tão grandes no livro. Ele aparecia em diversos lugares por todo o globo. Nunca conseguiam alcançá-lo. Vocês não estão com frio?

A sala de máquinas parece bem quente para mim. Talvez seja porque estou pensando na quantidade de energia que está passando por aqui e em como seria fácil para o *Náutilus* pôr um ponto final em seu problema com os Dakkar com um único e grande *zap*.

— Ali — Luca faz um gesto para o fim da sala, indicando uma porta oval rebitada com uma pequena escotilha — fica o reator de fusão a frio. Ele pega hidrogênio direto do oceano. Poder de combustão eterno sem resíduos negativos. Porém, se ele enguiçar por qualquer motivo... — Luca aponta para uma porta idêntica à direita. — Nelinha, você não vai acreditar... o gerador reserva é movido a queima de carvão.

Nelinha engasga.

— O quê?

— É isso mesmo! — Luca ri, encantado. — Nemo pulou um século de ciência. De repente, passou dos motores a vapor para a fusão a frio! Pensei em substituir o motor a carvão por algo menos vitoriano, mas...

Um rosnado metálico ecoa pela embarcação.

Top solta um latido.

Eu me viro para Ophelia com uma expressão que pode ou não ser de puro terror.

— Isso foi...?

— O *Náutilus* sendo rabugento — confirma ela.

— Ela não gosta de conversas sobre modificações. — Ester analisa o teto como se tivesse descoberto signos secretos do zodíaco.

É comum tratar uma embarcação no feminino, mas sinto que Ester captou algo mais primordial sobre o submarino. Decido manter Ester por perto sempre que estiver a bordo e vou sempre levar seus avisos a sério.

— E do *que* a *Náutilus* gosta? — pergunto.

Ester passa a mão pelo painel.

— É bom quando alguém a limpa e a conserta. Ela gosta disso.

— Ah, viu só? — Luca levanta as sobrancelhas para Ophelia. — É por isso que ela gosta tanto da minha companhia.

— Ela tolera você, na verdade — diz Ophelia. — Sabe que você é útil.

— Ora, querida. Não seja ciumenta.

Nelinha continua a inspecionar os painéis de controle. Lê em voz alta a caligrafia sofisticada das placas de bronze:

— Turbinas de empuxo vetorial. Posicionamento dinâmico. Controle de lastro recursivo? Ah, isso é incrível! *Náutilus*, eu te amo!

A embarcação não responde, mas imagino que esteja pensando *Sim, eu sei. Sou* mesmo *maravilhosa.*

Não consigo ter o entusiasmo de Nelinha. Essa ainda é a embarcação que matou meus pais. Tento controlar meus sentimentos. Estou me esforçando ao máximo para compreender a criação estranha, antiga e aparentemente viva do meu antepassado. No entanto, parte de mim quer pegar a chave de grifo do Luca e sair quebrando tudo.

Tento recuperar o foco.

— Luca, você mencionou uma porta secreta?

— Sim, bem aqui! — Ele me leva a uma escotilha que está em um canto atrás dos pistões gigantes. É mais um quadro de distribuição do que uma porta, talvez grande o bastante para uma criança atravessar encolhida. Não há fechadura ou puxador visível.

— Você sabe o que tem lá dentro? — pergunto.

Luca hesita, então Ophelia responde.

— Encontramos diversos quadros como esse por toda a embarcação — diz ela. — Suspeitamos que deem acesso ao processador principal da *Náutilus*... seu cérebro, por assim dizer. Depois de um século e meio debaixo do mar, os outros sistemas precisavam de uma boa limpeza e de muitos reparos. Imaginamos que o processador também precise, mas...

— Ela reluta em deixar alguém brincar com seu cérebro — explica Luca. — É compreensível, claro. E não vou tentar forçar o acesso.

— Não — concorda Ester. — Isso seria ruim.

— Mas, se *conseguíssemos* limpar essas escotilhas — Luca olha para mim de um jeito sugestivo —, acho que seria bom para todos nós, sobretudo para a *Náutilus.*

Entendo o que ele quer dizer. É possível que o raciocínio central do submarino esteja gravemente comprometido. Talvez por isso a *Náutilus* tenha atacado os meus pais quando eles a acordaram. Consertar o cérebro da embarcação pode torná-la mais amigável e receptiva.

Por outro lado, também pode deixá-la mais irritada e perigosa...

Top cheira a escotilha. Ele, pelo menos, parece ansioso para farejar o cérebro de um submarino.

— Ester, algum conselho? — pergunto.

— Tome cuidado — sugere ela.

— Isso foi muito útil. Obrigada.

— De nada.

Um dos diversos superpoderes de Ester: ela é imune a sarcasmo.

Coloco a mão na escotilha.

— *Náutilus*, nós gostaríamos de limpar aqui dentro — falo em bundeli. — Vamos ser muito cuidadosos para não causar nenhum dano. Você permite?

O quadro de distribuição dá um clique.

— Maravilha! — Luca abre um sorriso radiante. — Posso?

Eu me movo para o lado. Ele abre a escotilha, que libera um cheiro horrível e mais parece um armário com as roupas suadas do Davy Jones. Top abana o rabo sem parar.

Luca enfia a mão lá dentro, tirando um monte de gosma — algas, macroalgas, cocô de crustáceos? Não sei.

— Está vendo? — Ele ergue seu prêmio como se fosse um ovo de ouro da galinha. A gosma preta escorre até o seu cotovelo. — É um milagre que a *Náutilus* ainda funcione! Ah, Ana, imagine o que ela poderá fazer quando estiver completamente limpa. Você é a chave para...

FOOOOOOM!

O som faz o chão tremer e chacoalha os meus olhos dentro das órbitas: um mi bemol profundo e ressonante, que se sustenta pelo tempo de uma semibreve. Luca deixa a meleca cair. Top se esconde atrás das pernas de Ester. Nelinha afasta os pés, como se esperasse um maremoto. Ophelia se apoia em uma parede.

O barulho cessa. Espero um pouco, mas ele não se repete.

— Esse som parece...

— O órgão de tubos — diz Luca, alarmado.

— Isso nunca tinha acontecido — murmura Ophelia.

— O *quê*? — pergunto.

Luca e Ophelia trocam olhares. Em silêncio, os dois parecem travar um debate nervoso sobre o que fazer em seguida.

— Acho — diz Ophelia, por fim — que é hora de mostrar o passadiço para a Ana.

CAPÍTULO 34

QUAL É A PRIMEIRA coisa que você quer instalar no seu supersubmarino de última geração?

Um órgão de tubos, é claro.

As maravilhas da *Náutilus* já travavam uma guerra contra o meu senso de realidade. Quando chego ao passadiço, meu cérebro simplesmente levanta a bandeira branca e se rende. Um órgão de tubos — agora em silêncio — ocupa, de fato, todo o lado estibordo do cômodo, mas não é a única coisa esquisita ali.

Os "olhos" da proa dominam a frente do passadiço. Os domos protuberantes com treliças de metal oferecem uma ampla vista da caverna lá fora, me fazendo sentir como se estivesse de fato dentro de um olho.

— As janelas não são feitas de vidro — garante Luca. — Até onde conseguimos entender, o material é um polímero de ferro transparente que foi criado em condições de extremas temperatura e pressão.

— Como no fundo do mar — especula Nelinha. — Perto da chaminé de um vulcão.

Luca dá um tapinha no nariz.

— Exatamente, minha querida. Talvez Nemo tenha forjado a blindagem do casco seguindo um processo semelhante. Não sabemos como ele pode ter feito isso. É outro mistério para a gente desvendar. É claro que, quando Júlio Verne escreveu seus livros, não sabia como chamar esse material, então disse que era ferro. — Com a junta do dedo, ele bate na viga de nemônio mais próxima. — O que claramente não é.

Quatro estações de controle formam um U na parte frontal do passadiço. Assim como na sala de máquinas, cada painel é complexo como um relógio suíço, com botões e interruptores rotulados com letras em baixo-relevo. No topo de cada estação, há aparelhos LOCUS desligados. Floreios artísticos decoram as bordas dos controles: golfinhos, baleias e peixes-voadores.

O submarino inteiro é uma obra de arte artesanal feita sob medida. Nunca poderia ser reproduzida, muito menos em massa. Começo a entender como a *Náutilus* é singular e por que a sua recuperação era tão importante para a HP e o Instituto Land. Só neste passeio, já vi meia dúzia de avanços tecnológicos que poderiam mudar o mundo — isso se a *Náutilus* nos permitisse desmontá-la e estudar seus mecanismos internos, coisa que dificilmente vai acontecer.

— E aqui — diz Luca, apertando o espaldar do que é claramente a cadeira do capitão — foi onde encontramos Nemo.

— Aah! — Ophelia dá um tapa no braço dele. — Elas não precisam ouvir isso!

— Bem, achei que a Ana talvez quisesse saber que ele morreu em seu posto. Pensamos em tentar extrair um pouco do DNA do Nemo, mas, bom, tirando as questões éticas, logo ficou claro que a *Náutilus* não toleraria nenhum truque para burlar seus sistemas. Ela deve *escolher* seu novo capitão, e precisa ser um Dakkar vivo.

Ophelia aperta a ponte do nariz.

— Ana, minha querida, sinto muito. Meu marido não tem a menor noção.

Olho para a cadeira do capitão, um monstro de metal que tem formato de L e um pedestal giratório, como uma poltrona antiquada de barbearia. Em cada um dos descansos de braço há um apoio hemisférico para a mão, como o leitor de DNA no *Varuna*. O estofado do assento é de algo que parece couro preto brilhante.

Por alguma razão, saber que o corpo do bisavô do meu bisavô foi descoberto aqui não me incomoda tanto quanto achei que incomodaria. De certa forma, o submarino inteiro já parece sua cripta, seus restos mortais.

Passo os dedos pelo espaldar de couro maleável.

— Esse material é novo.

— Sim, de fato — concorda Luca. — O metal sobreviveu. O couro original foi muito danificado e não teve salvação. Além disso, hã, os restos do seu ancestral ficaram sentados aí por mais de um século... — Ele olha para Ophelia para ver se ela vai lhe dar outro tapinha. — Sepultamos Nemo no mar. Depois, reformei a cadeira. O material em si é à base de algas. Por sorte, tenho um amigo em Florença que é um excelente curtidor. Como todos sabem, a manufatura italiana é a melhor do mundo.

Ophelia revira os olhos.

— Nós tentamos, é claro, ativar outros sistemas do submarino. Mas a cadeira do capitão parece dar acesso a tudo que é fundamental: propulsão, armas, navegação, comunicações.

Enquanto cita os comandos, ela aponta para cada uma das quatro estações de controle. Então, olha para mim, como se estivesse esperando...

Claro. Ela quer que eu me sente na cadeira. Não quer me pressionar, mas está louca para ver o que acontece se eu tocar naqueles controles esféricos. Embora tenham sido muito gentis e acolhedores, é difícil para Luca e Ophelia me verem como uma pessoa, e não como uma ferramenta multifuncional milagrosa.

Respiro fundo. Não quero me sentar na cadeira. Não é minha. Não conquistei esse direito. Estou tentando pensar na forma mais educada de recusar o convite quando sou salva por Ester.

— Você não devia começar por aqui — diz ela. Estava quieta até agora, parada no meio do passadiço, absorvendo cada detalhe, talvez escutando o estado de espírito do submarino. — Devia começar por *ali*.

Ela aponta para o órgão de tubos. Eu estava tentando não pensar na gigantesca engenhoca musical e em por que ela tinha resolvido produzir um som explosivo por conta própria.

Por algum motivo, sua presença no passadiço me dá calafrios, mais do que a cadeira do capitão morto. Não me soa lógico começar pelo órgão e deixar os controles para depois. No entanto, Ester parece compreender o submarino de uma forma que vai além da lógica.

Eu me aproximo da floresta de tubos de metal reluzentes.

O teclado de quatro andares já viu dias melhores, mas continua lindo. As teclas brancas parecem abalones, e as pretas têm o mesmo brilho escuro da pérola negra da minha mãe. Assim como os tubos, os puxadores e os pedais são de nemônio resplandecente, entalhados com peixes mergulhando nas ondas.

No banco, a almofada de veludo está preta de mofo. Suas pernas de madeira parecem a ponto de quebrar.

Luca tosse.

— Infelizmente, não sei muito sobre órgãos de tubo — diz ele, constrangido. — Fiz o melhor que pude para limpá-lo, porém as peças mais delicadas ainda estão em más condições. Com certeza precisa ser afinado... sabe-se lá como.

— Não tenho ideia — admito. — Fiz aulas de piano, mas...

A memória me faz voltar aos primeiros anos do ensino fundamental.

Me lembro de Dev reclamando amargamente sempre que a sra. Flanning chegava à nossa casa para as aulas, que aconteciam duas vezes por semana. Ele odiava tocar piano. Não era um esporte. Não acontecia ao ar livre. Dev não podia chutar, atirar nem correr atrás do piano.

Mesmo assim, nossos pais insistiram.

Seu futuro depende de muitas habilidades, dizia o meu pai, *incluindo o teclado*.

Nunca entendi essa frase. Achei que fosse só mais um dos mandamentos estranhos e inescrutáveis dos nossos pais. Como tantas coisas que envolviam Dev, as minhas aulas de piano foram apenas uma consequência. A sra. Flanning já estava vindo mesmo. Podia fazer logo um desconto dois por um.

Dev sempre foi melhor. Apesar das reclamações, ele tinha um ouvido excelente. Nunca praticava. Só ia de mau humor até o teclado, ouvia a sra. Flanning tocar e então a imitava perfeitamente. Seu desleixo e sua impaciência a deixavam louca, ainda mais porque não o impediam de dominar o que quer que ela apresentasse.

Por outro lado, eu avançava aos poucos, de maneira cuidadosa e matemática, tratando o teclado como um novo idioma, aprendendo cada música como uma frase a ser esquematizada.

Agora, me pergunto se os meus pais sabiam sobre o órgão de tubos do Nemo. Verne o mencionou em *Vinte mil léguas submarinas*, não mencionou?

Será que estavam preparando Dev para algo mais específico do que só tocar músicas bonitas em um jantar chique?

— O Dev veio aqui alguma vez? — pergunto.

Ophelia parece chocada.

— Claro que não. Seria muito arriscado.

Luca acrescenta rapidamente:

— Você também não estaria aqui, minha querida, se não fosse por essa situação horrível.

Mesmo assim, eu não deveria estar aqui, penso. Sou um prêmio de consolação. A reserva da reserva que entra no fim do jogo, numa tentativa desesperada de vencer.

— Dev queria ver a *Náutilus*, claro — continua Luca. — Quando ele tinha a sua idade... Bem, a equipe da HP lhe contou a história toda, e foi difícil convencê-lo a esperar. Ele queria vir para cá na mesma hora. Depois, argumentou que deveria vir logo depois de se formar na HP. Por fim, ouviu a voz da razão. Concordou em ir para a faculdade primeiro, nos dando mais quatro anos para restaurar o submarino e entender seu funcionamento. E isso também daria a ele mais quatro anos para aprender e amadurecer.

Tento processar essa informação. Lembro que em diversas ocasiões nos últimos dois anos, Dev parecia irritado sem motivo aparente. Mas nós tínhamos perdido nossos pais. Eu também não estava dando pulos de alegria.

É fácil imaginar Dev impaciente para ver a *Náutilus*. A ideia de que ele ouviria a voz da razão e iria docilmente para a faculdade, no entanto... é um pouco mais difícil de visualizar. Claro, ele parecia animado com a formatura. Estava ansioso para começar a faculdade. Mas, agora que sei sobre a *Náutilus*, me pergunto se Dev estava secretamente irritado por ter que esperar mais quatro anos.

Gostaria de ter podido conversar com ele sobre isso. Agora é tarde demais.

— Você devia tocar — sugere Ester. — Acho que a embarcação gostaria disso.

Como um novo idioma...

Sem me sentar, coloco os dedos no teclado mais baixo. As teclas estão tão frias quanto saídas de ar-condicionado.

Já faz anos que não toco... desde a morte dos meus pais, quando a nossa casa foi vendida e levaram o velho piano embora. Será que eu ainda me lembro de alguma música?

Decido tentar a "Fuga em ré menor", de Bach, uma música composta especificamente para o órgão. Eu costumava tocá-la sempre no Dia das Bruxas, porque ela é bem macabra. Se estiver em ritmo lento, também é lamuriosa e triste, e a melodia é tão antiga que até mesmo Nemo pode tê-la conhecido. Talvez a tenha tocado neste mesmo órgão.

Dedilho o primeiro compasso. As notas parecem fora de tom, mas ressoam por todo o submarino.

Segundo compasso: erro o tempo e aperto um ré por engano, mas continuo tocando. O arpejo me leva até o primeiro acorde estendido. Eu me demoro nele, fazendo o chão tremer. Ergo as mãos. Estou tentando me lembrar do próximo compasso quando Nelinha diz:

— Ana.

Eu me viro. Luca e Ophelia estão observando, abismados, as luzes que ganharam vida no passadiço. Os painéis de controle estão todos iluminados. Quatro hologramas dos LOCUS flutuam acima das estações, como uma fila de planetas fantasmagóricos. Os grandes olhos da proa estão delineados por um brilho roxo. A cadeira do capitão tem uma luz semelhante em sua base.

A *Náutilus*, ao que parece, gosta de Bach.

— Ana Dakkar — diz Luca, a voz cheia de admiração —, hoje vai ser um dia maravilhoso.

CAPÍTULO 35

QUANDO LUCA DIZ *MARAVILHOSO*, ele quer dizer *tão cheio que você não vai ter tempo nem de sentar.*

No restante da manhã, guio meus colegas pela *Náutilus*, levando apenas alguns de cada vez. Antes de cada visita, falo com a embarcação para ela saber o que está acontecendo. Ester atua como intérprete, avisando a todos para levarem os sentimentos da *Náutilus* em consideração. Não sei o que nossos colegas pensam disso, mas estão dispostos a aceitar. Top nos acompanha, farejando tudo.

Lá pela hora do almoço, toda a turma de segundo ano já esteve a bordo pelo menos uma vez. Estamos todos cheirando levemente a mofo e aromatizador de baunilha. Vendo pelo lado bom, ninguém foi morto por descargas elétricas ou alergia a fungos. Considero isso uma vitória.

Nós nos reunimos para comer na sala de jantar da base Lincoln, mas estou tão cansada que mal consigo aproveitar o excelente suflê de macroalgas e queijo que Júpiter preparou. No entanto, a maioria dos meus colegas parece estar bem animada. Eles se sentem seguros, protegidos do mundo exterior pelos nossos mentores da HP e pela tecnologia de última geração. Fizeram algumas boas refeições. Acordar a *Náutilus* foi mais fácil do que qualquer um tinha imaginado. Por que não estariam felizes?

A tripulação fica empolgada até com os planos de Luca, que tem trabalho para todos depois do almoço. Vinte pessoas conseguem limpar bem mais rápido que uma ou duas. Se a *Náutilus* deixar, vamos começar imediatamente a tirar a mobília mofada, a limpar a gosma da fiação e dos dutos internos, a esfregar... bem, tudo. Para mim, parece aquela cena de *Tom Sawyer* em que Tom convence todos os amigos a pagar pelo privilégio e pela diversão de pintar sua cerca. Mas, enfim, pelo menos o trabalho será feito.

As notícias da enfermaria também são encorajadoras. Embora o dr. Hewett permaneça em coma, seu quadro se estabilizou graças aos remédios experimentais que Ophelia produziu no próprio laboratório da *Náutilus*, usando engenharia reversa.

Pergunto, em privado, se ela tem alguma coisa para cólica menstrual. As minhas já passaram, mas menstruação é como Arnold Schwarzenegger em *O Exterminador do Futuro:* ela voltará.

Ophelia suspira.

— Se Nemo fosse uma mulher, essa teria sido a sua *primeira* invenção. Mas, infelizmente, não tenho. Só remédio para dores em geral. Quando a embarcação estiver funcionando completamente, vamos pedir que ela nos ajude a criar algo mais específico, tudo bem?

Durante o almoço, a única pessoa que parece insatisfeita é Gemini Twain. Ele se senta à minha frente na mesa de jantar, espetando o suflê com o garfo de um jeito melancólico.

— Tudo bem aí, Aranha? — pergunta Nelinha para ele.

Gem franze o cenho.

— Vocês não deveriam ter entrado no submarino sem mim de manhã. E se alguma coisa ruim tivesse acontecido?

— Bem — responde Nelinha —, tenho certeza de que você teria dado um tiro bem na testa do submarino, como um verdadeiro herói! Por sorte, conseguimos sobreviver sem você.

Gem encara a mesa, como se estivesse rezando por paciência.

— Vou ver como está o dr. Hewett.

Repouso a mão no pulso de Nelinha.

— Não vai ajudar em nada a gente ficar de picuinha um com o outro.

Ela parece surpresa.

— Que *picuinha*?

Suspiro, me levanto e vou atrás de Gem.

Encontro-o na enfermaria, encostado na parede com os braços cruzados, observando a figura inconsciente do dr. Hewett. Franklin Couch anda de lá para cá, checando os monitores e o nível de hidratação do professor, mas, ao ver a expressão séria no meu rosto, diz:

— Se vocês puderem ficar de olho no meu paciente, vou almoçar.

Ele logo sai.

— Me desculpe, Gem — começo. — Eu deveria ter esperado você hoje de manhã. Vou incluí-lo em tudo a partir de agora.

Seu rosto fica mais relaxado.

— Obrigado. Não sei, Ana... Alguma coisa não me parece certa. A gente não deveria relaxar.

Gostaria de minimizar suas preocupações tão facilmente quanto Nelinha, mas também me sinto inquieta, com a sensação de que perdi algum alerta importante — como a grade tremeluzindo na manhã em que a Harding--Pencroft foi destruída.

Analiso o rosto do dr. Hewett... Ele ainda está pálido, a pele quase translúcida, mas o amarelado no pescoço e nas bochechas parece ter diminuído. Seu cabelo foi lavado e penteado de maneira quase majestosa — como a juba de um velho leão.

— Ele era o meu conselheiro — murmura Gem. — E também o mais próximo que tive de um pai.

Sinto como se estivéssemos em lados opostos de um cabo de guerra. A voz de Gem está cheia de dor. Eu nunca teria pensado no dr. Hewett como uma figura paterna substituta — para Gem ou para Dev —, mas, aparentemente, ele tentou orientar os dois. O estado de Hewett deve preocupá-lo bem mais do que ele deixa transparecer.

Não sei como formular a minha próxima pergunta. Não sei nem se devo fazer essa pergunta, mas acho que Gem me deu a brecha.

— Você conheceu o seu pai?

Ele suspira, soltando uma risada seca.

— Minha mãe e meu pai estão vivos e bem. Até onde eu sei, moram no Oregon.

Meu primeiro pensamento é *Ah, não é tão longe da HP*, mas, do jeito que Gem pronuncia *Oregon*, ele parece estar falando de Saturno.

— Eles não faziam parte da sua vida — concluo.

Gem descruza os braços longos e magros, depois coloca as mãos nas costas, como se não soubesse o que fazer com elas. Como sempre, está usando seu uniforme de batalha: calça jeans e camiseta pretas, assim como o cinto e os coldres. Um caubói indo para um funeral.

— Você sabe por que me chamo Gemini?

— Por causa das suas armas gêmeas, né? Ouvi dizer que o seu nome verdadeiro é James, daí Jim, e então Gemini...

Ele balança a cabeça.

— Eu não inventei essa história, mas não corrijo as pessoas quando elas a contam. Meu nome de batismo é Gemini Twain mesmo. Meus pais são... hippies modernos, por assim dizer. Eles gostam de horóscopo, cristais, tarô, tudo isso. Só não gostam muito de serem pais. Quando eu era pequeno, eles deixaram a mim e ao meu irmão com a nossa vó em Provo. A vovó nos criou, nos levou para a igreja. Meu irmão é seis anos mais velho que eu. Quando ele viajou para fazer trabalho missionário no Brasil...

Ele observa os bipes no monitor cardíaco do dr. Hewett.

— O que estou tentando dizer é que não tenho muitas conexões. Então as que eu *tenho* são importantes. Já pedi desculpas várias vezes para Nelinha por tê-la constrangido aquele dia na cantina. Eu só estava... eu estava com saudade do meu irmão e queria fazer novos amigos. Mas entendo que ela me odeia.

O ar nos meus pulmões parece rançoso, como se eu estivesse respirando em um tanque contaminado. Nelinha é minha melhor amiga. Quando alguém a machuca, me machuca também. Mas é horrível eu nunca ter levado em conta o lado de Gem. E não fazia ideia de que ele tinha pedido desculpas pela história da *aluna bolsista*.

— *Odiar* talvez seja um pouco forte — falo. — Nelinha concordou duas vezes com você nessa semana. Milagres podem acontecer.

Gem dá de ombros.

— Talvez. É só que... eu *preciso* que essa equipe permaneça junta, Ana. Eu preciso da HP. Hewett me falou... Ele acreditava que a escola podia renascer das cinzas. Ele me deu a função te protegê-la porque você é a única que pode transformar isso em realidade.

Meu coração parece tão frágil quanto um dos suflês de Júpiter.

— Gem... sei que essa é uma situação emergencial, mas o fato de eu ser uma Dakkar não significa que eu seja uma líder em tempo integral.

Ele me encara.

— Você está brincando, né? Ana, eu estava no passadiço do *Varuna* quando você decifrou o código. Você manteve a sua equipe focada, conseguiu resultados. Eu vi você comandando a tripulação por três dias. Você nos organizou, aproveitou o talento de todos, nos impediu de matar uns aos outros. Você nos deu um propósito quando estávamos entrando em colapso. Isso não tem nada a ver com o seu DNA. Tem a ver com *você*. Fico feliz que esteja no comando.

Imagino que as minhas orelhas estejam vermelhas como as da Lee-Ann, e não porque estou prestes a contar uma mentira. Não sou boa em aceitar elogios. Tendo a pensar que a pessoa está apenas tentando ser legal ou poupar meus sentimentos. Mas Gem não é assim. Ele vai direto ao ponto, só mira e atira. E acabou de me acertar em cheio com palavras que eu não esperava ouvir dele.

— Hã... obrigada.

Na porta, Franklin tosse.

— Eu não pretendia ouvir, mas o Gemini tem razão. Agora, se me dão licença, preciso trocar o cateter do meu paciente, a não ser que vocês queiram ficar aqui e me ajudar.

Franklin sabe bem como expulsar as pessoas. Volto para a sala de jantar com Gem logo atrás e, pela primeira vez, fico feliz por tê-lo tão perto de mim.

CAPÍTULO 36

À TARDE, PELA PRIMEIRA vez, levamos toda a tripulação para a *Náutilus*.

Estou preocupada com a reação do submarino. Os sons de ferramentas, aspiradores de pó e adolescentes gritando uns com os outros é provavelmente a maior quantidade de barulho que essa embarcação ouve desde que a rainha Vitória foi coroada imperatriz da Índia. Os Tubarões formam uma fila, passando baldes de gosma de mão em mão, além de mobília destruída e obras de arte mofadas. Depois de algumas horas, a pilha de coisas nojentas no píer parece uma barraquinha de itens vomitados por uma baleia.

Apesar do barulho e da atividade, Ester me garante que a *Náutilus* está contente.

— Ela gosta de ter uma tripulação de novo — explica Ester. — Gosta que tenha gente cuidando dela.

Fico feliz por isso. Não quero colocar meus amigos em situações ainda mais perigosas. Por outro lado, é difícil conter o meu ressentimento e a minha preocupação. Nós queremos *mesmo* cuidar desse submarino? Eu devo confiar na *Náutilus* depois de ela ter matado os meus pais? Fico pensando no que Nemo me diria. Ele morreu em sua embarcação porque a amava muito ou porque ela se tornou sua prisão pessoal?

Ainda bem que não tenho muito tempo para refletir sobre isso. A tripulação sempre me chama quando encontra algo que precisa ser aberto, o que acontece mais ou menos a cada seis segundos. Entre os nossos achados: a sala de armas, com quatro torpedos de alta tecnologia bem antigos, mas que ainda devem ser perigosos. Decidimos deixá-los de lado por enquanto e torcer para que não explodam.

A câmara isobárica tem uma dúzia de equipamentos de mergulho, sendo que a roupa, o capacete e os cilindros são feitos de nemônio. Imagino que leve mais de um mês só para limpar esses equipamentos, entender como funcionam e ver se ainda podem ser usados.

No andar inferior da embarcação (são três andares ao todo), encontramos um minissubmarino guardado em um compartimento de transporte.

— Esse é o esquife — informa-me Ophelia. — E não, não o testamos ainda.

Ela dá de ombros e sopra uma mecha grisalha para longe dos olhos. Estou começando a entender quanto ela e Luca trabalharam na *Náutilus* e quanto ainda precisa ser feito.

O esquife em si é fascinante. Tem lugar para duas pessoas sob um domo transparente, que tem um design mais elegante do que os olhos no passadiço. O restante da máquina também é liso e hidrodinâmico, com pequenos estabilizadores peitorais e uma cauda cônica serrilhada. Parece imitar a forma do atum-rabilho, um dos peixes mais rápidos do mundo. Não consigo imaginar, porém, como ele se move. Não vejo espaço para qualquer tipo de motor.

Durante uma inspeção externa do casco, as mergulhadoras Kay e Tia descobrem um grande revestimento oco na parte inferior do submarino, que parece o cruzamento da boca aberta de uma baleia com a entrada de ar de um caça. Ninguém consegue entender para que serve. Como decidimos em relação à maior parte das nossas descobertas, não mexemos com ela.

No final da tarde, a tripulação está exausta, mas ainda cheia de animação. Eles já conseguem imaginar um futuro para a HP na base Lincoln. Vamos trabalhar na *Náutilus* por todo o verão, ou mais, se for preciso, aprendendo com calma os segredos do submarino. Podemos usar seus avanços tecnológicos e construir uma vantagem imbatível contra o Instituto Land. E então... bem, aí teremos algumas opções. Podemos parar de nos esconder, informar aos nossos entes queridos que estamos vivos. Podemos reconstruir nossa escola e responsabilizar o IL pelo ataque.

Confio nesses sonhos tanto quanto confio na *Náutilus*, mas sorrio, assinto e deixo os outros falarem. Penso no que Gem me disse — que ele está feliz por eu estar no comando. Por quê, então, me sinto uma fraude?

Para o jantar, nosso chef orangotango prepara nhoque de alga com molho de alho e limão, seguido por um delicioso bolo de tiramisù. Porque nós claramente precisamos de mais cafeína e açúcar.

Depois, Júpiter está em um momento tão generoso que deixa alguns membros da tripulação desligarem *The Great British Bake Off* para jogar jogos antigos no PlayStation e no GameCube. Outros se oferecem para voltar à *Náutilus* com Luca e "resolver alguns detalhes". Não sei o que isso significa. Estou com medo de acordar amanhã de manhã e encontrar o casco da *Náutilus* todo decorado com desenhos de chamas.

Só vejo Nelinha na hora de dormir. Ester já está roncando quando minha amiga Cefalópode chega, sorrindo e coberta de graxa.

— Luca falou que amanhã vamos dar uma volta na *Náutilus* — murmura para mim —, se você conseguir convencê-la a se mover!

Sei que eu deveria ficar animada. Talvez realize um objetivo que todo Dakkar tem desde o século XIX: fazer a *Náutilus* voltar à ativa.

— Legal. — Tento parecer entusiasmada por Nelinha. — Seria incrível!

Mas vou dormir mais preocupada do que nunca.

Minha sensação é de que alguém abriu os painéis do *meu* cérebro e começou a tirar toda a gosma excedente. Não sei se quero essas pessoas lá, removendo os resíduos e os destroços da minha vida. Quem eu vou ser quando terminarem os reparos?

Enquanto durmo, volto a sonhar que fico presa e me afogo. Só que, dessa vez, minha tumba subaquática parece o passadiço da *Náutilus*.

CAPÍTULO 37

NA MANHÃ SEGUINTE, EU me levanto cedo de novo para mergulhar.

Não vejo Sócrates. Aliás, não parece haver nenhum golfinho na lagoa. Isso não melhora o meu pressentimento ruim.

Durante o café da manhã, meus colegas estão de bom humor. Tentar navegar com a *Náutilus* será a tarefa mais desafiadora das nossas vidas, e quase dá para sentir o cheiro de adrenalina no ar, junto com o aroma dos muffins de mirtilo do Júpiter.

Linzi Huang relata que, ontem à noite na enfermaria, o dr. Hewett soltou um peido enquanto dormia. Aparentemente, isso significa que seus sistemas estão funcionando melhor. Ela brinca que o professor logo voltará a dar aula para a gente. Cooper Dunne diz que viu em sonho uma maneira de consertar os torpedos da *Náutilus*. Os outros Tubarões alegam que as melhores ideias de Cooper surgem quando ele está inconsciente. Kay Ramsay, que não dava um sorriso desde que perdeu a irmã no ataque à HP, ri de uma das piadas toscas de Robbie Barr — algo sobre quantos engenheiros nucleares são necessários para se trocar uma lâmpada. Humor Cefalópode — eu não entendo.

Alguns membros da tripulação sussurram sobre o quão assustador é o velho submarino, o que só os deixa mais empolgados. Alguns fofocam sobre onde o corpo do capitão Nemo foi encontrado e sobre como exatamente os meus pais morreram. Eles tentam conversar sobre esses assuntos longe de mim para não me chatear. Infelizmente, sei fazer leitura labial.

Pelo visto, todo mundo acha que o nosso primeiro passeio na *Náutilus* vai ser um grande sucesso.

— Você tem o toque do Nemo! — me fala Kiya Jensen, como se outro dia mesmo ela não tivesse questionado o meu comando do *Varuna*.

Até Nelinha, que sabe como a tecnologia avançada pode ser complexa, parece totalmente tranquila.

— Estamos prestes a colocar o submarino mais velho e complicado do mundo em operação — diz ela. — Você não fica nem um pouquinho animada?

Não sei como responder. Nos últimos tempos, tenho tido dificuldade em diferenciar animação de terror.

Depois de limpar a louça do café da manhã (porque o tempo, a maré e a louça suja não esperam por ninguém), nos encontramos na doca da *Náutilus* para uma reunião pré-mergulho. Os Cefalópodes levaram suas ferramentas. Os Tubarões levaram suas armas. Gemini Twain tem tantas armas e tantos objetos perigosos presos ao corpo que parece estar se preparando para combater o apocalipse das sereias.

Ele me pega olhando para ele e dá de ombros, como se dissesse *Nunca se sabe*.

Aparentemente, a *Náutilus* não mudou nada desde ontem. Nenhuma chama foi pintada em sua proa, o que é um alívio. Seus olhos gigantescos de inseto brilham na luz suave da caverna. Na água ao redor, os fitoplânctons multicoloridos continuam com seu festival Holi.

A embarcação parece atemporal — como se *literalmente* existisse fora do tempo. Ela não pertence ao século XXI e tampouco pertencia ao século XIX. Tento imaginar a solidão que eu sentiria se fosse ela, ainda mais se eu tivesse ficado enterrada no fundo da chaminé de um vulcão por mais de cem anos. Eu estaria *sã* depois de tanto tempo?

Só percebo que parei de prestar atenção à fala de Luca quando ele diz:

— E com certeza Ana vai concordar.

Todos olham para mim.

— Desculpe, o quê?

Meus colegas riem.

— Ana está ilustrando o meu ponto — diz Luca, me dando um sorriso bem-humorado. — Devemos nos manter focados o tempo todo e não apressar as coisas. Hoje, a nossa função é simples. Se conseguirmos submergir a *Náutilus* e fazê-la voltar à superfície, será um triunfo!

— Ahhh, mas, pai — brinca Halimah —, não podemos dar uma volta rápida no lago?

— Quero ver o que ela pode fazer em mar aberto! — exclama Dru.

Os outros batem palmas e gritam em apoio.

— Espera aí — sussurro para Ester. — Como o submarino sai daqui para o mar aberto?

— Luca acabou de falar que tem um túnel debaixo d'água que leva para além do atol. — Ela anota essa informação freneticamente nos cartões de fichamento. — Deve ser uma chaminé secundária. Você acha que devo escrever *chaminé secundária* ou só *túnel*?

Ophelia bate palmas duas vezes, em alto e bom som, para chamar nossa atenção.

— Alunos!

O grupo fica em silêncio. Pela primeira vez, me dou conta de que Ophelia é tanto uma professora da HP quanto uma cientista. Aposto que as aulas dela eram difíceis. Interessantes à beça, mas difíceis.

— Então — continua. — Vamos levar esse trabalho *a sério*. Ninguém opera a *Náutilus* há quase duzentos anos. Devemos dar a Ana, e a nós mesmos, tempo para adaptação. Será um pouco como aprender a cavalgar.

Meadow Newman franze o cenho.

— O submarino ainda é uma máquina, não é? Você faz parecer que é um animal selvagem!

A *Náutilus* não gosta do comentário. A embarcação inteira começa a zumbir.

— Cuidado! — grita Ester.

Ela se abaixa no momento em que água espirra de ambos os lados da proa, formando um arco por cima da embarcação. O dilúvio a estibordo atinge o lago sem consequência alguma, mas a onda a bombordo nos deixa ensopados da cabeça aos pés.

Por um momento, todos ficam em silêncio, chocados.

Meadow está perplexo.

— Me desculpe, *Náutilus*! Você é uma criatura magnífica!

A tripulação começa a rir. Top late e se sacode para tirar a água. Não consigo conter um sorriso. Agora sabemos que a embarcação é orgulhosa, tem bom ouvido e talvez até senso de humor, já que não tentou nos matar.

Começo a achar que meus receios são exagerados. Estamos entre amigos. Seguros. A *Náutilus* só quer ser respeitada. Só precisamos dar um mergulho rápido. Então podemos consertar qualquer eventual vazamento, voltar amanhã e tentar de novo. Temos tempo de sobra.

Nesse instante, Sócrates dá um salto no meio do lago. Ele se joga de lado, fazendo o máximo possível de barulho. Um segundo depois, sua cabeça aparece na base do píer. Ele guincha, estala e assobia para mim com urgência.

— Eita — diz Gem. — Como ele nos encontrou?

Mas essa não é a pergunta certa. A questão é *por quê*.

— Tem alguma coisa errada — comenta Ester, ignorando os cartões de fichamento molhados em suas mãos.

Sócrates joga a cabeça para trás — um sinal de que me lembro bem. *Vamos! Rápido!*

Minhas entranhas parecem estar mergulhando na Fossa das Marianas. Meu pressentimento começa a fazer um sentido terrível.

— Todo mundo! — grito. — Ei!

Não tenho a habilidade de Ophelia para chamar a atenção da tripulação, mas o desespero na minha voz é suficiente. Os outros se viram na minha direção.

Nelinha lança um olhar apreensivo para o golfinho e depois para mim.

— O que está acontecendo? — pergunta ela. — Você está bem?

Minhas mãos estão tremendo.

— Nenhum de nós está bem. Acho que o *Aronnax* encontrou a gente.

CAPÍTULO 38

MEU ANÚNCIO É UM banho de água fria mais forte que o jato da *Náutilus*.

Por alguns momentos caóticos, a turma inteira anda de um lado para outro, perguntando "O quê? O quê?", enquanto tento explicar por que tenho certeza de que fomos encontrados. Por algum motivo, "o golfinho me falou" não diminui a confusão. Enquanto isso, Ester e Top tentam conseguir informações com Sócrates, mas sem muito sucesso. O golfinho está extremamente agitado. A julgar por sua linguagem corporal, sua única mensagem é *Saiam daqui agora*.

Enfim, Ophelia restaura a ordem. Dá uma missão diferente para cada casa: Tubarões vão verificar a grade de defesa da ilha; Cefalópodes vão mandar drones de reconhecimento; Orcas vão monitorar as comunicações e os LOCUS; Golfinhos vão fazer mais uma varredura no *Varuna* em busca de dispositivos de rastreamento.

— E os quatro representantes ficam comigo e com Luca — conclui Ophelia.

Eu, Franklin, Tia e Gem seguimos nossos anfitriões até a *Náutilus*.

Dessa vez, os controles do passadiço se iluminam assim que entro. Luca vai até a estação de comunicação e manipula a esfera do LOCUS. Ele consegue ligá-lo só colocando as mãos nas laterais. Três dias usando o LOCUS no *Varuna*, e nunca tinha pensado em fazer isso.

— Não estou vendo nada — anuncia ele.

— Procure de novo — ordena Ophelia. — Coloque o LOCUS no raio máximo.

— É claro que o LOCUS já está no... — Luca para de falar. Ajusta um indicador no painel de controle. — Pronto. LOCUS no raio máximo. Ainda nada.

— Estamos no meio de uma montanha — comenta Gem. — Isso deve afetar os sensores da *Náutilus*.

Luca abre um sorrisinho.

— Não tanto quanto parece. Mesmo com centenas de metros de rocha sólida, esses instrumentos são mais sensíveis do que qualquer outra coisa na base.

— Mas se o *Aronnax* tiver camuflagem dinâmica — digo —, o que provavelmente ele tem...

— A gente veria alguma variação térmica mesmo assim. — Ophelia franze a testa. — Mas talvez só quando eles chegassem mais perto. Perto até *demais*. Tia, os drones já estão on-line? Você pode verificar pelo console de navegação.

— Hã... — Tia mexe em alguns botões. Gira a esfera do LOCUS. Até uma Cefalópode brilhante como ela precisa de alguns segundos para entender uma nova interface. — Eu não... Espera.

Ela aperta uma tecla. Um enxame de pontinhos roxos aparece na holosfera.

— Sim. Eles estão se espalhando pelo perímetro de busca. Mas, se o *Aronnax* estiver lá fora, os drones não vão entregar a nossa posição?

— Se o *Aronnax* estiver lá fora — argumenta Luca, sério —, eles já sabem onde estamos, e então temos problemas muito mais graves.

Fecho os punhos com força. Odeio a ideia de que trouxemos nossos inimigos para este santuário.

— Como eles nos encontraram? A gente vasculhou o *Varuna*. Estávamos com a camuflagem ligada e em silêncio de rádio. Fizemos tudo que o dr. Hewett mandou...

Quando falo isso, minha convicção desaparece. Afinal, Hewett pode estar do lado do Instituto Land, nos sabotando desde o início. Ou outra pessoa a bordo pode ter nos traído, enviando algum tipo de comunicação que não detectamos. Fico com o estômago embrulhado só de pensar.

— Não dá para saber — diz Luca. — Claramente, o IL conseguiu esconder muitos de seus avanços. Quando começou a trabalhar na HP, Theodosius nos avisou sobre os projetos que criou para o *Aronnax*. Ele disse que seu submarino rivalizaria com a *Náutilus*, mas acreditava que o IL ainda precisaria de uns dez ou vinte anos para construí-lo. Se eles fizeram tudo isso tão rápido, sem que a gente nem soubesse...

Gem apoia seus rifles no ombro.

— Mas a base Lincoln tem boas defesas, não tem? Nós vimos as torres quando chegamos.

— Temos, sim — diz Ophelia. — Podemos barrar quase todos os ataques de uma marinha tradicional. Mas não sabemos ao certo qual é o poder de fogo do *Aronnax*. Temos que supor o pior.

Franklin entrelaça os dedos, nervoso. Nas luzes do passadiço, a mecha azul em seu cabelo fica violeta.

— A gente viu o que o *Aronnax* fez com a HP. O que vai acontecer se uma daquelas ogivas atingir esta ilha?

— Peraí — interrompe Tia. — Os drones seis e sete sumiram.

Ophelia corre até ela.

— Você tentou redirecionar...

— Tentei. Estou mandando os drones cinco e oito para verificar aquela parte da... Agora *eles* sumiram também.

— Talvez seja uma arma de pulso eletromagnético?

— Talvez — diz Luca. — Quatro drones defeituosos ao mesmo tempo é improvável. Algo naquela parte da grade não quer ser visto.

— Localização relativa? — pergunto.

— Mais ou menos três quilômetros a norte-noroeste — responde Tia.

— Isso nos dá alguns minutos, no máximo — diz Ophelia.

Ela e Luca se entreolham e parecem chegar a um acordo silencioso.

— Ana — começa Luca. — Você tem que tirar a *Náutilus* daqui e levá-la para mar aberto. Ela *não pode* cair nas mãos do IL.

Gem dá um passo para trás, como se tivesse sido empurrado.

— Espera aí. A gente nem sabe se o submarino vai se *mover*.

— Vocês disseram que a gente precisava ir com calma! — concorda Franklin.

— E agora não temos tempo — responde Ophelia, com a voz tensa. — Se o *Aronnax* colocou um rastreador no *Varuna*, eles vão estar focados na base Lincoln, não na *Náutilus*. Temos um sistema de defesa forte o bastante para mantê-los ocupados enquanto vocês fogem.

— A gente pode ajudar vocês a lutar contra eles! — exclamo. — Por que correr o risco de fugir?

Sei o motivo real por trás da minha insistência. Não tem nada a ver com o submarino.

Eu abandonei o Dev, e a HP desmoronou em cima dele. Não posso deixar a mesma coisa acontecer com a base Lincoln. Não posso fugir e testemunhar mais uma vez a morte de pessoas que são importantes para mim.

— Minha querida, o pior cenário possível é o Instituto Land roubar este submarino — argumenta Luca. Isso seria um risco para o mundo inteiro. A *Náutilus* vai ouvir você. Acredito que ela esteja pronta para o mar aberto. Ao que tudo indica, ela tem propulsão básica. A camuflagem está operacional.

— É verdade — confirma Tia. — A gente verificou isso ontem.

— Ela pode fugir e se esconder — conclui Ophelia —, mas as armas de longo alcance não estão funcionando. Em uma batalha, ela seria incapaz de se defender.

— Isso também é verdade — concorda Gem. — Não sabemos operar metade dos seus sistemas de armamento. E aqueles torpedos... — Ele balança a cabeça, triste.

— Parada aqui — retoma Ophelia —, a *Náutilus* é simplesmente um prêmio esperando para ser tomado. No mar aberto, pelo menos ela tem alguma chance.

As luzes diminuem de intensidade. Ouço um barulho metálico em algum ponto do convés inferior. É como se a *Náutilus* estivesse pigarreando para chamar minha atenção. *Hã, é, me tira daqui.*

Depois de tanto tempo nesta caverna, a ideia de mar aberto deve ser atraente para ela. Ainda assim, meu coração fica apertado. Gostaria de deixar Luca e Ophelia comandarem a embarcação, ou Gem... Mas sou a única Dakkar. Tem que ser eu.

Odeio meu DNA.

— Se fizermos isso... — começo. — *Se*... O que acontece com o dr. Hewett? Não podemos transportá-lo.

— Ah, eu vou ficar aqui — diz Franklin, como se isso fosse óbvio. — Não vou largar o meu paciente no meio do tratamento. Ester pode ser a representante substituta.

— Mas...

— Eu também vou ficar — completa Tia. — Ophelia e Luca vão precisar de ajuda com os sistemas de defesa da ilha. Além disso, Nelinha é a sua melhor engenheira de combate.

Meus olhos se enchem de lágrimas.

— Tia, eu nunca...

— Ei, tudo bem. — Ela aperta meu braço. — Cada um tem seu ponto forte. Trabalhar neste submarino... — Ela dá uma olhada em volta. — Por mais incrível que seja, não é um dos meus.

— Seria ótimo ter a sua ajuda na base — diz Luca para ela. Depois, se vira para mim. — Ana, o túnel para fora desta caverna emerge a sul do atol, na direção oposta ao vetor de aproximação do *Aronnax*. Isso vai colocar a ilha entre vocês e os nossos inimigos. Vamos fazer o possível para atrair a atenção deles e ganhar tempo para vocês.

Penso no que Hewett falou para os seguranças nas docas de San Alejandro: *Ganhem tempo para nós.*

— Mas, se eles dominarem a ilha... — falo. — Ou a destruírem...

A lembrança da HP desabando no Pacífico flutua de novo na minha cabeça, como uma fotografia antiga se revelando em um banho de nitrato de prata.

Luca abre um sorriso triste.

— Minha querida, não se preocupe. Não tenho nenhuma intenção de deixar o Instituto Land me matar.

— Ou *me* matar — completa Ophelia, secamente.

— É claro — concorda ele. — Mas você pode levar o Júpiter. Ele vai gostar da aventura, e conhece bem a cozinha do submarino. Além do mais, vai saber? Talvez tudo isso seja um alarme falso! Ou talvez a base Lincoln consiga destruir o *Aronnax* e salvar o dia!

Dá para ver que ele não acredita em nenhum desses cenários e só está tentando me tranquilizar.

Todos olham para mim, esperando minha decisão. No fim, eu é que preciso bater o martelo. A *Náutilus* só se move comigo.

Eu me viro para Gem. Minha expectativa é que ele também diga que vai ficar na ilha. Ele sempre quer participar das batalhas.

— Ah, não — responde ele, vendo minha expressão. — As ordens que recebi são de manter você em segurança. Para onde você for, eu vou.

Três dias atrás, essa resposta teria me irritado. Consigo me imaginar dizendo: *Não, sério, não precisa. Vai dar uns tiros por aí. Vou ficar bem.*

Mas agora estou grata por ter seu apoio. Para a minha surpresa, ele está começando a ser uma pessoa que eu *quero* ter ao meu lado, como Ester e Nelinha, e não sei bem o que isso quer dizer.

— Certo — falo, antes que possa mudar de ideia. — Luca, você precisa cumprir a sua promessa. *Não* deixem o Instituto Land matar vocês. — Respiro fundo e olho para Gem. — Reúna a tripulação. Chame o orangotango. Vou assumir o comando da *Náutilus*.

CAPÍTULO 39

EM QUINZE MINUTOS, ESTAMOS todos a bordo.

Nelinha me dá um *high-five* antes de levar os Cefalópodes para a sala de máquinas. As Orcas carregam engradados de alimentos e materiais médicos, assim como uma coleção impressionante de utensílios de cozinha do Júpiter, enquanto o orangotango bamboleia a seu lado, falando em língua de sinais: *Cuidado com isso.*

Gem manda os Tubarões à sala de armas para checar se os torpedos antigos estão seguros. Então vai comigo e com os outros Golfinhos até o passadiço.

Lee-Ann fica responsável pelo controle de submersão. Virgil, pelas comunicações. Halimah, pela navegação — isso é óbvio, já que ela é nossa melhor pilota. Gem fica no painel de armas, embora nosso arsenal seja escasso. Jack se mantém por perto como meu mensageiro, caso a comunicação entre as áreas do navio pare de funcionar. (Se é que a gente *tem* um sistema de comunicação no navio.)

Observo a cadeira do capitão.

Tenho certeza de que o estofamento com couro de alga e estilo florentino vai ser confortável. A luz roxa em volta da base dá um toque especial. Os controles nos descansos de braço parecem simples: é só apoiar as mãos nos globos e esperar que a *Náutilus* responda.

Mas foi nessa cadeira que meu antepassado morreu. Seu corpo ficou definhando ali por cento e cinquenta anos. Esse é o altar central no mausoléu da família Dakkar.

Tenho que ressignificar este ambiente. Tenho que transformar a embarcação em algo vivo e funcional de novo.

Tomo meu posto. O estofamento da cadeira suspira quando sente a pressão das minhas costas.

A correria no passadiço diminui. Todo mundo se vira para mim, esperando meu comando. A minha sensação é de que sou uma criança brincando de faz de conta, como eu e Dev fazíamos quando éramos pequenos.

— *Náutilus* — falo em bundeli. (Caso você esteja se perguntando, a palavra é *notilas*. Surpreendente.) — Preciso de acesso a todos os sistemas, por favor. Nossa tripulação está a bordo. Estamos prontos para partir.

Um suave dó médio ressoa do órgão. Então, uma oitava acima, outro dó se junta ao primeiro, depois uma oitava abaixo, até parecer que uma orquestra inteira está afinando seus instrumentos. O volume aumenta. O casco estremece. As placas do chão vibram sob meus pés. No passadiço, painéis e mostradores que estavam às escuras se acendem.

O órgão fica em silêncio.

— Uau — murmura Lee-Ann, nervosa. — Isso foi diferente.

A voz da Nelinha estala por um alto-falante de metal em formato de narciso.

— Ana, você conseguiu! Parece que estamos com força total. E aquele botão vermelho da supercavitação? Está aceso agora! — Ouvimos uma interferência na linha enquanto ela debate com os colegas. — Tá, tá, eu sei. A gente não vai apertar.

— Fiquem em stand-by — falo. — Só precisamos da propulsão básica e do controle de profundidade.

Mal sei se Nelinha consegue me ouvir. Seguro o controle no descanso de braço.

— Esse troço está ligado?

Minhas palavras ecoam nos alto-falantes do passadiço, reverberando pela embarcação inteira. Valeu, *Náutilus*.

— Engenharia? — tento de novo. Dessa vez, sem o eco da Voz de Deus.

— Ah, sim — responde Nelinha. Consigo ouvir o sorriso em sua voz. — Estamos todos acordados agora.

Tento me lembrar dos procedimentos de comando e operação. No outono passado, o coronel Apesh falou sobre o protocolo de submarinos. Eu realmente queria ter prestado mais atenção a essa aula.

— Leme?

— A postos — responde Halimah.

— Submersão?

— A postos — responde Lee-Ann.

— Comunicação?

— A postos, capitã. — Virgil usa o título sem um pingo de ironia.

— Armamento? — pergunto para Gem.

— Hum... — Ele encara o painel de controle. — Acho que... a postos? As armas de Leiden de curto alcance, talvez. E este botão aparentemente eletrifica o casco externo, mas se está funcionando ou não...

O painel solta uma faísca, dando um choque em seus dedos.

— Ai! Tá bom, desculpa, *Náutilus*. Armamento, a postos.

— Certo. — Não acredito que estou fazendo isso. — Linhas de comunicação livres. Escotilhas seladas. Leme, dê partida. Devagar em frente.

— Devagar em frente, ok.

O chão treme. Pelas grandes janelas arredondadas, vejo um rastro se formando na água. Começamos a nos mover.

— Isso! — comemora Virgil.

Halimah e Lee-Ann se cumprimentam com um soquinho.

Não consigo comemorar tão rápido. Temo que meu próximo comando vá expor milhares de vazamentos no submarino e afogar todos nós.

— Sala de máquinas — falo —, se preparem para submergir.

— Sala de máquinas — responde Nelinha — se preparando para submergir.

— Sala de armas — informa Dru Cardenas. — Estamos prontos, capitã.

— BIBLIOTECA — anuncia a voz de Ester. — IDEM.

— Biblioteca? — Eu olho em volta, percebendo pela primeira vez que Ester não está no passadiço. Acho que simplesmente imaginei que ela viria comigo.

— Bom, eu tenho que ficar em algum lugar — diz Ester. — E o Júpiter trouxe bolinhos de bordo.

Top dá um latido, fazendo os alto-falantes vibrarem. Provavelmente quer dizer: *Viva os orangotangos!*

— Ester, para o passadiço, por favor — ordeno. — Preciso da sua ajuda para preparar a embarcação.

— Sim, capitã. — Ela suspira.

— E me traz um bolinho?

— Para mim também, por favor — pede Virgil.

Halimah, Lee-Ann, Jack e Gem erguem as mãos.

— Seis bolinhos.

— Seis bolinhos, anotado — responde Ester. — Gostariam de um espresso para acompanhar?

Não sei se ela está brincando.

— Não precisa, obrigada.

Se bem que um latte seria... Não.

Espera. O que estou fazendo?

— Controle de submersão. — Respiro fundo, então me viro para Lee-Ann. — Mantenha-nos a uma profundidade de dez metros. Vamos ver no que dá.

Lee-Ann sorri.

— Sim, capitã. Vamos ver no que dá.

A água sobe do lado de fora, engolfando as janelas abauladas. A *Náutilus* submerge. Pela primeira vez em um século e meio, ela navega por conta própria.

Então, nós batemos em alguma coisa.

CAPÍTULO 40

A EMBARCAÇÃO ESTREMECE E RANGE.

— Parem o motor! — grito.

O barulho continua como unhas arranhando um quadro-negro, até o submarino parar por completo. Respiro fundo, meio trêmula, me perguntando se acabamos de estragar a invenção mais importante do mundo.

— O que foi isso? — pergunto.

— Ah, culpa minha. — Halimah franze o rosto. — O LOCUS estava no modo de escaneamento de longa distância...

Ela aperta um botão. A holosfera de seu painel se expande até o tamanho de uma bola medicinal. Um ponto roxo brilhante ainda marca nossa posição no centro, mas agora consigo ver nossos arredores. Redes trançadas de luz verde definem as paredes da caverna. Do fundo do lago, ergue-se meia dúzia de rochas pontiagudas. A ponta de uma delas está bem abaixo de nós — um dedo da morte encostando na barriga da *Náutilus*.

Trinco os dentes. Luca e Ophelia poderiam ter nos avisado sobre a floresta de estalagmites gigantes que iríamos atravessar. Pelo menos poderiam ter colocado o LOCUS em modo de curta distância. Por outro lado, sei que nós saímos com pressa.

— Não, foi culpa minha — falo para Halimah. — Eu é que dei a ordem. Relatório de danos?

Ela tenta entender seus mostruários. Considerando o estilo da *Náutilus*, parte de mim espera que uma placa de cobre com a palavra doeu surja no painel em caligrafia rebuscada.

Enquanto isso, a outra equipe do passadiço reajusta os displays dos LOCUS.

— Ah, é, olha só — murmura Lee-Ann. — Rochas gigantes.

Ester entra correndo no passadiço com um prato de bolinhos. Aos seus pés, Top se abaixa para brincar, como quem diz: *Cadê a festa?*

— A GENTE BATEU EM UMA ROCHA? — pergunta Ester.

Do alto-falante, a voz de Nelinha anuncia:

— Acho que batemos em uma rocha.

— Valeu, já entendemos — falo. — Alguém pode me dizer se sofremos algum dano?

— Não que eu esteja vendo — responde Nelinha. — Mas vamos evitar outra batida.

— Concordo. Leme, saia devagar do dedo da morte, por favor.

— Entendido, capitã. — Halimah parece aliviada.

— Estou vendo a entrada do túnel — diz Virgil na estação de comunicação. — Quinze graus a estibordo, distância de noventa metros, profundidade de vinte metros.

Tento não estremecer. Uma das primeiras coisas que aprendemos na escola de mergulho é que cavernas submarinas podem ser muito perigosas. São os lugares que mais facilmente podem nos matar.

O fato de estarmos em um submarino não me deixa mais confiante. Mal saímos da garagem e quase fomos empalados. Ainda assim, decido que não seria de bom-tom a capitã gritar: *Vamos todos morrer!*

— Vire quinze graus a estibordo — ordeno. — Altere a profundidade para vinte metros. Devagar em frente. Vamos sair do túnel sem bater em mais nada, galera.

Gem dá uma risada.

Fecho a cara para ele.

— Certo, não foi engraçado — concorda Gem.

Começamos a nos mover de novo. Observo as telas do LOCUS. A entrada do túnel se aproxima, como a boca de uma baleia.

— Distância de quarenta metros — anuncia Halimah. — Profundidade estável a vinte metros.

Olho para Ester, parada à minha direita com o prato de bolinhos.

— Como está a *Náutilus*?

— Calma — responde ela. — Quer um bolinho?

Calma é bom. E, sim, quero um bolinho.

Não ouço nenhum gemido ou estalo, nenhum grito de susto vindo dos corredores. Mesmo assim, imagino mil pequenos vazamentos surgindo nas placas antiquíssimas do casco.

— Jack — chamo. — Faça uma vistoria no submarino, por favor? De cima a baixo.

— Sim, capitã.

Ele parece aliviado por ter alguma função. Pega um bolinho e sai correndo.

— Entrada do túnel a dez metros — diz Halimah. — Vai ser apertado.

— Você sabe dirigir esse troço? — pergunta Virgil.

O órgão de tubos toca um acorde diminuto, fazendo todos se encolherem. Virgil se corrige.

— Quer dizer... Você sabe dirigir essa magnífica embarcação?

— Acho que sim — responde Halimah. — *Náutilus*, me ajuda aqui. Capitã?

Levo um segundo para perceber que ela se dirigiu a mim. Ainda não me habituei a ser chamada de capitã.

— Siga em frente devagar — falo. — Ajuste a rota conforme achar melhor.

— Ok, capitã. — Halimah mexe ligeiramente em uma alavanca.

Assim que chegamos ao túnel, um tremor atinge o passadiço. Bolhas sobem em frente às janelas.

Eu agarro os descansos de braço.

— O que foi...?

— Explosão! — grita Gem, um pouco mais alto do que o necessário. — Ma-mas não foi aqui perto. Foi mais ou menos... — Ele mexe nos controles de seu painel, e a holosfera fica roxo-escura. — Uau, que maneiro.

— Você mencionou uma explosão? — insisto.

— Ah, é, foi mal. Detonaram alguma coisa contra a margem norte do atol, a mais ou menos um quilômetro de distância. Um torpedo, talvez?

— Uma onda de choque enorme para um torpedo — comenta Virgil.

— O *Aronnax* — completa Ester.

O nome é mais assustador do que o acorde diminuto do órgão.

Quero acreditar que Luca e Ophelia explodiram nossos inimigos, mas sei que não teríamos tanta sorte. É mais provável que o *Aronnax* tenha mandado um tiro de advertência, avisando à base Lincoln que eles não estão de brincadeira. Pelo menos a caverna ainda não desmoronou em cima de nós.

— Vamos em frente — digo.

Halimah nos leva para dentro do túnel.

Ao redor do submarino, as constelações de fitoplâncton desaparecem. O teto do tubo de lava passa a apenas um metro da nossa cabeça, brilhando na luz roxa do passadiço. Finalmente entendo por que Nemo escolheu uma iluminação roxa. As ondas luminosas mais longas, azul e roxo, são as últimas cores a desaparecer debaixo d'água. Eu me pergunto se a *Náutilus* tem faróis roxos. Ou bons e velhos limpadores de para-brisa.

As holosferas de todas as estações piscam e desaparecem de repente.

— Halimah? — pergunto, assustada.

— Está tudo bem. — Sua mão esquerda permanece firme na alavanca. A direita vai de controle em controle, como se ela tivesse passado a vida inteira usando esse painel. — Eu já estava esperando por isso.

— As paredes do tubo de lava têm uma enorme concentração de metal — explica Lee-Ann. — Isso está atrapalhando os LOCUS. Temos que usar os sinais visuais até sairmos do túnel.

Halimah não responde. Está meio ocupada tentando salvar a nossa vida.

— Medições táticas desligadas também — diz Gem. — Não sei o que está acontecendo lá fora.

— Você conseguiu ver a posição do *Aronnax*? — pergunto.

— Não. Talvez estejam camuflados.

— Isso pode ser bom — comenta Ester, dando um pedaço do bolinho para Top. — Talvez não consigam nos ver também.

Falando nisso...

— Sala de máquinas, relatório — peço. — Como estamos?

— Bom — responde Nelinha —, as coisas que brilham continuam brilhando, as coisas que zumbem continuam zumbindo. Então acho que está tudo bem.

— Se temos camuflagem dinâmica, agora seria um bom momento para ativá-la.

— Ah... tá. Um minuto.

Nossa passagem pelo túnel parece levar mil anos. Suor escorre pelas minhas costas. Minha blusa gruda no couro italiano de algas marinhas.

Ninguém fala uma palavra. Até Top está quieto, sentado pacientemente ao lado de Ester, esperando mais pedacinhos de carboidrato.

Ester apoia a mão no encosto da minha cadeira.

— A *Náutilus* está bem — diz ela. — Acho que está animada.

Pelo menos alguém aqui está animada.

Jack volta, sem fôlego, depois de atravessar a embarcação correndo.

— Sem problemas — relata.

Nelinha anuncia pelo intercomunicador:

— Camuflagem ativa, gata. Quer dizer, capitã. Capitã gata.

Um momento depois, os LOCUS se acendem de novo.

— Saímos — diz Halimah com um suspiro.

— Isso!

Lee-Ann puxa uma onda de aplausos. Jack vibra e soca o ar. Do corredor atrás de nós, ouço as comemorações do resto da tripulação.

Nossa alegria dura pouco.

— Ana! — berra Gem, esquecendo toda a coisa de "capitã". — Achei o *Aronnax*. — Ele se vira, com a cara assustada. — Aquela explosão? Ela não *acertou* só o norte do atol. O norte do atol desapareceu.

CAPÍTULO 41

GEM APERTA UM BOTÃO. Sua holosfera tática se expande, mostrando uma visão em 3D da base Lincoln. A ilha principal se ergue do meio da lagoa, cercada pelo atol que antes era um círculo quase perfeito. Agora, além do canal que o *Varuna* atravessou alguns dias atrás, há uma abertura muito maior a norte. Uma parte da praia e da mata, tão grande quanto um campo de futebol, simplesmente desapareceu no mar.

O ponto roxo da *Náutilus* brilha na extremidade sul do display. Na direção exatamente oposta, a norte do atol destruído, outro ponto roxo flutua: o *Aronnax*.

Traços de disparos atravessam a holosfera como estrelas cadentes, indo e vindo do *Aronnax* e das torres que restam no atol. Uma a uma, as defesas da ilha se apagam.

Minha boca parece cheia de areia molhada.

— Gem, você consegue dar um zoom no inimigo?

Ele mexe em um botão. De repente, vejo o *Aronnax* bem de perto — ou, pelo menos, sua imagem holográfica.

A embarcação tem o formato de uma ponta de flecha, o que os drones do dr. Hewett já tinham nos mostrado em suas gravações turvas. É como se o Instituto Land tivesse aperfeiçoado um bombardeiro furtivo para uso submarino.

Em volta do casco, há um halo difuso violeta que parece absorver os disparos da base.

— O que é isso? — pergunto. — Uma espécie de campo de força?

Ninguém sabe responder. Observamos horrorizados enquanto o *Aronnax* segue devagar e inabalável em direção à ilha.

Virgil se vira para mim.

— Ana... Capitã... Se eles atingirem a base principal com um daqueles torpedos sísmicos...

— Eles não fariam isso — interrompe Ester. — Não se acham que o prêmio está lá dentro.

O prêmio.

Seguro com força os descansos de braço. Nunca senti tanto ódio quanto sinto pelo *Aronnax*, mas Ester tem razão. A *Náutilus* e eu somos prêmios em um jogo de bobinho. Não podemos entrar nessa batalha.

— Ordens, capitã? — Halimah parece calma, mas suas mãos tremem nos controles de navegação, o que não costuma ser bom para um piloto.

Imagino o dr. Hewett na sua maca, Franklin tentando protegê-lo dos destroços que caem do teto. Imagino os corredores da base Lincoln tremendo, as luzes piscando, Tia, Luca e Ophelia correndo desesperadamente de um painel de controle para outro, tentando manter a energia enquanto seus sistemas de defesa são sistematicamente destruídos.

Eu queria poder ajudar, mas essa não é a nossa missão. Não há nada que a gente possa fazer pela base Lincoln.

— Leme, siga na direção sul — ordeno. — Velocidade máxima, seja ela qual for.

— Direção sul, velocidade máxima, entendido.

— Submersão, altere a profundidade para... — Respiro fundo, tentando clarear minha mente. Analiso a holosfera acima do painel de Lee-Ann. — Altere a profundidade para vinte e cinco metros.

— Vinte e cinco metros, entendido — responde Lee-Ann.

Sinto no estômago a força do mergulho e da aceleração do submarino.

— Capitã. — A voz de Nelinha estala pelo alto-falante. — Talvez seja melhor diminuir a velocidade. Estou vendo uns sinais estranhos no... AH, ISSO NÃO É BOM.

A *Náutilus* estremece. Pelo intercomunicador, ouço os Cefalópodes gritando. Atrás de nós, no corredor, mais tripulantes berram assustados.

— Sala de armas! — A voz de Dru surge no intercomunicador. — Tem um limo verde saindo do encanamento!

— Cozinha! — A voz é de Brigid Salter. Ao fundo, ouço os grunhidos descontentes de um orangotango. — Tem algum tipo de lodo saindo da ventilação. Está caindo nas panelas do Júpiter, e ele não está *nada* feliz!

— Sala de máquinas! — grita Nelinha. — Os motores principais não funcionam! Tem gosma aqui! Repito: tem gosma aqui!

Halimah dá um soco no painel de navegação.

— Capitã, estamos paralisados.

Solto um palavrão por entre os dentes. Eu me lembro da primeira vez que subi a bordo, quando Luca tirou um balde de algas apodrecidas do compartimento elétrico. Imagino uma onda desse esgoto vitoriano fétido explodindo de todos os canos e frestas da embarcação, sendo obrigado a circular pela força que estamos exigindo desta lata-velha de nemônio. Onde eu estava com a cabeça quando tratei a *Náutilus* como um submarino funcional?

— Nelinha — chamo pelo intercomunicador. — A gente *precisa* de propulsão. Você consegue fazer algum reparo?

Em vez de resposta, só ouço estática e gritos incompreensíveis ao fundo.

— Vou até lá. — Jack Wu sai correndo de novo.

— Ah... — Gem se afasta do painel. — Não, não, não.

Achei que tivesse gosma vazando de seu painel, mas o problema não é esse. No display tático de Gem, o *Aronnax* modificou a rota. As torres da base continuam a atacá-lo, mas o *Aronnax* não se dá ao trabalho de revidar. Ele altera o curso para leste, tentando circundar o atol.

— O que eles estão fazendo? — murmura Lee-Ann.

— Já sabem onde estamos — respondo.

— Como? — pergunta Halimah. — Nossa camuflagem parece estar funcionando.

— Talvez não esteja — diz Virgil. — Pode ter caído com a propulsão. Ou talvez o *Aronnax* tenha lido nossas variações térmicas, como Ophelia falou...

— Agora não importa — interrompo. — Em menos de um minuto, eles vão ter uma linha de fogo direta. Preciso de opções.

— Tem o esquife — sugere Gem. — Posso levá-lo para longe, talvez atrair o ataque e ganhar tempo para vocês. Se eu conseguir me aproximar do *Aronnax* com armas convencionais...

— Não, isso é suicídio — interrompo. — Temos alguma coisa para servir de escudo?

— Coisa para servir de escudo... — Gem franze a testa para o painel. — Hum, eu não...

— *NAUTILUS*. — Dos alto-falantes, a voz retumba com tanta força que eu pulo de susto. — AQUI É O *ARONNAX*. ENTREGUEM-SE OU SERÃO DESTRUÍDOS.

Eu reconheço essa voz. É o nosso velho amigo/prisioneiro Caleb South.

— Como esse cara voltou? — resmunga Gem. — Achei que o Instituto Land punisse fracassos.

— Ele deve ter inventado uma ótima mentira — especula Lee-Ann. — Talvez tenha colocado a culpa nos colegas.

— Ah — diz Gem. — Eu devia ter furado aquelas boias de patinho.

— VOCÊS ESTÃO PARALISADOS E INDEFESOS NESSA LATA--VELHA — continua Caleb. — DESISTAM AGORA, E POUPAREMOS A SUA BASE.

A *Náutilus* estremece. Acho que ela não gosta de ser chamada de lata--velha.

— Podemos desligar a voz dele? — pergunto. — Como ele está falando pelo nosso comunicador?

— Eu... estou tentando — diz Virgil, apertando botões freneticamente.

O discurso de Caleb continua em volume mais baixo:

— Tudo que queremos é a *Náutilus* e Ana Dakkar. Nenhum de vocês será ferido. Vamos tratá-los melhor do que vocês me trataram.

— Eles estão se aproximando — avisa Gem. — Um quilômetro de distância.

As defesas da ilha continuam atirando, tentando chamar a atenção do *Aronnax*. Nosso inimigo ignora. Eles estão com a mira fixa em nós, como se...

Sinto meus músculos se contraírem, dobrando meus órgãos em origamis.

— Eles não estavam rastreando o *Varuna* — percebo. — Estavam *me* rastreando.

— Como? — pergunta Lee-Ann. — O seu DNA é radioativo ou algo assim?

Pelo intercomunicador, Nelinha diz:

— Capitã, temos uma ideia. Você vai odiar, mas...

— Se não confiam em mim — interrompe Caleb South —, ouçam o nosso capitão.

Eu fico de pé.

— Desligue essa maldita transmissão! — grito para Virgil.

De repente, a voz do capitão surge pelo intercomunicador e me faz cair de novo na cadeira.

— Ei, mana — diz Dev. — Você se saiu muito bem. Mas está na hora de desistir.

CAPÍTULO 42

EU ME LEMBRO DA primeira vez que senti narcose por nitrogênio.

Meu instrutor me levou além de trinta metros com tanques de oxigênio normais, só para me mostrar como é a "embriaguez das profundezas". Minha visão começou a escurecer. Eu não conseguia fazer cálculos simples no meu computador de mergulho. Fiquei tomada por uma estranha mistura de euforia e terror. Sabia que aquele lindo vazio azul me mataria se eu continuasse descendo, mas era exatamente isso que eu queria fazer.

Quando ouço a voz de Dev, me sinto do mesmo jeito.

Minha mente começa a derreter. Meu irmão está vivo. Meu irmão é um traidor.

Estou aliviada. Estou horrorizada. Estou afundando em um abismo azul.

— É impossível — digo.

A tripulação do passadiço me encara. Eles parecem chocados, confusos... consternados. Precisam de respostas. Mais uma vez, não tenho nenhuma para dar.

— Isso... isso só pode ser falso — insisto. — Um sintetizador de voz...

— É a voz dele, Ana. — Ester olha para o chão com a testa franzida. — Ele está vivo.

— Mas...

— *NÁUTILUS* — interrompe Dev. — Ana, o tempo acabou. Preciso ouvir a sua rendição. Caso contrário, nós vamos atirar.

— Ele não faria isso — diz Lee-Ann.

— Ele já fez — argumenta Halimah. — Foi ele quem destruiu a escola.

Não, penso. *Não o meu irmão.*

Em seguida, me lembro do que Dev falou no nosso último dia juntos, quando entregou meu presente de aniversário antecipado. *Você parte hoje para fazer as provas do segundo ano.*

Ele sabia que eu não estaria no campus na hora do ataque. Minimizou a minha preocupação sobre a grade. O Instituto Land teve ajuda interna para sabotar o sistema de segurança. Esse tempo todo, eu suspeitei dos meus colegas ou do dr. Hewett...

O intercomunicador estala. A voz de Nelinha rompe o meu estupor.

— Hã, vocês também ouviram isso? Ordens, capitã?

Ordens... Eu quase sinto vontade de rir. Por que alguém seguiria ordens minhas? Sou uma garotinha idiota que foi enganada pelo próprio irmão.

— Você está bem, Ana? — pergunta Gem. Sua expressão é preocupada, ansiosa, como se estivesse esperando que eu voltasse à superfície.

Eu me forço a respirar. Não posso cair nessa espiral de emoções... não quando isso significaria abandonar meus amigos.

— Sala de máquinas, fiquem em stand-by. — Eu me viro para Virgil. — Eles estão ouvindo a gente?

— Não — responde ele. — Transmissão unidirecional. Muito provavelmente. Tenho quase certeza.

— Qual é a posição do *Aronnax*?

Gem verifica seu painel.

— A meio quilômetro de distância. Parado à nossa retaguarda.

Como foi que eles me acharam, mesmo com todas as precauções que nós tomamos? Eles não estavam seguindo o *Varuna*... Estavam *me* seguindo...

Queria que estivesse com a pérola para dar sorte, foi o que Dev me disse. *Para não correr o risco, né, caso você passe vergonha.*

Fico de pé. Meus dedos seguram a pérola negra da minha mãe. Arranco o colar do pescoço, partindo a corrente. Dev o consertou especialmente para mim. A pérola se solta com facilidade do seu novo engaste. Embaixo, colado à base de prata, está um minúsculo receptor de tecnologia alternativa.

— Ana, sinto muito.

Ela contrai os lábios. Entende o que estou sentindo. Sabe como é ser usada, ser tratada como uma mercadoria até pela própria família.

— Posso pegar a sua arma de Leiden? — pergunto.

Ela não hesita e estende a pistola.

Coloco no chão as partes quebradas do colar — corrente, engaste, até a pérola. Não posso arriscar. Dou um passo para trás e atiro.

Raios azuis elétricos caem em arco sobre a corrente. O receptor de tecnologia alternativa estala e queima como um sinalizador em miniatura. Uma fumacinha branca envolve a pérola da minha mãe.

Um gosto acre enche minha garganta. Não sei se é por causa do rastreador derretido ou se é o amargor que me sobe pelo estômago.

Quando eu estava no *Varuna*, a equipe de ataque do Instituto Land evitou me acertar com as armas de Leiden. Usaram veneno. Pretendiam tomar a embarcação inteira: eu, o mapa do dr. Hewett, o leitor de DNA, tudo. Mas, se algo desse errado, não queriam correr o risco de destruir o rastreador. Eu era o termo de garantia. Eu os conduzi — conduzi *Dev* direto para a *Náutilus*.

A voz do meu irmão ribomba pelo submarino. Seu tom é íntimo e convincente, direcionado só para mim.

— Eu avisei à escola, Ana. Falei para evacuarem os prédios. Não queria que ninguém morresse. Não quero que mais ninguém morra agora, muito menos você.

Meu Deus. Aquele áudio distorcido de Dev não veio do intercomunicador da escola. Ele estava transmitindo do *Aronnax*.

Quero gritar com ele. Quero exigir uma explicação. Mas não tem a menor chance de eu abrir as comunicações.

Uma hora atrás, eu teria trocado a *Náutilus* e o mundo inteiro para falar com Dev de novo. Agora, quero estar o mais longe possível dele.

— Sala de máquinas — chamo. — Qual foi a ideia que vocês tiveram?

Um momento de estática, então Nelinha responde:

— Sim, mas você não vai gostar do...

— Eu não gosto de *nada* neste momento. Diga.

— O propulsor de supercavitação — sugere ela. — Ainda pode estar funcionando. Ele usa um sistema de partida diferente dos motores...

A voz de Dev abafa a de Nelinha.

— A Harding-Pencroft não é nossa amiga, Ana. Eles estão acumulando a herança da nossa família há gerações. Foi a estupidez deles que causou a morte dos nossos pais. Estão usando você. Já o Instituto Land me deu o comando da embarcação mais importante que eles têm. Querem usar a nossa tecnologia para melhorar o mundo. A Harding-Pencroft nunca faria isso. Eles não me deixaram nem ver a *Náutilus*. Esse era o único jeito de forçá-los a agir. Sinto muito, mas tive que fazer isso. Agora podemos tomar o que é nosso. Meu e seu.

— Ne-Nelinha, esse propulsor de supercavitação... — Tento ignorar as palavras de Dev, mas parece que estou me engasgando com o veneno de uma cobra-do-mar. — Tem certeza de que vai funcionar?

— Certeza nenhuma — responde ela. — Se eu apertar este botão vermelho, talvez nada aconteça. Talvez a gente exploda na hora. Talvez a gente atravesse metade do Pacífico em um segundo e bata em uma montanha submarina. Mas isso é tudo que temos, a não ser que você mantenha Dev tagarelando por mais seis ou sete horas enquanto consertamos as coisas.

Eu prefiro explodir.

— Se a gente conseguir escapar — avisa Gem —, o *Aronnax* vai se voltar contra a base Lincoln.

Eu sei disso. Ophelia, Luca, dr. Hewett, Tia, Franklin... Como deixá-los à mercê daquele submarino... de Dev? O que meu irmão se tornou? Por outro lado, não posso entregar esta tripulação. A defesa da base Lincoln me deu uma missão. Eles ficaram lá para que eu pudesse cumpri-la.

— *Náutilus*, me escute — falo em bundeli para o submarino. — Precisamos sair daqui imediatamente. Precisamos encontrar um lugar seguro. Senão...

— Então tá. — A voz pesarosa de Dev me lembra muito a do nosso pai. O suspiro decepcionado quando a gente fazia besteira sempre foi o pior castigo.

— Ana, vamos lançar um torpedo de pulso eletromagnético. Não vai destruir o submarino, só vai apagar os sistemas restantes. Depois, vamos embarcar. Vocês não podem nos impedir. São só uns alunos em um submarino dilapidado que vocês nem compreendem. Por favor, não faça a gente matar a sua tripulação.

— Torpedo na água! — grita Gem. — Dez segundos para o impacto.

— Sala de máquinas! — berro. — Supercavitação *agora*!

Meu coração bate três vezes... nada acontece.

Então, jatos de água aerada explodem à frente das janelas dianteiras, como se tivéssemos mergulhado no lava a jato mais poderoso do mundo. A *Náutilus* dispara de forma tão violenta que sou jogada para trás, do outro lado do passadiço. Sinto um *creck* surdo quando minha cabeça atinge o metal, e de repente tudo fica escuro.

CAPÍTULO 43

QUANDO ACORDO, ESTER ESTÁ ao meu lado em um pijama cirúrgico. Minhas têmporas estão latejando. A parte de trás da minha cabeça parece envolta por gelo.

— Você está na enfermaria — diz Ester. — Ficou quatro horas desacordada. Precisa descansar...

Rolo para fora da cama e tento ficar de pé. Piso em Top, que solta um ganido de reclamação. Ester segura meu braço para me dar suporte.

— Isso não é descansar — comenta.

— Eu tenho que... O submarino. Estamos em segurança?

De algum ponto próximo, Nelinha responde:

— Por enquanto.

Tento me concentrar. Várias Nelinhas giram em frente à porta. Ela está com coturnos, um kilt xadrez preto e branco, um casaco preto e um batom também preto para combinar. Parece uma militar escocesa. Na testa, tem um curativo branco do tamanho de uma cédula.

Aponto para o curativo com o braço instável.

— Você está bem?

— Quem, eu? Estou ótima. Quando acionamos a supercavitação, o meu rosto teve um pequeno desentendimento com uma manivela. Como *você* está?

É uma boa pergunta. Minha dor de cabeça está gerando uma explosão de cinquenta megatons de potência. Passei quatro horas desacordada. Pelo menos isso me poupou de quatro horas chorando descontroladamente. Meu irmão está vivo, é um traidor e um assassino em massa.

— Vou sobreviver — respondo, por fim. — Quem está pilotando o submarino?

— Bom, Gem está no passadiço — diz Nelinha, com menos irritação do que eu esperava. — Mas ninguém está pilotando no momento. Estamos parados.

Eu me esforço para absorver as informações.

— Como está a tripulação?

— Dezessete feridos — informa Ester. — Na maioria dos casos, são ferimentos leves.

— Com Franklin e Tia na base Lincoln, a nossa tripulação é de dezoito pessoas.

— Eu sei — concorda ela. — Tive sorte. Tenho bastante equilíbrio. E está tudo bem com o Júpiter. Com o Top também.

Ele balança o rabo. *Olha como eu estou ótimo.*

Ester examina meu couro cabeludo com os dedos. Talvez esteja procurando buracos na minha cabeça. Ela odeia contato físico, mas, quando sou só uma paciente, não vê problema em me cutucar sem misericórdia.

— Seu antepassado inventou o propulsor de supercavitação — comenta —, mas não inventou o cinto de segurança. Temos três pessoas com braços quebrados, duas concussões e uma queimadura de segundo grau.

— Quem se queimou?

— Kay Ramsay. — Nelinha aponta para trás de mim.

Kay está dormindo na maca ao lado. Seu braço está enfaixado do ombro até os dedos. Coitada da Kay... Espero que essa enfermaria tenha alguma tecnologia de enxerto de pele.

Baixo a voz.

— O que houve?

— Ela foi jogada em uma bobina de fusão a frio — conta Nelinha, tensa. — Essas coisas esquentam *muito*. Quem diria?

— Talvez seja bom a gente instalar cintos de segurança — diz Ester. — Ou pelo menos dar um aviso geral antes de acionar a supercavitação.

Eu assinto, envergonhada. Até esse movimento faz minha cabeça doer.

— Preciso voltar para o passadiço.

— Não recomendo — afirma Ester. — A pancada na sua cabeça foi forte. Tentei usar um negócio que é tipo um tomógrafo, uma espécie de LOCUS para o corpo...

— Então Nemo também inventou ressonâncias magnéticas e tomografias computadorizadas?

Eu estremeço, torcendo para não ter recebido muita radiação de tecnologia alternativa arcaica, algo que de repente possa me transformar em peixe.

— Não vi nenhuma inflamação — continua ela. — Mas estou usando equipamentos e remédios que não conheço.

Eu entendo. Ela quer que eu descanse, porém essa é a única coisa que não posso fazer.

Eu me viro para Nelinha.

— Relatório de danos?

Ela dá de ombros.

— Bom... A gente continua inteiro? A propulsão não funciona. A supercavitação queimou um fusível ou algo assim. Ainda estamos limpando a Grande Explosão de Gosma. Por outro lado, temos energia interna. Temos ar. Nossa profundidade está estável a vinte metros. O casco está intacto. Então estamos bem. Só não podemos ir a lugar algum por enquanto.

— Qual é a nossa posição?

Ela dá uma risada.

— Você não vai acreditar. Estamos no mar das Filipinas, uns seiscentos e cinquenta quilômetros a leste de Davao.

Eu pisco, tentando processar essa notícia.

— Quer dizer que uma arrancada com o propulsor de supercavitação nos fez percorrer...

— Tipo oito mil quilômetros. Levou algumas horas, não esqueça que você estava inconsciente. Mas, mesmo assim...

— Isso levaria o quê? Doze horas em um voo comercial? Seis dias pelo mar, talvez?

— Falei que você não ia acreditar.

O problema é que eu *acredito*. Adiciono *propulsor de supercavitação* à lista de motivos do Instituto Land para querer tanto essa "lata-velha". Esse tipo de tecnologia proprietária poderia virar o mundo do avesso.

— O *Aronnax* — lembro, com os nervos tiritando. — Algum sinal deles?

— Nenhum — responde Nelinha. — Nossa rota e nossos rastros seriam bem óbvios. Se o *Aronnax* tivesse supercavitação, eles conseguiriam nos seguir. Acho que, como ainda não apareceram, podemos supor que estamos em vantagem.

Eu suspiro. Precisamos de todas as vantagens que pudermos conseguir.

Por outro lado, deixamos a base Lincoln à mercê do *Aronnax*. Estamos presos no meio do oceano sem propulsão, sem aliados, sem portos seguros.

Pelo menos é o que suponho...

Eu me lembro de pedir à *Náutilus* para nos levar a algum lugar seguro. Será que ela desligou a supercavitação de propósito neste ponto, ou só perdeu as forças?

— Tem alguma coisa perto da gente? — pergunto.

Nelinha dá de ombros.

— Não detectamos nenhuma base secreta, se é isso que você está perguntando. A Fossa de Palau está bem abaixo de nós, a seis mil metros de profundidade. Eu não gostaria de perder o controle de submersão aqui.

Sinto que já perdi. Meu cérebro parece estar se desfazendo em mil pedacinhos com todo esse estresse. Por que aqui? E o que vou fazer agora? Como vou conseguir encarar a tripulação quando meu irmão é a causa de todos os nossos problemas e eu o levei direto para a base Lincoln?

Meus joelhos cedem. Ester segura meu braço para evitar que eu caia.

— Ana, você precisa pelo menos se sentar — insiste ela.

— Vou me sentar — prometo. — No refeitório principal. — Olho para Nelinha. — Junte a tripulação, por favor? E Ester: seria ótimo se você tivesse alguma superaspirina de tecnologia alternativa. Essa conversa vai ser difícil.

CAPÍTULO 44

UMA CONVERSA DIFÍCIL, e também o *brunch* mais esquisito do mundo.

A mesa só tem oito lugares. Trazemos todas as cadeiras que encontramos e as espalhamos perto das paredes. Os móveis rangem e fedem a mofo, mas a tripulação fez o que pôde para limpar o espaço. A velha mesa de mogno está brilhando. O lustre de abalone cintila no teto. Os talheres, cada um com o brasão do capitão Nemo, foram polidos e parecem novos.

Júpiter preparou uma deliciosa seleção de sanduíches de macroalga. Ele também assou dezenas de cookies com gotas de chocolate, o que reforça a minha crença de que ele é o membro mais indispensável dessa tripulação.

Ester não estava brincando sobre o número de feridos. Temos bandagens, talas, gessos e tipoias suficientes para construir um Homem-Primeiros-Socorros.

Depois que todo mundo já comeu — é uma refeição bem silenciosa —, enfim começo a falar.

— Pessoal, eu não tinha ideia do que o Dev estava fazendo. — Treinei meu discurso, mas, mesmo assim, tenho dificuldade em dizer as palavras. — Achei que ele estivesse morto. O que o Dev fez... Eu mal *conheço* essa pessoa que fez algo tão horrível com a nossa escola e com os nossos amigos.

Enxugo uma lágrima. Convivo com meus colegas há dois anos, mas agora não consigo ler suas expressões. Rostos borrados tremulam em frente aos meus olhos. Eu me pergunto se é assim que Ester se sente o tempo todo.

— Se vocês acham que eu estava envolvida de alguma maneira — continuo —, não culpo vocês. A essa altura, nem *eu* confio em mim. Não sou dona deste submarino. Vocês merecem outra votação para decidir quem fica no comando. Gem pode assumir, ou qualquer outra pessoa... O que estou tentando dizer é que eu sinto muito.

O único som é o zumbido distante dos circuladores de ar.

— Ana — começa Gem, por fim. — Ninguém aqui culpa você pelo que aconteceu.

Eu o encaro. Ficaria menos surpresa se ele me dissesse que o oceano é roxo.

— Você não é o seu irmão — continua ele. — O que ele fez não a compromete de forma alguma. Você nos trouxe até aqui e nos manteve vivos. — Ele olha em volta. — Alguém discorda? Se sim, fale agora.

Ninguém fala nada.

Fico na dúvida se isso só acontece por pressão do Gem. Ele é uma pessoa difícil de contradizer. Mas não vejo desconforto na tripulação: ninguém troca olhares furtivos, ninguém se remexe na cadeira.

Um sentimento de gratidão me envolve como um cobertor quente. Quero agradecer aos meus amigos, mas isso parece insuficiente. A melhor forma de agradecer é me mostrar digna de sua confiança.

— Se vocês têm certeza — falo, enxugando outra lágrima —, então temos muito trabalho a fazer. Como estão os consertos?

As respostas não ajudam em nada a minha dor de cabeça. Nossa lista de afazeres é tão grande quanto o submarino. Além de limpar o lodo e consertar os sistemas que quebramos durante a fuga, ainda há mil coisas sobre a *Náutilus* que não entendemos.

Luca e Ophelia passaram dois anos tentando compreender esta embarcação. Eram os melhores da HP. Se algum dia quisermos retomar a viagem, teremos que completar o trabalho sem o benefício de sua experiência, sem a ajuda da base ou de qualquer serviço de reparos. E não temos dois anos para fazer isso.

Nelinha diz o que estou pensando:

— Temos que ajudar a base Lincoln.

Kiya Jensen ajeita o braço quebrado na tipoia. Ela claramente não gosta do que está prestes a dizer.

— Preciso falar uma coisa — começa ela. — O nosso dever é garantir que a *Náutilus* não caia nas mãos de outra pessoa, certo? Vocês não acham que Luca e Ophelia diriam para a gente *não* tentar ajudá-los se houver uma chance de o IL capturar o submarino?

Ela tem razão, é claro. Estamos viajando no avanço tecnológico mais desestabilizador de todos os tempos: um salto tão dramático quanto um dia foram as armas de ferro e a pólvora. E ouvir uma Tubarão sugerir uma fuga me atinge como um balde de água gelada.

— Além disso — continua ela —, estamos em desvantagem. Dev não estava errado nesse ponto. Nós temos um submarino muito antigo que não é completamente funcional... embora ela seja incrível e maravilhosa... — Essa parte ela fala alto, olhando para o lustre. — E não somos treinados para operá-la. O Instituto Land mandou a turma de veteranos. Foram idiotas de não mandar ex-alunos ou professores, mas, ainda assim... Eles têm o Dev. Provavelmente estão planejando essa operação há muito tempo.

Mais uma vez me pergunto por que o IL só mandou alunos, mesmo que fossem os melhores. Talvez seja a cultura da escola — uma tentativa de estimular a independência, como disse Caleb —, mas tenho a sensação de que é coisa do Dev. Consigo imaginá-lo estabelecendo condições para cooperar — que somente ele ficasse à frente do *Aronnax*, que o IL lhe desse uma posição de comando para provar que era diferente da HP. Talvez, no fundo, ele estivesse tentando equilibrar a disputa, dando alguma chance para a HP...

Não. Não posso pensar assim. Não posso inventar desculpas para o que meu irmão fez. Ele tomou suas decisões. Suas decisões *hediondas*. Agora, se ele não entregar a *Náutilus* para o IL, imagino que seus novos amigos ficarão pouco amigáveis bem rápido.

Nelinha fecha a cara, mantendo os olhos no sanduíche.

— O Instituto Land matou nossos amigos. Destruiu a HP. Agora tomou a base Lincoln. Não podemos fugir disso.

Brigid Salter afasta o prato com uma expressão melancólica. Ela perdeu o irmão na HP. Sabe exatamente o que o IL fez.

— Eles querem a *Náutilus*, não a ilha. Talvez o *Aronnax* tenha deixado a base Lincoln para vir atrás da gente.

A julgar pelo seu tom, ela torce desesperadamente para que isso seja verdade. Quer ter a chance de enfrentar o *Aronnax*.

— Ou — sugere Dru —, lamento dizer isso, mas talvez eles já tenham destruído a base.

Eu balanço a cabeça em discordância.

— Eles destruíram a HP porque fazia parte do plano. Era o que nos faria levá-los até a *Náutilus*. A base Lincoln é diferente. Foi a última morada do Nemo. Eles vão querer explorá-la. Vão procurar pistas sobre a nossa localização, informações sobre o submarino...

— Eles vão dominar a ilha — decide Gem. — O que significa que farão prisioneiros.

Penso nas pessoas que deixamos para trás: Luca, Ophelia, dr. Hewett, Franklin, Tia. Até Sócrates, embora eu não ache que ele vá ser pego.

— Eles vão manter nossos amigos vivos — falo, me forçando a acreditar nisso. — Dev vai querer interrogá-los.

Já estou pensando nele como nosso inimigo. Não é um grupo de estudantes rivais sem rosto. É o meu próprio irmão. Caí em um universo que não entendo nem quero entender.

— Quanto tempo nós temos? — pergunta Gem, e eu escuto o que ele deixou implícito: *até os prisioneiros não serem mais úteis*.

Eu me viro para Lee-Ann, nossa melhor interrogadora. Não dá mais para ver se suas orelhas estão vermelhas, pois elas foram embrulhadas em uma fita de gaze que dá a volta em sua cabeça.

— Depende da paciência dos sequestradores — responde ela. — Podem ser semanas. Imagino que Dev... que o Instituto Land esteja na *expectativa* de que a gente volte. Ficarão esperando. É útil para eles ter reféns vivos.

Penso nos métodos de interrogatório que aprendi na HP. Sempre nos ensinaram a evitar a crueldade, que não faz parte dos nossos valores. Mesmo assim, algumas técnicas psicológicas podem ser devastadoras, e eu duvido que o Instituto Land vá ser compassivo. Cada dia em cativeiro vai parecer uma eternidade.

— Não podemos levar semanas — decido.

— Além disso — diz Ester —, não podemos ficar aqui para sempre. Enquanto o reator estiver funcionando, teremos água, ar e energia. Mas, daqui a uns sete dias, a nossa comida vai acabar.

Top apoia a cabeça na perna dela. Acho que está reforçando a ideia de que comida é importante e gostosa.

— Uma semana. — Nelinha coça o curativo na testa. — Para realizar o impossível. Fazer os motores voltarem a funcionar.

— Restaurar alguns torpedos — completa Dru.

— Limpar o limo das tubulações. — Gem estremece. — Então esse é o plano, capitã? Voltar à base Lincoln?

Fico de pé, tentando não perder o equilíbrio.

— Se alguém acha que devemos agir com sensatez, fugindo e nos escondendo, diga agora.

Ninguém defende sensatez.

Amo a minha tripulação.

— Então é isso — concluo. — Ainda bem que somos a melhor turma que a Harding-Pencroft já viu. Colocaremos a *Náutilus* para funcionar em uma semana. Em seguida, vamos voltar à base Lincoln. E mostraremos para o Instituto Land que eles mexeram com os alunos errados.

CAPÍTULO 45

DEPOIS DESSE DISCURSO INSPIRADOR, fico comendo biscoitos na biblioteca.

Ester me mandou descansar por pelo menos uma hora, enquanto a aspirina que encontrou faz efeito. (Acho que ela quer me observar para ver se afinal me transformo mesmo em um peixe.) O restante da tripulação corre para lá e para cá, limpando, consertando, carregando caixas de ferramentas e baldes de gosma. Tento relaxar em uma poltrona mofada com um original francês de *Vinte mil léguas submarinas*.

Parece muito metafictício ler um romance sobre a *Náutilus* a bordo da própria *Náutilus*. Eu me pergunto se Nemo leu o livro antes de morrer, se as imprecisões o irritaram. Seja como for, o livro não está dedicado *A Nemo, com amor, Júlio.* Eu verifiquei.

Ester está num pequeno sofá à minha frente, com Top encolhido ao seu lado. Ela usa um livro como mesinha de apoio, escrevendo em seus cartões de fichamento, jogando-os em cima de Top antes de começar um novo. Considerando os roncos felizes do cachorro, ele não se importa de estar soterrado por informações.

A lareira estala alegremente. Não sei quem a ligou, nem como ela funciona, nem para onde vai a fumaça, mas o fogo tira um pouco da umidade do ar. Eu nem saberia que estamos debaixo d'água se não fosse a escotilha com vista para o infinito azul, por onde de vez em quando vejo um tubarão-de-pontas-prateadas.

Sou grata pela companhia de Ester. Com certeza ela tem um milhão de coisas para fazer, mas provavelmente sabe que, se não ficar de olho em mim, vou pular dessa poltrona e começar a trabalhar.

— Relaxa — ordena ela de novo.

É muito difícil relaxar quando alguém fica mandando você relaxar.

Poucos dias atrás, eu e Ester estávamos em outra biblioteca, no *Varuna*, e eu tentava cuidar dela. Agora trocamos de papel.

Viro as páginas do livro. Paro na ilustração de um funeral submarino. Uma dúzia de pessoas, usando trajes antiquados de mergulho, se reúne solenemente em torno de uma cova. Eu me lembro dessa cena — um dos tripulantes de Nemo morreu —, mas não me lembro dos detalhes. Espero que parar nessa imagem não seja um mau sinal.

— Por que Dev fez isso? — murmuro — Como ele pôde...?

Não tenho nem palavras para explicar sua traição. Ele mentiu para mim, plantou um rastreador no meu colar, se aliou aos nossos inimigos. Destruiu nossa escola, matou nossos professores e amigos... tudo por um submarino.

Ester baixa a caneta. Ela encara um ponto logo acima da minha cabeça.

— Por que você acha que ele fez isso?

Que saco. Esqueci que as Orcas são treinadas em psicologia. Mesmo assim, é uma boa pergunta.

Passo os dedos pela ilustração do funeral.

— Por causa da morte dos nossos pais. Ele culpou a Harding-Pencroft.

— Ele falou isso para você? — pergunta ela. — Quer dizer, antes de anunciar do *Aronnax*?

Faço que não.

— Ele sempre tentou ser positivo perto de mim. Era o irmão mais velho perfeito. Acho que nunca pensei no que estaria acontecendo por trás daquele sorriso...

É assustador pensar em como sei pouco sobre Dev. E é ainda mais assustador perceber que ele estava mantendo uma fachada de otimismo para mim, enquanto por dentro fervia de amargura.

Eu nunca vi nenhum sinal. Ou, pelo menos, nunca me *permiti* ver. O Instituto Land obviamente percebeu. Eles usaram isso para colocar Dev contra a HP, contra mim.

— O capitão Nemo também sentia muita raiva. — Ester fala com uma voz monótona, como se estivesse se lembrando de um sonho antigo. — Quando Ned Land e o professor Aronnax o conheceram, ficaram apavorados. Os ingleses tinham matado a esposa e o filho de Nemo. Ele odiava os poderes europeus. Queria desmantelar seus impérios. Afundava navios, financiava revoluções. Se Nemo estivesse vivo hoje, os governos do mundo provavelmente o chamariam de...

— Terrorista.

Eu me lembro da acusação de Caleb South à Harding-Pencroft: *Vocês estavam protegendo o legado de um fora da lei.*

Ester assente.

— O Instituto Land sempre foi motivado pelo medo e pela raiva. Eles querem destruir o legado de Nemo. Mas também querem *ser* o Nemo.

Eu analiso a ilustração do livro. É difícil conciliar a imagem de Nemo, o terrorista, com Nemo, o inventor brilhante. Por outro lado, nossos rótulos sempre dependem de quem está rotulando. Patriota, defensor da liberdade, terrorista, bandido. O príncipe Dakkar era um homem indiano lutando contra os colonizadores. Tenho quase certeza de que isso não melhorava sua reputação na Europa.

— Espera... — Volto minha atenção à Ester. — Você está falando que eu não deveria julgar tanto o Dev? Ou...?

Ester pega outro cartão de fichamento. Ela franze a testa, como se as linhas não estivessem bem paralelas.

— Só estou dizendo que as pessoas são complicadas. Quando Harding e Pencroft conheceram o Nemo, ele já era outro homem: mais velho, mais amargo, desiludido. Por isso queria esconder e proteger sua tecnologia. A HP foi motivada pela cautela do Nemo, talvez até por sua paranoia. Então temos duas escolas completamente diferentes, o Instituto Land e a Harding-Pencroft, inspiradas por lados diferentes da mesma pessoa.

Minha cabeça lateja. A aspirina de tecnologia alternativa parece estar costurando meu cérebro do jeito mais doloroso possível.

— Só posso ser uma dessas versões do Nemo? A raivosa ou a paranoica?

— Não. — Ester anota alguma coisa, com sorte nada relacionado a terapia. — Talvez Dev tenha caído nessa armadilha. Ele achou que precisava escolher. Mas você não precisa. Vocês dois têm alguns traços da personalidade dos Dakkar, claro. Mas você pode decidir ser outro tipo de capitã Nemo.

Observo Ester, impressionada com sua capacidade de fazer tudo isso parecer tão óbvio.

— Eu só quero fazer a coisa certa — falo.

— Aposto que o Dev também queria — acrescenta Ester. — A diferença é que você tem o submarino. Você tem os recursos do Nemo. Poderia construir uma Harding-Pencroft completamente nova, se quisesse. Eu gostaria de ajudar.

— Os recursos do Nemo?

Tenho a sensação de que ela não está se referindo só ao motor de fusão a frio, ao propulsor de supercavitação ou ao reservatório infinito de meleca de alga.

Ester dá uma olhada no relógio.

— Ainda não passou uma hora, mas acho que você já descansou o bastante. Vamos. Tem mais uma porta que quero lhe mostrar.

CAPÍTULO 46

QUANDO PENSO QUE A *Náutilus* não pode mais me surpreender, descubro que estou errada.

No andar inferior do submarino, nos fundos do depósito principal, caixas foram afastadas para revelar uma grande porta de cofre metálica, como a que leva ao lago subterrâneo na base Lincoln.

— Rhys e Linzi a encontraram quando estavam fazendo o inventário — diz Ester. — Acho que sei o que tem do outro lado, mas só há uma maneira de ter certeza.

Em outras palavras, ela precisa das mãos mágicas de Nemo.

Analiso a fechadura. Confio nos instintos de Ester, mas, ainda assim... hesito em abrir uma porta que alguém tentou manter em segredo. Se Nemo tinha alguma coisa a esconder, é bem possível que esteja aqui.

— *Náutilus* — falo em bundeli —, posso abrir essa porta?

A fechadura gira por conta própria. Trincos estalam e se destrancam. Acho que a resposta é sim.

Abro a porta. Do outro lado...

Nossa.

Em geral, não sou materialista. *Coisas* não me impressionam.

Mas por um segundo me esqueço de respirar. Revivo uma das minhas primeiras lembranças, quando Dev, que também devia ser quase um bebê, soprou nas minhas narinas, seus pulmões mais fortes dominando os meus, me deixando em choque e sem fôlego.

Não consigo acreditar no que estou vendo.

— O tesouro de Nemo — anuncia Ester, surpreendentemente calma. — Era o que eu imaginava.

Agora entendo o velho ditado "nem tudo que reluz é ouro". Porque, nesta sala de tesouros, muito do que reluz é também prata, diamante, rubi, pérola e joias supervaliosas. Baús de madeira ocupam as prateleiras, cada um transbordando de itens e organizado de maneira específica. Pelo visto, Nemo era obcecado por ordenação. Além de agrupar todos os diamantes, ele separou todos os rubis e pérolas por cor e tamanho. Na parede mais distante, há uma pilha de barras de ouro. Tem até uma prateleira com meia dúzia de coroas, que parecem ter sido arrancadas da cabeça de monarcas do século XIX. No geral, a sala me lembra uma bizarra loja de departamentos.

Com licença, onde posso encontrar safiras?
Ah, no corredor três, logo depois dos lingotes de prata.

— Uau! — exclamo, o que soa insuficiente.

Ester olha ao redor, admirada.

— Um gênio organizou esta sala.

Top fareja os tesouros, abanando o rabo sem muita animação, como se dissesse *É, até que é legal, mas nem se compara com petiscos de cachorro.*

Ester pega um baú do tamanho de uma caixa de sapatos, que está cheio de pérolas brancas.

— Nemo deu um desses para Harding e Pencroft. Foi o suficiente para eles construírem a escola.

— Aqui deve ter uns vinte baús desse tipo — comento.

Ester examina a sala, provavelmente calculando uma estimativa.

— Nemo conseguiu parte desse tesouro saqueando navios mercantes e parte nos naufrágios antigos que descobriu. Em *Vinte mil léguas submarinas*, ele se gaba dizendo que poderia pagar a dívida pública da França sem que isso interferisse em sua fortuna. Este lugar deve ser apenas *um* dos seus esconderijos. A lenda na família Harding é de que Nemo tinha bases de suprimento espalhadas pelo mundo todo.

Eu me pergunto se, além da tecnologia, este também é um objetivo do Instituto Land: dinheiro. É algo muito comum de se desejar, mas, com tanta riqueza, eles provavelmente poderiam construir outros três navios *Aronnax* e derrubar vários governos mundiais. Considerando essa possível recompensa, arriscar seu submarino novinho e sua turma de veteranos já parece ser uma boa aposta.

Eu me sinto suja só de pensar nesses termos.

Vejo um estranho instrumento musical apoiado em um canto. É mais ou menos do tamanho de um violão, mas com um teclado no lugar das cordas e com engrenagens e alavancas de tecnologia alternativa onde deveria estar o braço. Ainda tem um botão que lembra um círculo cromático. Será que é para produzir efeitos especiais?

— O que...? — Pego o instrumento com cuidado. — O capitão Nemo inventou o keytar?

Ester ri. É um som raro e fofo, como um porquinho recebendo cosquinhas. Ela não costuma achar graça das minhas piadas (o que me mantém humilde), mas sempre ri das coisas absurdas.

— Ele levava música a sério.

— Dá para ver.

Estudo os controles elaborados. Penso em como a *Náutilus* reagiu na primeira vez em que toquei o órgão no passadiço. O keytar é importante o suficiente para estar na sala de tesouros, então deve ter um propósito além de entretenimento. Não consigo tirar da cabeça a imagem do capitão Nemo dançando pelos corredores da *Náutilus*, tocando "Little Red Corvette" em seu keytar.

Essa música foi lançada na Era Vitoriana? Ah, passou perto.

Olho para Ester, que ainda segura o baú de pérolas como se fosse uma ninhada de gatinhos.

A cena me enche de alegria.

— Pelo menos alguma coisa boa surgiu disso tudo — comento. — Você não precisa mais do Conselho Diretor. Pode reconstruir a Harding-Pencroft sozinha.

Ester fica rígida.

— Não, eu não ia... — Ela logo tenta me passar a pequena arca de pérolas. — O tesouro não é meu. Eu nunca... Eu só faria isso se você decidisse...

— Ester. — Empurro o baú de volta. — Eu confio em você. Depois a gente define os detalhes, mas não consigo imaginar um mundo sem a Academia Harding-Pencroft. Como descendente do príncipe Dakkar e capitã da *Náutilus*, peço que, por favor, você aceite esse presente. Sei que vai reconstruir uma HP ainda melhor. *Nós* vamos, juntas.

Seus lábios tremem, e minha amiga pisca para evitar as lágrimas. Por um momento, fico com medo de ter compreendido mal seus desejos, dando-lhe um fardo que, na verdade, ela não queria.

Então Ester diz:

— Eu te amo. Vou guardar o baú debaixo da minha cama.

Em seguida, sai junto com Top.

Sozinha na sala de tesouros, me pergunto se Nemo já temeu que sua tripulação fugisse com alguns bilhões em ouro e joias. Acho que não. Que diferença faria para ele? O mar lhe dava tudo de que precisava.

Ainda assim, com toda a sua fortuna e tecnologia avançada, Nemo chegou ao final da vida rancoroso e abatido. Estava tão solitário que precisou confiar seu legado a náufragos desconhecidos.

Ele não acreditava na humanidade. Não acreditava em si mesmo. Tentou mudar o mundo, mas falhou — e acabou sendo lembrado apenas como um personagem fictício.

Penso em Dev a bordo do *Aronnax*. Ele disse que *precisava* destruir a HP porque era a única maneira de retomar o que era nosso por direito: esta embarcação, o legado de Nemo.

Gostaria que ele estivesse aqui agora. Daria um soco na cara dele. E, logo depois, um abraço. Então iria forçá-lo a encarar toda essa fortuna e ver como ela não serviu de nada para Nemo. O poder absoluto pode corromper qualquer pessoa. Nemo sabia disso. No fim, tudo que lhe restou foi se enterrar com seu submarino e suas riquezas, esperando que, um dia, a natureza humana melhorasse a ponto de conseguir lidar com seus poderes.

No entanto, aqui estamos, mais de cento e cinquenta anos depois, ainda em guerra pela *Náutilus*, como se ela fosse o melhor brinquedo do parquinho.

Alguém grunhe atrás de mim, me tirando dos meus devaneios.

Viro o rosto e vejo Júpiter me aguardando. Ele olha adiante, para a sala cheia de tesouros. E então pergunta, em língua de sinais: *Onde a sua tripulação colocou a minha fôrma de muffins?*

Abro um sorriso. Pelo menos os orangotangos têm as prioridades certas.

— Vamos procurar — respondo.

Saímos em busca de um tesouro de verdade. No meio da fossa de Palau, os bilhões de Nemo não têm valor nenhum. Por outro lado, os muffins de mirtilo do Júpiter são inestimáveis.

CAPÍTULO 47

DIA E NOITE NÃO significam muita coisa debaixo d'água, mas passo as horas até o jantar vendo como está a tripulação, ajudando-a no que posso.

A *Náutilus* está de mau humor. Acho que não gostou de ser chamada de lata-velha pela tripulação de um submarino mais novo, e então de ser forçada a fugir de uma briga, disparando por metade do Pacífico. Eu a acalmo com elogios e prometo que logo a deixaremos pronta para a batalha, se ela permitir que a gente trabalhe sem nos dar choques ou jogar gosma na nossa cara.

Tento dar uma de encantadora de submarinos, e suponho que a *Náutilus* tenha entendido pelo menos parte do que falei. No fim do dia, os Cefalópodes conseguem restaurar a propulsão básica. A propulsão de supercavitação vai demorar um pouco mais. Por mim, tudo bem. Prefiro resolver a questão dos cintos de segurança antes de fazer outro teste.

Quando nos reunimos para a refeição noturna, todos parecem estar mais animados. A essa altura, cada dia de vida já é uma vitória, mas também estamos progredindo nos consertos. A comida de Júpiter continua deixando nossas barrigas felizes. E todo mundo já sabe do tesouro de Nemo.

Deixei a porta de cofre aberta para que todos pudessem dar uma olhada. Anuncio que, depois de terminarmos os reparos, quem quiser pode ir embora e virar um bilionário.

Até agora, ninguém escolheu esse caminho. Todos parecem determinados a deixar a *Náutilus* em ordem, voltar à base Lincoln, salvar nossos amigos e derrotar o *Aronnax*. Depois (*se* houver um depois), podemos pensar em uma maneira de reconstruir a HP com as belezas brilhantes que encontramos. No entanto, isso não impede a tripulação de chamar uns aos outros de bilionários. Agora Nelinha é a Engenheira Bilionária da Silva, eu sou a Capitã Bilionária Dakkar, e Júpiter é o Orangotango Bilionário Gourmet.

Talvez Nemo estivesse errado sobre a natureza humana. Há pessoas boas no mundo. Apesar do que aconteceu com Dev e o Instituto Land, apesar das falhas da própria Harding-Pencroft, esta tripulação é formada por indivíduos em quem confio.

À noite, vou dormir nos aposentos do meu ancestral, encarando o teto com padrão de conchas em baixo-relevo. Eu me pergunto o que a *Náutilus* acha da sua nova tripulação. Espero que, conforme limpamos seu cérebro antigo, ela não comece a se lembrar das desvantagens de trabalhar com humanos.

No dia seguinte, faço quinze anos. Ester e Nelinha me trazem um cupcake e cantam "Parabéns" baixinho, pois entendem que não quero nenhuma outra comemoração. Temos tanto a fazer, e tão pouco para celebrar... Além disso, eu *não* quero passar o dia refletindo sobre quanta coisa mudou ao longo do ano, ou mesmo da semana passada. Também não que assoprar velinhas e fazer pedidos. Não sei se conseguiria expressar qualquer desejo sem cair no choro. É melhor só continuar em frente.

Nós nos damos o prazo de uma semana para consertar a embarcação. Está longe de ser suficiente, mas também sabemos que cada dia aqui é mais um dia que nossos amigos passam como prisioneiros do Instituto Land.

Gostaria de acreditar que o *Aronnax* deixou a base Lincoln em paz. Ficaria aliviada se soubesse que estão atrás da *Náutilus*, tentando nos alcançar. Mas suspeito que Lee-Ann tenha razão sobre Dev manter reféns e aguardar nosso retorno. Só posso torcer para que este velho submarino tenha alguns truques nos lança-torpedos. Temos que descobrir uma forma de não supercavitar direto para uma armadilha. Caso contrário, toda essa tecnologia e todo esse tesouro não vão servir para nada.

No dia após o meu aniversário, terminamos de tirar a gosma do interior da *Náutilus*. Nelinha acha que o propulsor de supercavitação está funcionando de novo. Os Tubarões consertam os canhões de Leiden que ficam na proa e na popa. Também conseguem juntar dois torpedos em um só ao canibalizar partes de outros torpedos.

— Eles teriam explodido na sala de armas se tivéssemos tentado atirar no *Aronnax* — diz Gem para mim. — Que bom que a gente não tentou.

No dia seguinte, Halimah e Jack colocam o esquife para funcionar e dão uma volta com ele. Conseguem evitar que o veículo bata ou afunde. Robbie descobre um jeito de fazer com que os LOCUS da cozinha exibam os blu-rays de *The Great British Bake Off* de Júpiter, então nosso chef agora pode assistir a Mary Berry como um holograma roxo de três dimensões (o que é tão aterrorizante quanto parece). Percebo que é possível sincronizar o keytar do capitão Nemo com o órgão de tubos do passadiço, de forma que consigo tocar música de qualquer ponto da embarcação.

— Ou até mesmo fora dela — diz Ester. — O keytar parece ser à prova d'água. Aposto que daria para você transmitir música mesmo quando estivesse no fundo do mar.

Nelinha franze o cenho.

— Por que ela faria isso?

— Sei lá — responde Ester. — Porque é maneiro?

Naquela tarde, passo a maior parte do tempo sentada ao órgão de tubos. Não era parte dos planos. Toco uma fuga de Bach só porque a tripulação está curiosa. A maioria nunca me ouviu tocar.

Quando termino, percebo que todos no passadiço estão olhando para mim.

— Isso foi lindo — diz Virgil.

Do alto-falante, Meadow Newman fala:

— Sala de máquinas. Ei, Ana? Continue tocando. Os painéis se acenderam aqui, incluindo alguns que nunca tinham dado sinal de vida.

Então toco outra composição de Bach. Em seguida, toco "Imagine", de John Lennon. Algumas melodias depois, me sinto mais ousada e toco minha música favorita: "Someone Like You", de Adele.

O passadiço se ilumina ainda mais. O teclado sob meus dedos fica quente. As notas vêm mais fácil, como se o órgão pudesse antecipá-las.

Em dado momento, a *Náutilus* se junta a mim e, como resposta, começa a tocar as próprias melodias. A música se torna mais rica e triste. Sinto que o submarino está afundando cada vez mais.

— Eita — diz Lee-Ann. — Estamos a quarenta metros de profundidade agora... cinquenta. Ela deveria estar fazendo isso?

Meus ouvidos zumbem. O casco estala, mas não interrompo a música.

Tenho a sensação de que, pela primeira vez, a *Náutilus* e eu estamos conversando de verdade. Ela está compartilhando seu luto... Talvez pedindo desculpas pelo que aconteceu com meus pais. Nós duas perdemos muita gente.

Quando a música termina, meu rosto está coberto de lágrimas.

No leme, Halimah respira fundo.

— Estabilizamos a cem metros de profundidade. Capitã, acho que a *Náutilus* gosta um pouquinho demais da Adele.

Uma sombra se derrama pelo órgão. Eu me pergunto há quanto tempo Gem está do meu lado.

— Foi incrível, Ana. Você não para de me surpreender.

Ele me oferece um lenço de linho. De onde tirou uma coisa dessas? Será que sempre mantém um lenço à mão? Isso é muito *Gem*, com seu jeito antiquado. Ou talvez ele só o utilize para limpar o cano das armas.

Uns dias atrás, se Gem tivesse me oferecido um lenço, eu teria rido dele. Agora, aceito e seco os olhos, grata por estar de costas para o restante da tripulação.

— Obrigada.

Ele assente.

— Não tem nada de errado em se emocionar.

Eu fungo. Por que Gem está sendo tão legal comigo? E por que isso só está me deixando pior?

— Eu... — Levanto-me, tremendo, e coloco o lenço em cima do teclado. — Vou para a minha cabine.

Ester vem ao meu encontro uma hora depois. Suspeito que ela tenha esperado um pouco para que eu conseguisse me recuperar do meu miniconcerto seguido de colapso emocional.

Top sobe na minha cama. Ele já sabe o esquema. Quando Ana toca uma música triste, o único remédio é aconchego de cachorrinho.

— Deve ter sido difícil para você — diz Ester, roendo a unha do polegar. — Mas foi importante.

Assinto, desanimada, embora não saiba exatamente o que ela quer dizer.

— Acho que eu e a *Náutilus* estávamos nos comunicando.

— Hum. — Ester vai até o outro lado do cômodo. Passa a mão na parede como se estivesse procurando por pontos quentes. — Era mais uma conversa. A *Náutilus* se cura melhor quando você toca.

— Se cura, tipo... fisicamente?

Ester inclina a cabeça.

— Talvez essa não seja a melhor palavra. Mas o órgão de tubos não foi feito só para apresentações. A música...

— É uma linguagem de programação — completo, entendendo.

Como não percebi isso antes? Sou uma Golfinho, línguas são minha especialidade. Mesmo assim, ignorei completamente a conexão entre linguagem, música e inteligência artificial. Toda vez que toco, ensino à *Náutilus* novos caminhos cognitivos, alterando seu sistema operacional com os dados que forneço. O pavor afunda nas minhas entranhas como uma bola de boliche.

— Eu estraguei tudo?

Ester pensa por algum tempo, aumentando minha preocupação.

— Você mudou a *Náutilus* — decide ela. — Já ouviu falar de *imprinting*?

— Só no contexto dos patos — respondo. — Quando eles formam um elo com a mãe.

— Ou quando outra espécie animal cria um vínculo com humanos — explica ela. — Cachorros, por exemplo.

Top balança o rabo. Ele conhece a palavra *cachorro*.

— Você está querendo dizer que a *Náutilus* é meu patinho?

— Ou talvez você seja o patinho dela — pondera Ester. — De qualquer forma, vocês estão conectadas uma à outra. Acho que isso é bom. Vamos saber melhor amanhã.

— Amanhã?

Ester parece confusa.

— A Nelinha não contou? Ela quer que você saia do submarino e tente fazer uma coisa no casco.

CAPÍTULO 48

— GELEIDEN — DIZ GEM enquanto estamos vestindo os trajes de mergulho.

Ele fala duas vezes, na verdade. Na primeira, não respondo porque estou pensando obsessivamente sobre o meu pesadelo mais recente. Eu estava presa à cadeira do capitão Nemo enquanto o passadiço se enchia de gosma verde...

— Desculpa, o quê? — pergunto.

— É um tipo de escudo — responde ele. — Diferente das armas de Leiden. O geleiden cria uma camada de água quase congelada ao redor do casco.

Ele se senta no banco à minha frente, conectando mangueiras ao antigo traje de mergulho. No outro lado da eclusa de ar, Nelinha bate na janela.

— Mangueira vermelha na válvula vermelha, Twain — informa pelo intercomunicador. — Nós as marcamos para vocês. E o escudo de geleiden não foi feito para combates.

— Eu sei, eu sei. — Gem se volta para mim e revira os olhos. — Ela anda impossível desde que se tornou uma engenheira bilionária.

— Estou ouvindo você, pistoleiro bilionário — retruca Nelinha.

Gem sorri. Entre as muitas coisas que nunca pensei em ver na vida: Gem e Nelinha brincando um com o outro.

— Enfim — continua ele, pegando o capacete —, o geleiden foi construído para que a *Náutilus* pudesse aguentar temperaturas extremas. Teoricamente, ela poderia atravessar a chaminé de um vulcão em atividade, passando direto pela lava, sem sofrer dano nenhum.

— Uau. — Encaro a porta exterior que vai nos levar para o abismo. — *Náutilus*, que tipo de aventuras você já viveu?

O submarino não responde, mas imagino que esteja toda convencida. *Menina, se você soubesse...*

— Se conseguirmos ativar o geleiden — diz Gem —, ele pode dispersar armas de energia. É claro que Nemo não o usou para isso. Nenhuma outra embarcação na época tinha canhões de Leiden. Mas minha teoria é que o *Aronnax* está usando geleiden e por isso passou incólume pelas torres elétricas da base Lincoln.

Eu lembro que nossos LOCUS mostraram uma aura difusa em torno do submarino inimigo.

— Tá bom. E como fazemos para o geleiden funcionar?

— Vou mostrar para você — diz Nelinha pelo intercomunicador. — Tem um conduíte danificado a estibordo da popa, logo depois da antepara. Acho que vai precisar daquele toque especial do Nemo, e é por isso que você está indo. Mas deve ser um conserto simples.

— Se a gente não estivesse a cem metros de profundidade — rebato.

A *Náutilus* se recusou teimosamente a sair desse nível de profundidade, por razões que nenhum de nós conseguiu entender. Tenho a sensação de que ela nos quer neste lugar específico, embora o LOCUS não indique nada ao nosso redor, apenas o abismo profundo da fossa de Palau.

— Você não vai ter nenhum problema — garante Nelinha. Se eu não a conhecesse tão bem, talvez o nervosismo em sua voz passasse despercebido. — Já fizemos um teste de pressão com esses trajes. São melhores do que qualquer equipamento das marinhas modernas.

Ainda assim, seremos as primeiras pessoas a usá-los desde o século XIX, a uma profundidade que só é adequada para os melhores mergulhadores técnicos com cilindros de nitrox.

A malha do traje não gruda na pele como uma roupa de mergulho normal. Também não é volumosa como uma roupa seca. Ela é tão leve e flexível que não sei como vai nos fornecer proteção térmica. Nelinha diz que é um tecido feito de nemônio. A textura me lembra mais um suéter de cashmere do que metal.

Os cilindros são inacreditavelmente pequenos e compactos, mais ou menos do tamanho de uma mochila escolar. Em vez de pés de pato, usamos botas com um propulsor a jato inspirado em lulas (claro).

Os capacetes são a parte mais desconcertante. As esferas transparentes são feitas do mesmo pseudovidro que as janelas do passadiço. Quando coloco o meu, consigo respirar sem problemas. Tenho uma visão bem ampla. Mas sinto que a minha cabeça está em um aquário redondo com cheiro de... bem, de aquário.

Gem se levanta. Ele parece estranho sem os coldres, como se de repente seu quadril tivesse ficado mais fino.

— Posso?

Sua voz soa alta e clara no meu aquário estereofônico. Checamos o traje um do outro, procurando rasgos, furos, conectores frouxos. Colocamos nos ombros o kit de ferramentas que Nelinha nos deu. Finalmente, estamos prontos.

— Ok, Nelinha — falo. — Pode inundar a eclusa.

Dá tempo de Gem cantarolar uma vez o refrão de "Someone Like You", o que ele parece fazer sem a intenção de me zoar. Somos envolvidos pela água escura e esverdeada, esperando para ver se os trajes vão funcionar bem. Melhor aqui do que quando abrirmos a escotilha exterior e formos expostos a uma pressão de dez atmosferas.

Não há vazamentos. Consigo respirar normalmente. O traje é quente, seco e confortável. Fico até irritada por todas as horas que passei treinando no desconfortável Neoprene.

Gem faz o sinal de ok — o sinal universal de mergulho que significa, adivinhem, que tudo está ok.

A hora da verdade.

— *Náutilus* — chamo. — Vou sair da embarcação por um tempinho. Precisamos dar uma olhada no casco.

Parte de mim espera que ela responda como uma mãe superprotetora. *E que horas você volta, mocinha?*

Puxo a alavanca de liberação. A porta exterior se abre como o diafragma de uma câmera fotográfica.

Quase nem sinto a pressão equalizando: um aperto no material do meu traje, um leve *pop* nos meus ouvidos. Curvo os dedos dos pés, como Nelinha me instruiu, e minhas botas a jato me impulsionam para as profundezas.

— Ei, espera aí! — A voz de Gem soa no meu capacete.

O som que escapa da minha garganta é algo entre uma risada e o grito que damos em uma montanha-russa. Já mergulhei centenas de vezes, mas nunca tinha sido tão emocionante. Consigo me mexer sem esforço algum. Não tem um aparelho de respiração enfiado na minha boca. Eu me viro e disparo em outra direção, dispersando um cardume de atuns-rabilhos.

— Isso é incrível!

Gem também está rindo. Passa rápido à minha esquerda, seu capacete brilhando como uma água-viva fosforescente. Ele encolhe os joelhos e dá cambalhotas na escuridão.

— Já chega, vocês dois — repreende Nelinha. — Vocês têm um trabalho para fazer aí fora.

— Ah, mas mãe... — diz Gem.

— Nem começa, Twain — ameaça ela —, ou vou esconder as suas SIG Sauers. Agora, se os dois puderem fazer a gentileza de ir até a popa do submarino...

Obedecemos ao pedido, embora seja difícil não ficar apenas flutuando e admirando a *Náutilus*.

Do lado de fora, ela é de tirar o fôlego: elegante e majestosa com suas pregas, rebarbas e sua fiação semelhante a uma videira. Seu casco de nemônio reflete o um por cento de luz solar que chega a esta profundidade, dando-lhe um leve brilho roxo que combina com os olhos em formato de domo. Diferente do *Aronnax*, que tem a aparência de uma machadinha, a *Náutilus* parece pertencer a este lugar — um gigante gentil, uma soberana das profundezas. Eu me pergunto se o estranho revestimento oco em sua barriga realmente engole krills, como faria uma baleia-azul para se manter alimentada.

Logo encontramos o conduíte danificado. Talvez essa parte tenha ficado encostada em uma pedra quando a *Náutilus* estava no fundo do lago. O casco que se cura sozinho não conseguiu resolver o problema, então, ao longo dos últimos cento e cinquenta anos, ela desenvolveu uma espécie de escara. Aplico na região um pouco da grossa pasta curativa — uma mistura que os Cefalópodes e as Orcas desenvolveram juntos —, enquanto Gem pega um novo pedaço de fio para substituir o rompido.

— Sinto muito — digo à *Náutilus*.

Não sei se ela consegue sentir dor da forma como sentimos, mas, quanto mais fico no submarino, mais me solidarizo com ela, que passou tanto tempo sozinha, ferida, negligenciada. Se seres humanos me acordassem depois de um século e meio, eu provavelmente também reagiria com agressividade.

Quando terminamos os reparos, abrimos uma distância que esperamos ser segura, de mais ou menos vinte metros.

— Ok, Nelinha — falo. — Quer testar?

— Vamos fazer dois testes — informa ela. — Primeiro, vamos eletrificar o casco. Então, se isso der certo, vamos tentar o escudo geleiden. Preparados?

A embarcação inteira se ilumina como um parque de diversões. O casco reluz em mil lugares diferentes — pontos que brilham em branco, azul e dourado, juntando-se ao roxo. Raios de holofotes atravessam a água na proa e na popa, na parte de cima e de baixo.

Um deles passa bem na minha cara, me cegando por um momento.

— Ah! — grito. — Nelinha, era para isso estar acontecendo?

— Não! — exclama ela. — Espera... eu não... Passadiço, alguém apertou o botão errado? Vamos ter algum show e ninguém me avisou? Eletricidade! Não um monte de refletores!

Do meu lado, Gem dá um assovio de aprovação.

— Na verdade, é até bonito.

Mas parece haver alguma coisa errada. Tanto brilho na escuridão... O que a *Náutilus* está fazendo?

— Pessoal — chamo pelo intercomunicador. — Realmente acho melhor vocês apagarem essas luzes.

— Estamos tentando! — diz Cooper Dunne do passadiço. — Não entendo. A gente nem...

A conexão se desfaz, virando uma mistura de estática e de vozes gritando ao mesmo tempo.

— Contato no LOCUS! — grita Cooper.

Sinto um arrepio na nuca.

— Onde? Uma embarcação?

— Não, grande demais... Ana, Gem, vocês precisam... — A voz de Cooper se torna um guincho. — Embaixo de vocês!

Olho para baixo e vejo uma sombra colossal se erguendo das profundezas, desdobrando-se como asas da morte.

CAPÍTULO 49

GEM ME PUXA E nos impulsiona para fora do caminho, mas a criatura não está interessada na gente.

Oito tentáculos, grandes como cabos de pontes estaiadas, envolvem a *Náutilus*.

O submarino se inclina para trás. O intercomunicador do meu capacete se enche de gritos da tripulação. Conforme a cabeça do monstro emerge da escuridão, o interior do meu excelente e quentinho traje de nemônio fica molhado pela primeira vez — não vou mentir —, quando me mijo de terror.

Já mergulhei com tubarões-brancos e orcas. Já estive cara a cara com animais enormes e perigosos, e nunca entrei em pânico. Só que a coisa à nossa frente não deveria existir. É um polvo-gigante-do-Pacífico, ou um parente próximo, mas dez vezes maior do que o maior espécime conhecido. O alcance de seus tentáculos deve ser de cinquenta metros, metade do tamanho da *Náutilus*. Ele deve pesar quase uma tonelada.

Fico paralisada pensando no que aqueles membros poderosos podem fazer com a nossa embarcação. Ao mesmo tempo, estou fascinada pela beleza do animal.

Sua cabeça bulbosa o faz parecer um vilão de quadrinhos com um cérebro superdesenvolvido. Os olhos escuros estão alertas e curiosos. Quando ele respira, os sifões na lateral da cabeça ficam do tamanho de turbinas de um

Boeing 747. Cada tentáculo é coberto por ventosas de bordas brancas. Sua pele tem a textura perfeita para se misturar a pedras e corais, embora eu não consiga imaginar um recife grande o suficiente para esconder esse leviatã. Na água escura, ele parece marrom como lama, mas, nos pontos iluminados pelos holofotes, o polvo assume uma tonalidade vermelha brilhante. Pelo visto, ele está todo sarapintado também, como se tentasse se camuflar com o fulgor multicolorido da *Náutilus*.

Por fim, meu cérebro desperta.

— *Náutilus*, relatório!

— Polvo! — A voz de Cooper se sobrepõe à estática. — Na embarcação!

Se sobrevivermos a essa experiência, vou ter que rebatizá-lo de Capitão Interino das Obviedades.

A voz de Nelinha surge.

— Ele está espremendo a gente. A integridade do casco... Não sei se...

— Eletricidade! — grita Gem. — A história sobre a lula-gigante!

Sei do que ele está falando. Em *Vinte mil léguas submarinas*, a *Náutilus* deu a uma lula mal-humorada um tratamento de choque para fazê-la largar o submarino. Alguma coisa sobre esse relato sempre me pareceu estranha, mas, antes que eu pudesse abrir a boca, Cooper dá a ordem:

— Eletrifiquem o casco!

As luzes de espetáculo se apagam. Um segundo depois, ramos verdes de eletricidade surgem na escuridão. Eles dançam por toda a pele do polvo, iluminando suas membranas e seus olhos. Espero a criatura afrouxar os tentáculos. Isso *com certeza* doeu. Em vez disso, seus membros apertam ainda mais a *Náutilus*. Não consigo ver seu bico, mas imagino que esteja mordendo, buscando agarrar a lateral do casco.

— Ah! — grita Nelinha. — Sai daqui, coisa bizarra!

— Cooper, tente de novo! — exclama Gem. — Mais forte...!

— Não, espera! — Minhas engrenagens mentais começam a rodar. — Cooper, ignore essa ordem!

No capacete que mais parece uma máquina de doces, o rosto de Gem tem um brilho roxo fantasmagórico.

— Você tem uma ideia melhor?

Seu tom de voz não é sarcástico. Ele realmente *quer* uma ideia melhor.

— O polvo gosta de eletricidade — falo, amaldiçoando em silêncio a minha própria estupidez.

— ELA TEM RAZÃO. — Ester se junta à conversa no volume máximo. — Os polvos usam correntes elétricas para se comunicar. Isso provavelmente foi *gostoso* para a criatura. Para *ele*.

Ele?

Ah... sim. Agora vejo que um dos tentáculos não tem ventosas até a ponta. Em vez disso, tem anéis pretos e vai se afinando: é seu braço reprodutor.

— Ele não está atacando — percebo. — Está demonstrando afeto.

— EEECAAAA! — berra alguém a bordo.

— Nelinha — chamo. — Temos que fazer esse Romeu respeitar o nosso espaço pessoal. O escudo geleiden... pode ligar no máximo.

— Mas... — Ela pensa por alguns segundos. — Ah, entendi.

— Isso — completo. — O Romeu precisa de um banho de água fria.

Pouco depois, jatos brancos de água areada irrompem da proa, revestindo a *Náutilus* e acertando os tentáculos do polvo como uma avalanche.

Nosso Romeu estremece. Sua cabeça bulbosa pulsa de frio.

— De novo! — ordeno.

Outro jato, e Romeu larga a embarcação. Ele nada rapidamente para longe, expelindo uma nuvem de tinta tão grande que toma conta de tudo. Não consigo ver Gem, nem a *Náutilus*, nem o polvo. O único som no meu capacete é a minha própria respiração acelerada.

— Cooper — chamo. — Alguém?

Estática.

— Estamos aqui — responde Cooper, enfim. — Todos estão bem. Isso foi intenso.

— O polvo foi embora? — pergunta Gem.

— Hã... — hesita Cooper, talvez analisando os displays do LOCUS. — Na verdade, gente...?

Antes de ele terminar a frase, a nuvem de tinta se dissipa e me dá a resposta. Romeu continua aqui. Aliás, está bem na minha frente, seu gigantesco olho refletindo meu corpo inteiro como um espelho de chão.

Talvez eu esteja vendo coisas, mas seu olhar parece cheio de mágoa, ofendido, como se estivesse pensando *Por que você fez isso comigo?*

— Ana? — A voz de Gem está estranhamente aguda. — É melhor a gente não fazer movimentos bruscos.

Tento ficar calma. Isso é difícil quando tem um polvo de uma tonelada bem na minha frente. No entanto, se Romeu quisesse me matar, eu já estaria morta. Ele só fica olhando para mim, como se esperasse alguma coisa. Penso em como ele apareceu logo que a *Náutilus* começou o show de luzes. Penso nas cores, nos holofotes, nos impulsos elétricos que os polvos usam para se comunicar.

Tenho uma ideia, provavelmente a pior que já me passou pela cabeça.

— Ester, você está me ouvindo?

— ESTOU AQUI — responde no meu capacete. — Ana, o polvo está muito perto de você.

— Eu percebi. O que você acha de colocar um traje de mergulho e se juntar a nós?

— Isso foi uma piada? — pergunta Ester. — Não sei direito quando você está brincando.

— Não — garanto. — Preciso da minha especialista em animais. E traga o keytar, por favor. Acho que entendi por que a *Náutilus* nos trouxe até este lugar.

CAPÍTULO 50

ENQUANTO ESPERAMOS, TENTO MANTER Romeu envolvido (provavelmente uma péssima escolha de palavras), mostrando-lhe a língua de sinais. Não espero que ele vá entender, mas polvos são inteligentes e muito curiosos. Quero fazê-lo pensar em outra coisa além de dar em cima do nosso submarino.

Enquanto isso, também estou usando o intercomunicador, explicando minha ideia para a tripulação: que talvez, quem sabe, a *Náutilus* tenha nos trazido aqui *de propósito* para encontrarmos Romeu.

O rosto de Gem é o único que posso ver. Ele não parece convencido.

— Acho difícil, Ana. Como a *Náutilus* saberia a localização do Romeu? Além disso, quanto tempo um polvo desse tamanho viveria?

Boa pergunta. Pelo que me lembro dos polvos-gigantes, eles só vivem uns poucos anos. Por outro lado, não há nenhum registro de um espécime tão grande.

— Não sei — admito. — Romeu pode ser bem velho ou um descendente dos polvos que sempre viveram neste lugar... De qualquer forma, não acho que a *Náutilus* nos trouxe aqui para matar a gente. Acho que, à sua maneira está tentando nos ajudar.

Romeu não me dá indicação alguma sobre o que está sentindo. Poderia me esmagar facilmente, ou me cortar ao meio com seu bico gigante, mas tento não pensar nisso. Ainda tenho sua atenção total. E quero continuar assim.

A-N-A, digo em língua de sinais pela décima vez. *Sou Ana.*

Mostro o sinal que criei para o nome *Romeu*: a letra *R*, com a palma estendida e os dedos cruzados — um sinal que pode ser feito facilmente com dois tentáculos, se algum dia ele quiser usá-lo para conversar com seus amigos polvos monstruosos.

Gem verifica os displays antigos no controle de pulso.

— Temos mais vinte minutos de ar, se estou lendo esse medidor corretamente.

Não é uma boa notícia. Nessa profundidade, usando um equipamento com o qual não estamos familiarizados, vinte minutos podem virar dez, cinco ou zero em um piscar de olhos. Já deveríamos estar a caminho da eclusa, mas ainda preciso fazer muita coisa para testar minha teoria. Além disso, tem um polvo-gigante olhando para mim.

Finalmente, a porta em forma de diafragma se abre. Ester se impulsiona para o vazio com o keytar, como se estivesse prestes a fazer o solo de rock mais estranho da história. Ela deve ter colocado uma pressão diferente em cada bota, porque acaba rodopiando de cabeça para baixo.

— EU ODEIO ISSO — diz ela.

— Relaxe os pés — aconselha Gem. — Ótimo... agora dê um impulso rápido com as duas botas, ao mesmo tempo.

Ela segue os comandos de Gem. Aos poucos, de uma maneira desengonçada, Ester vem na nossa direção. Ela parece mais chocada que o normal, flutuando naquele aquário roxo.

— Ah, caramba — comenta ela. — O Romeu é grande. E bem bonito.

Fico feliz por ela gostar de animais, mesmo os que são enormes e assustadores. Não precisamos de mais um acidente envolvendo bexigas.

Ester flutua mais para perto e me entrega o keytar.

— Será que posso tocar nele? — pergunta ela para mim.

— Bem...

Ela coloca a mão gentilmente na testa de Romeu. A pele dele estremece e fica mais pálida, mas os músculos parecem relaxar.

— Ok. — Ajeito o keytar no ombro. — Ester, preciso que observe as reações do Romeu. Se eu fizer algo errado, me ajude a consertar.

— E se as coisas derem *muito* errado? — pergunta Gem.

Seu tom de voz me mostra que ele está no limite. O garoto não tem arma alguma (ainda bem), mas parece pronto para me carregar de volta à embarcação, ou talvez dar um soco no olho do polvo para me dar tempo de escapar.

— Vai dar certo — falo.

Nunca tinha percebido que parte do trabalho de um líder é parecer confiante quando, na verdade, estamos morrendo de medo.

Sei lá se o plano vai dar certo. Não sei se estou prestes a dar um passo importante na comunicação entre humanos e polvos ou se vou enfurecer um cefalópode carente de uma tonelada que pode me cortar em pedacinhos.

— *Náutilus*, preciso da sua ajuda — peço em bundeli. — Acho que você nos trouxe até aqui para conhecermos o seu… o seu amigo. Se for esse o caso, me ajude a falar com ele.

Conforme explico o que quero perguntar a Romeu, percebo quantas coisas podem dar errado. Traduzir de um idioma para outro já é difícil. Mas estou tentando falar com uma inteligência artificial da Era Vitoriana, usando um raro dialeto indo-ariano, na esperança de que ela passe fielmente uma mensagem para uma criatura de outra espécie. Contudo, preciso tentar. Sou uma Golfinho. Acredito que a comunicação pode resolver qualquer problema, assumindo que todas as partes têm a vontade e a inteligência para tentar se entender.

Ligo o teclado. Testo algumas notas. Como Ester suspeitava, o instrumento funciona debaixo d'água sem problema algum. Pelo meu intercomunicador, posso ouvir as notas ressoando pela embarcação. Também consigo sentir as vibrações ondulando para fora do casco, como se a *Náutilus* fosse um amplificador gigantesco.

Rodo o círculo cromático do keytar. Romeu parece fascinado. As luzes refletem em seu olho escuro, como pisca-piscas brilhando em uma janela salpicada de chuva.

Toco um acorde de dó. As notas entram em sincronia com as luzes do submarino, dando à água sombria uma intensa tonalidade de anil. A cor de Romeu começa a mudar, se assemelhando ao azul. As ondas de som são fortes o bastante para sacudir a base do meu capacete.

— Está funcionando? — pergunta Gem.

— Espera — respondo. — Ainda estou falando oi.

Toco um verso de Adele, só para ver o que acontece. A *Náutilus* reinicia seu show de luzes. Romeu observa as minhas mãos no teclado. Sua pele muda de cor toda hora, como se ele estivesse tentando assimilar um novo conjunto de informações.

— Acho que ele gosta de quebra-cabeças — diz Ester. — Tente Bach, algo elaborado.

"Sonata para órgão número 4" é a coisa mais elaborada que posso oferecer sem dar nós nos dedos. Giro o círculo cromático, coloco-o em tons mais claros — que em geral nem seriam vistos a esta profundidade — e começo a tocar. A *Náutilus* segue a deixa com explosões vermelhas e amarelas, mais semelhantes à pigmentação natural de Romeu. No meio da música, a *Náutilus* começa a adicionar riffs harmônicos.

Romeu responde com a própria paleta de cores. Sua enorme cabeça pulsa. Talvez eu esteja louca, mas acho que a *Náutilus* está usando a minha música para mandar uma mensagem.

Tomara que essa mensagem não seja: *Oi, amigo! Trouxe o seu almoço!*.

— Ana — diz Gem, com urgência —, nosso ar está quase acabando.

Termino a música. As luzes da embarcação mudam para um brilho roxo gentil.

Flutuo cara a cara com o polvo. Posso sentir meu suprimento de ar afinando, ficando com cheiro de metal quente.

Por fim, os tentáculos de Romeu ondulam. Sua massa sem ossos se comprime até virar um losango achatado, bem menor do que deveria ser possível para uma criatura desse tamanho. Mas os polvos conseguem fazer coisas assim. São criaturas incríveis.

Dou uma risada. Minha mensagem foi recebida.

— Ok — falo para Ester e Gem. — Vamos voltar a bordo.

Conforme seguimos para o submarino, Romeu retorna à sua forma normal. Ele fica flutuando, aparentemente feliz só por estar perto da *Náutilus*, embora ainda esteja com um ar de amante abandonado.

A água da eclusa é drenada rapidamente. O que é ótimo, pois estou puxando as últimas moléculas de oxigênio do meu capacete. Ainda bem que os trajes de nemônio se regulam sozinhos, nos poupando de horas de descompressão.

Estou retirando o capacete quando Nelinha abre a porta interna da eclusa. Ela entra com Top logo atrás. O cachorro fareja o meu traje, me lembrando que eu cheiro a xixi. Nelinha me fuzila com os olhos.

— Ficou maluca, arriscando a sua vida desse jeito?

Dou um abraço forte e molhado na minha amiga.

— Eu amo cefalópodes — falo. — Você, o restante da sua equipe e o grandão lá fora. São todos maravilhosos.

Nelinha olha feio para Gem.

— Ela está com narcose por nitrogênio? Você quebrou a minha Ana?

— Acho que não — responde ele. — Ela já estava assim quando eu cheguei.

— O polvo é incrível — diz Ester.

Top dá um latido.

— Mas não tão incrível quanto você — garante ela ao cachorro.

— Prepare a tripulação — peço a Nelinha. — Vou explicar o meu plano. E aí nós vamos para a guerra.

CAPÍTULO 51

A MELHOR LIÇÃO QUE aprendi na aula de táticas militares não foi de um oficial da marinha. Veio de um ditado militar atribuído a Dwight D. Eisenhower, comandante supremo das forças aliadas durante a Segunda Guerra Mundial: *Planos são inúteis, mas planejamento é essencial.*

É assim que me sinto ao falar com a tripulação. Analisamos cada cenário possível. Digo a eles o que *acho* que Dev vai fazer. Idealizamos um plano A, um plano B e um plano C, conscientes de que provavelmente vamos jogar tudo no lixo na hora do combate. Mas, pelo menos, a discussão nos ajuda a entender os desafios à nossa frente. E eles são consideráveis.

Por fim, explico nossa carta na manga, ou, mais especificamente, nosso *polvo* na manga. Depois de uma semana cheia de coisas loucas, essa ideia nos leva a um novo nível de maluquice.

No entanto, a tripulação concorda que vale a pena tentar. Se conseguirmos executá-la sem explodir em mil pedacinhos, melhor ainda.

Três horas depois, estou no passadiço. Cada um ocupa o seu posto. Consertamos nossos sistemas da melhor forma possível sem a ajuda de um porto. Temos a camuflagem dinâmica, a blindagem elétrica do casco, o escudo geleiden e uma iluminação muito maneira. Os canhões de Leiden da proa e da popa estão funcionando, assim como dois torpedos um tanto questionáveis.

E, o mais importante: nossa carga especial foi colocada no compartimento oco que fica na barriga da embarcação.

Ester e Robbie voltam para o passadiço depois de uma inspeção, seus trajes de mergulho pingando.

Robbie parece em estado de choque.

— Essa foi a coisa mais bizarra que eu já vi.

— Você quis dizer "incrível" — fala Ester.

Não acredito que funcionou. Percebo que estou sorrindo.

— Não se anime ainda — avisa Gem. — O peso extra pode tornar a supercavitação impossível.

— Eu ouvi, hein — diz Nelinha da sala de máquinas. — Não fale mal dos meus motores, Homem-Aranha. Eles aguentam o tranco. Capitã, estamos no aguardo.

Ocupo o meu assento. Afivelo uma nova modificação de tecnologia alternativa que os Cefalópodes chamam de "cinto de segurança" (patente pendente).

Falo com toda a embarcação através dos comunicadores.

— Tripulação, aqui é a capitã. — Como se eles não me conhecessem. — Nós trabalhamos muito para esse momento. Vocês sabem quais são as suas funções. Vai dar tudo certo. Se o nosso percurso foi traçado corretamente...

— Foi — confirma Halimah.

— Nossa propulsão vai levar duas horas e quarenta e seis minutos, e vamos sair dois quilômetros a sul-sudeste da base Lincoln. Preparem-se para a supercavitação. Fiquem a postos para assumir as estações de batalha. É bem provável que o *Aronnax* nos veja assim que chegarmos.

— Com certeza — murmura Gem. — Com a supercavitação da *Náutilus*, vamos brilhar como uma explosão.

— Melhor não falarmos em explosões — peço. — Vou precisar de uma visão clara do alvo quando chegarmos, sr. Twain. Fique de olho no LOCUS.

Ele me dá um sorriso gentil, então coloca o punho no peito e faz uma leve reverência.

— Sim, capitã. — Então, volta para o painel de controle.

Pouco tempo atrás, eu pensaria que Gem estava me zoando. Agora, sei que está me oferecendo um gesto sincero de respeito e deferência. O restante da tripulação no passadiço sorri em resposta e olha para mim, esperando as ordens. É hora de trabalhar.

Eu me endireito na cadeira.

— Leme — falo —, estabeleça o trajeto.

— Trajeto estabelecido, capitã — responde Halimah.

— Sala de máquinas. — Respiro fundo. — Acione o propulsor de supercavitação.

FOOOM!

Dessa vez, permaneço consciente, então posso aproveitar a vista. Torrentes de ar cobrem a proa, deixando as janelas brancas como se estivesse caindo uma nevasca. O casco range e treme, mas a embarcação continua inteira.

— Sala de máquinas, relatório — peço, trincando os dentes. — Algum dano?

— Tudo normal — informa Nelinha. — Nenhum dano aqui embaixo. Falei que ela ia aguentar.

A espera é a parte mais difícil. Passar quase três horas sob intensa pressão da força g não é legal. Sinto como se uma morsa estivesse sentada no meu peito. Não podemos caminhar ou fazer qualquer coisa além de observar os painéis de controle. Outro inconveniente é que o LOCUS não funciona durante a supercavitação, de forma que, na prática, ficamos cegos.

— Continue com a gente — sussurro para a *Náutilus*. — Vamos mostrar aos nossos inimigos o que você é capaz de fazer.

Preciso acreditar que a *Náutilus* me entende. Agora, ela está sintonizada à minha voz. Está pronta para lutar. Só espero que tenha truques suficientes no seu arsenal para encarar um submarino bem mais novo. Cada vantagem pode ser decisiva.

Depois de um longo tempo, o aroma de cookies de aveia com passas escapa da cozinha. Como Júpiter está conseguindo assar cookies? E por que não posso comer um?

Faço uma nota mental para que, no futuro, os cookies sejam distribuídos *antes* da supercavitação. Então, começo a imaginar maneiras de instalar porta-copos para copos de leite...

Finalmente, Halimah me dá a notícia que eu tanto esperava:

— Cinco minutos para o fim.

— Podemos não chamar assim, por favor? — pede Ester. Ela está nos fundos do passadiço ao lado de Top, que usa um arreio especial em sua caminha.

— Para a chegada? — sugere Lee-Ann.

— Bom — responde Ester. — Chegada é bom.

Top suspira. Ele parece concordar que chegadas são ótimas, porque a supercavitação é pior do que ficar trancado em um canil.

Falo no intercomunicador:

— Todos para as estações de batalha.

Como se eu precisasse mandá-los fazer isso. Eles estão presos às suas estações há horas. Só espero que não formem uma fila para o banheiro assim que sairmos da supercavitação.

— Um minuto para... hã, a chegada — anuncia Halimah.

Tamborilo nos controles da cadeira. Imagino a gente exagerando na força e batendo na costa havaiana, que nem um inseto de tecnologia alternativa se chocando contra um para-brisa.

— Cinco, quatro... — Halimah aperta os seus controles. — Um.

A nevasca de ar desaparece das janelas, e de repente vejo o oceano azul. As holosferas dos LOCUS ganham vida.

— Armas estão a postos — informa Gem. — Buscando alvos.

— Manobras de evasão — anuncio. — Ativar camuflagem. Trinta graus a estibordo. Profundidade a...

A embarcação estremece como se tivéssemos passado por um quebra-molas.

— Isso foi a nossa carga se liberando. — Lee-Ann parece aliviada.

— A carga está bem? — pergunta Ester.

Entendo sua preocupação. Foi muito tempo sob um monte de forças g, mas vejo o grande ponto brilhante no LOCUS da Lee-Ann, descendo em uma diagonal por conta própria. Espero que nosso caroneiro esteja morrendo apenas de amores, e não de enjoo.

Se tivermos sorte, o *Aronnax* vai estar atracado na lagoa ou até na caverna. Com isso, teremos tempo para abrir distância da carga e do nosso ponto de saída — usando a camuflagem para esconder nossa posição.

Se não tivermos sorte...

— Contato! — grita Virgil. — Um quilômetro, posição doze horas, profundidade de dez metros. É o *Aronnax*. Eles estão entre nós e a base Lincoln.

Solto um palavrão. Não esperava que Dev baixasse a guarda, nem depois de uma semana. Mesmo assim, a visão daquela horrível ponta de flecha roxa no display de Gem me faz hesitar por um milissegundo. O outro ponto menor surge do nada — bem em frente à proa.

— Torpedo na água! — grita Gem.

Começo a berrar:

— Escudo de gelei...!

A *Náutilus* dá uma guinada para a frente, quase arrancando minha cabeça do pescoço.

CAPÍTULO 52

— **PERDEMOS OS MOTORES!** — grita Halimah. — Foi um pulso de energia eletromagnética!

Pisco para afastar as manchas da visão. O passadiço está às escuras.

A voz de Dev soa no alto-falante:

— Bem-vindo de volta, *Náutilus*. Não se mexa e se prepare para subirmos a bordo.

Odeio seu tom convencido. Dev estava com o plano engatilhado: nos incapacitar e então tomar o submarino sem que oferecêssemos qualquer resistência. O fato de eu ter antecipado esse cenário não me traz nenhum conforto. Estava torcendo para ter alguns segundos a mais e ativar as manobras de evasão. Agora, só me resta rezar para que o plano C funcione.

— Vamos, *Náutilus* — murmuro. — Sala de máquinas, como está o plano C?

— Estamos um pouco ocupados aqui, capitã! — exclama Nelinha. — Consegui apertar o desligamento de emergência antes do impacto. O reator não está funcionando, mas, com sorte, os circuitos não queimaram. Se pudermos... Ahá!

Os motores começam a zumbir. As luzes do passadiço reacendem. As esferas de LOCUS religam sobre os painéis de controle.

— Isso, querida! — diz Nelinha, rindo. — Nosso motor sobressalente está funcionando! Engole carvão, *Aronnax*!

A tripulação do passadiço grita e aplaude. O C do plano é de *carvão*. Nosso gerador reserva vitoriano não oferece tanta energia quanto a fusão a frio, mas é melhor do que nada.

— Da Silva — digo —, você é uma Cefalópode genial!

— Bem, sou uma Cefalópode, então *genial* é redundante. Mas obrigada, capitã. Agora, se me derem licença, tenho que alimentar a fornalha com uma pá!

Ao fundo, Robbie Barr espirra.

— Sou eu que estou fazendo isso e acho que sou alérgico!

As mãos de Gem voam sobre os seus controles.

— Capitã, o *Aronnax* está parado, ainda a um quilômetro de distância. Mas tenho outro contato, um submarino pequeno. A equipe que pretende subir a bordo, provavelmente. Quinhentos metros, cada vez mais próximos.

— Como a gente esperava — respondo. — Vamos mandar um recado para eles. Preparem o primeiro torpedo.

— Primeiro torpedo pronto.

— Mire na meia-nau do *Aronnax*. Fogo!

Nosso casco treme conforme o míssil velho dispara pela água.

— Leme, velocidade máxima a bombordo! — Aperto os descansos de braço enquanto a embarcação se move. — Submersão, profundidade a trinta metros!

A *Náutilus* parece obedecer aos meus comandos antes mesmo de Lee-Ann e Halimah tocarem nos controles. Submergimos e seguimos na direção da base Lincoln, mantendo o esquife inimigo entre nós e o *Aronnax*. No LOCUS de Gem, nosso torpedo explode a bombordo do *Aronnax* em uma linda supernova roxa.

— Eles não estavam esperando por isso! — diz Virgil. — Estou ouvindo nossos inimigos pelo intercomunicador.

Ele coloca o som no alto-falante: Dev bradando ordens, seis ou sete vozes respondendo ao mesmo tempo. Ouço o bastante para entender que Dev está no esquife, exigindo que o passadiço do *Aronnax* apresente um relatório de danos. Então, um deles encerra a transmissão.

Eu me permito um sorrisinho lúgubre. Dev ficou confiante demais. Achou que fosse simplesmente sair do esquife e tomar nossa embarcação morta. Agora está preso entre o *Aronnax* e a gente, e estamos bem vivos.

Adoro vê-los confusos, mas sei que isso não vai durar muito.

— Preparem o segundo torpedo.

— É o último — avisa Gem.

— Sim, mas eles não sabem disso. Leme, trinta graus a bombordo, a toda velocidade. Mantenha o esquife entre nós e o *Aronnax*.

— Estou tentando, capitã — diz Halimah. — Eles estão fazendo manobras evasivas.

— O esquife está ao alcance dos nossos canhões — informa Gem.

— Não. — Por mais que odeie o meu irmão neste momento, não adoro a ideia de fritá-lo vivo em uma lata de sardinhas. — Fique de olho no *Aronnax*. Se conseguirmos mirar no propulsor...

Um estalido ecoa pelos corredores. As luzes do passadiço diminuem de repente.

— Ei, capitã — interrompe Nelinha. — Estamos exigindo muito do motor de maria-fumaça. Será que dá para maneirar nas manobras extravagantes?

— Só mais um pouquinho — respondo, torcendo para ser verdade.

A aposta do polvo na manga ainda não deu em nada. Não vemos Romeu em lugar algum. Fico desapontada, mas não surpresa. Sabia que estava mexendo com coisas fora da minha compreensão.

No LOCUS de Halimah, o esquife inimigo se afasta da gente. O *Aronnax* vira sua proa para nós, tentando nos manter em seu campo de visão. Parece estar se movendo devagar, ou talvez eu é que esteja me iludindo.

— Capitã, torpedo na água! — grita Gem.

— Dispare o segundo torpedo! Se preparem para a carga de profundidade!

O piso treme conforme lançamos nosso último torpedo funcional. Dessa vez, pelas janelas do passadiço, vejo o rastro branco atravessando o azul. Prendo a respiração. Observo o LOCUS de Gem enquanto dois pontos roxos — o nosso torpedo e o deles — aceleram na direção um do outro. Não preciso do LOCUS para saber o momento em que eles colidem. A explosão faz a *Náutilus* girar para estibordo, seu casco gemendo como se ela estivesse com dores abdominais. Só o meu cinto ultramoderno me impede de voar para cima do órgão.

Gem se vira para mim, os olhos arregalados.

— Aquele foi um ataque sísmico. Se tivesse nos atingido...

Ele não precisa dizer mais nada. Alguém no passadiço do *Aronnax* está ficando irritado — ou em pânico. Com ou sem a permissão de Dev, estão atirando para matar.

Cerro os punhos. Dessa vez, a máxima militar que me vem à mente não é de Eisenhower, mas do general chinês Sun Tzu: *Pareça fraco quando estiver forte e forte quando estiver fraco.*

— Leme, meia-volta — afirmo. — Leve-nos direto ao *Aronnax.*

Halimah e Lee-Ann olham para mim como se não tivessem escutado direito.

— Capitã... — Halimah hesita, aparentemente engolindo suas preocupações. — Sim, capitã. Alterando o curso.

O submarino geme mais alto enquanto nos estabilizamos e viramos.

— Sala de máquinas — diz Nelinha. — Capitã, sobre exigir muito da maria-fumaça...

— Eu sei, Nelinha — falo. — Mantenha as coisas funcionando só por mais um tempo, por favor. Sala de armas, ligue os canhões de Leiden dianteiros. Deixe o escudo de geleiden em stand-by. Comunicação, pode abrir um canal com o *Aronnax* e o esquife?

— Sim, capitã — responde Virgil. — O canal está aberto.

Pressiono a mão no controle esférico do descanso de braço, como se ele pudesse me assegurar de que tenho mesmo o DNA de Nemo. É a primeira vez que falo com Dev desde a sua traição. É a primeira vez que me dirijo aos nossos inimigos. Minha voz não pode vacilar.

— *Aronnax* — falo. — Aqui é a capitã Ana Dakkar, da *Náutilus*. Rendam-se agora ou serão destruídos.

Silêncio.

A parte mais difícil de um blefe idiota é lembrar que seu inimigo *não sabe* que é um blefe idiota. O *Aronnax* viu a gente se recuperar de um pulso eletromagnético. Viu a gente atirar dois torpedos. Eles não sabem se temos mais. Não sabem o que podemos fazer.

Também suponho que tenham sofrido algum dano com o nosso primeiro disparo. Não acho que vão se render. Dev nunca faria isso. Mas ele pode tentar ganhar tempo, dando ao esquife a chance de voltar para o *Aronnax.*

Até recuperarmos nosso reator de fusão a frio, aceito todo o tempo que conseguir.

Quando Dev fala, parece à beira de um ataque.

— Bela tentativa, mana. Mas agora sou o único aqui que está tentando manter você viva. O próximo disparo não vai ser para incapacitar. Vai mandá-los para o fundo do oceano. Tripulação do *Náutilus*, vocês sabem quem eu sou. Sou o membro mais velho da família Dakkar. Esse submarino me pertence. *Rendam-se.*

A tripulação do passadiço olha para mim.

— *Gearr an líne* — digo a Virgil. *Encerre a comunicação.*

Gem se vira.

— Estão abrindo os lança-torpedeiros da proa. Quatro.

Meu coração vai parar na boca. Quatro torpedos a essa distância...

— Escudo de geleiden — ordeno. — Dispare o canhão de Leiden dianteiro. Leme, manobras evasivas...

Mas é exigir demais do motor de maria-fumaça. Um novo estalido ecoa pelo submarino, como se tivéssemos quebrado uma manivela. Os displays dos LOCUS tremeluzem como chamas de vela ao vento.

— Leme não responde! — exclama Halimah.

— O geleiden não funciona! — anuncia Gem.

— NÃO! — A voz de Nelinha ecoa no intercomunicador, compartilhando alguns palavrões em português. — Eu falei para você, Ana! Preciso de mais tempo!

— Precisamos de mais energia! — grito de volta.

Contudo, as duas coisas estão em falta.

No LOCUS de Gem, o triângulo roxo que representa o *Aronnax* se aproxima. O esquife de Dev flutua a algumas centenas de metros a bombordo, esperando o momento de pilhar a carcaça da *Náutilus*. Então, quatro pontinhos alinhados surgem da proa do *Aronnax*.

Estamos prestes a morrer na praia. Literalmente.

CAPÍTULO 53

TENHO UMA ÚLTIMA ESTRATÉGIA desesperada. Bato no painel do descanso de braço e grito:

— *Náutilus*, mergulho de emergência! Válvulas dianteiras!

A embarcação deve sentir a urgência na minha voz. Com sua última reserva de energia a carvão, ela lança o lastro e cospe água aerada na proa, cobrindo as janelas de branco.

Submarinos são ótimos em mergulhos de emergência. O movimento não requer muita energia: é como alguém que desiste e simplesmente desaba. A gente afunda que nem uma pedra.

No LOCUS de Gem, os quatro torpedos do *Aronnax* passam por cima da *Náutilus* — os sistemas de orientação ficaram confusos com a nuvem de ar e lastro.

Começo a falar "Preparem-se para..." quando a explosão em cadeia é detonada a cem metros da nossa popa.

A onda de choque me faz apagar.

Quando meus sentidos retornam, o passadiço está quase às escuras. O único ponto de luz é um incêndio elétrico na estação de comunicações de Virgil. Os displays dos LOCUS estão apagados. Uma fumaça acre paira no ar. Top late indignado, ainda preso à sua caminha. Ester caminha aos tropeços, verificando se a tripulação está ferida. Virgil está sentado no chão com uma expressão confusa, o cinto de segurança rasgado, uma fumacinha escapando de seu cabelo. Gotas de sangue escorrem pela têmpora de Gem.

— Todas as armas estão desativadas — avisa Gem. — Não temos blindagem.

— Não temos controle de leme — diz Halimah.

— Profundidade de quarenta e dois metros — anuncia Lee-Ann. — Só posso fazer uma leitura analógica, mas o *Aronnax*... Ah. — Sua voz fica baixinha. — Lá estão eles.

Ela não está observando os painéis. Está olhando pelas janelas.

Pela primeira vez, vejo o submarino inimigo pessoalmente.

A uns cinquenta metros de distância, na água azul transparente, o *Aronnax* se ergue acima de nós. Ele parece menor que a *Náutilus*, mas muito mais sinistro — um triângulo preto da morte, com zero perfil de sonar. Infelizmente, não vejo danos causados pelo nosso torpedo. Duvido que nosso submarino pareça tão intacto ou perigoso para eles.

— Comunicação, consegue ouvir alguma coisa? — pergunto. Então me lembro de Virgil sentado no chão, com seu painel incendiado.

A *Náutilus* responde por ele. O alto-falante estala. Vozes misturadas surgem na linha — Dev gritando no esquife; uma garota gritando de volta no passadiço do *Aronnax*. Pelo visto, Dev está irritado porque ela atirou todos os torpedos da embarcação quase à queima-roupa. Seu prêmio poderia ter sido destruído. *Ele* poderia ter sido destruído.

Minha boca está com gosto de carvão velho de churrasco. Dev não está preocupado comigo nem com qualquer uma das vidas a bordo da *Náutilus*. Ele é *mesmo* alguém que eu não conheço.

— Sala de máquinas — falo. — Nelinha, qual é o status?

Sem resposta. Não sei nem se a sala de máquinas ainda está inteira.

Pelo intercomunicador, Dev briga com a colega que está no passadiço do *Aronnax*.

— Grupo de embarque se aproximando de novo. Não interfira, Karen!

O suspiro de Karen é tão inflamado que poderia pegar fogo.

— Se o *Náutilus* tentar mais alguma gracinha, vou explodi-lo em mil pedaços mesmo que você esteja a bordo!

Minha tripulação no passadiço me encara com um misto de desespero e esperança. Devem achar que tenho outra ideia, outra carta na manga. Só que não tenho.

Meu coração se aperta e vira uma bola de nemônio.

— Preparem-se para o embarque. Distribuam armas de Leiden para qualquer tripulante que ainda queira e possa lutar. Vamos precisar... — Eu olho pela janela. — Espera.

— Esperar? — repete Ester, confusa.

Mexo no cinto de segurança até conseguir soltá-lo. Corro até o enorme domo-olho-de-inseto para ver de camarote a nossa carga voltando das profundezas.

Não sei por que ele escolheu este momento exato para emergir, mas polvos gigantes e românticos agem de formas misteriosas. Os imensos tentáculos de Romeu envolvem o *Aronnax*, puxando-o para um abraço. Nosso intercomunicador se enche de berros do submarino inimigo. Imagino a tripulação inteira se chocando contra as paredes a estibordo.

A cabeça bulbosa de Romeu pulsa com animação enquanto ele acaricia seu novo amigo. *Ouvi falar tanto de você...*, ele parece estar pensando. *Acho que você precisa de um abraço.*

Na mesma hora, como se a *Náutilus* tivesse senso de humor, nosso reator de fusão a frio resolve voltar à vida. As luzes roxas do passadiço se acendem. Os displays dos LOCUS piscam e retornam.

— Desculpa, capitã — ressoa Nelinha. — Ainda não temos força total, mas... — Ela para, provavelmente verificando as escotilhas externas. — VIXE MARIA, o que...? Ah, ISSO, GATO! Esse é o meu cefalópode!

Gritos de comemoração ecoam pelos corredores da *Náutilus*. A tripulação do passadiço se reúne para assistir enquanto Romeu arrasta o *Aronnax* para as profundezas.

— Aposto que eles vão tentar eletrificar o casco — diz Gem —, e vai ser bem... agora.

O *Aronnax* não nos decepciona. Raios verdes dançam pelo casco, acendendo o brilho do romance nos olhos de Romeu. Nosso amigo polvo aperta ainda mais.

— *Náutilus* — falo —, abre um canal?

Ela responde com um *ping* animado que lembra o som de um triângulo. Está claramente orgulhosa de si mesma.

— *Aronnax*, aqui é Ana Dakkar — anuncio. — Vocês precisam abandonar o navio imediatamente.

— Ana! — grita Dev. — O que é isso? O que você...?

Sinto uma implosão na boca do estômago. Romeu quebra o *Aronnax* ao meio como se fosse um biscoito. Fogo e mar se misturam. Enormes bolhas de ar prateadas, algumas contendo pessoas, sobem em direção à superfície. Romeu partiu o coração do submarino.

Minha tripulação comemora, mas não sinto vontade de fazer o mesmo. Não ganhamos nada se mais alguém morrer.

— Ester — chamo. — Reúna as Orcas. Se vistam e mergulhem para uma operação de resgate. Tentem convencer Romeu se afastar.

Ela assente.

— Vou fazer isso.

— Eles são do Instituto Land — aponta Lee-Ann. — As pessoas que destruíram a nossa escola.

— Eu sei. E nós vamos salvá-los porque nós *não* somos o Instituto Land. Lee-Ann, vá com eles para ajudar.

Ela engole em seco.

— Sim, capitã.

Antes de saírem, elas ajudam Virgil a se levantar e o levam para a enfermaria. Halimah e Gem voltam para suas estações.

— Capitã — chama Halimah. — O esquife inimigo se afastou.

— Para resgatar sobreviventes?

— Não... — Ela franze a testa. — Eles estão indo para a entrada do túnel submarino.

Solto um palavrão. Fiquei tão focada no *Aronnax* que me esqueci da base Lincoln. Esperava que assistir a um polvo gigante destruir seu submarino assustaria Dev e o faria se render, mas ele continua teimoso como sempre. Pelo visto, não mudou *completamente*.

Seguindo sua linha de raciocínio, imagino que Ophelia, Luca, Tia, Franklin e o Dr. Hewett ainda estejam presos na ilha. Dev saiu correndo para assumir o controle dos prisioneiros e usar suas vidas como moeda de troca.

Dou uma olhada no display de Gem.

— Será que a gente consegue incapacitá-los...

— Os canhões ainda estão desativados — responde Gem. — E já não dá mais tempo.

O pontinho roxo que indica o esquife desaparece no túnel.

— A nossa equipe vai estar cercada de guardas — avisa Halimah. — Quando Dev chegar à base, vai se preparar para um confronto.

— É por isso que vamos atacar agora — decido. — Antes que ele tenha tempo de se organizar.

Gem franze a testa.

— Ana, a *Náutilus* não está em condições...

— A *Náutilus* fica aqui. — Eu apoio a mão no painel e começo a falar em bundeli. — *Náutilus*, tenho que tentar salvar a nossa equipe. Se alguma coisa acontecer comigo, proteja a sua tripulação. Eles são a sua família agora, sejam ou não da família Dakkar.

Halimah ergue a sobrancelha. Além de mim, ela é a Golfinho a bordo mais fluente em idiomas sul-asiáticos, então entende bem bundeli.

— Você acha que a *Náutilus* vai nos ouvir?

— Com certeza. — Espero parecer mais confiante do que me sinto. — Halimah, você comanda o passadiço. Gem, você vem comigo no esquife. Vamos atrás do Dev e vamos acabar com isso de uma vez por todas. Pegue todas as armas que conseguir carregar.

Vendo o sorriso de Gem, fico aliviada por ele estar no meu time.

— Estava esperando por esse momento.

CAPÍTULO 54

GEM NÃO TRAZ TANTA COISA.

Ele só carrega suas pistolas gêmeas de sempre, uma pistola de Leiden, um rifle de Leiden e uma bandoleira com granadas de alta tecnologia que encontrou sei lá onde. Não pegou nenhum lança-chamas, nem desmontou o canhão frontal para arrastar com a gente. Para ele, isso é ser muito contido.

Eu só levo uma pistola de Leiden e minha faca de mergulho. Mesmo assim, ficamos apertados no esquife, principalmente porque estamos com trajes de mergulho e capacetes. Não sabemos ao certo o que vamos enfrentar. O esquife não tem armas nem sistemas de defesa. Talvez a gente tenha que abandoná-lo de súbito. Acho que dá para tirar a parte de cima e transformá-lo em um conversível, mas este não parece o melhor momento para um passeio.

Com os cintos afivelados e o teto selado, enchemos a eclusa de água. O chão se abre, e nós mergulhamos no azul. Mexo na esfera de controle. O esquife responde como um Maserati. (Para ser sincera, eu nunca dirigi um Maserati.) Nós disparamos rumo à base Lincoln, seguindo o sistema de orientação da esfera LOCUS.

— Eles tiveram uma semana para montar novas defesas — reflete Gem. — Talvez tenham espalhado minas de contato pelo túnel. Lasers.

— Talvez — concordo. — Mas, considerando a velocidade com que Dev passou por lá....

— É — reconhece ele. — Dev costuma fazer um jogo agressivo. Vamos ficar atentos de qualquer forma.

Olho para ele. Esqueci que Dev era o capitão da casa de Gem. Nos últimos dois anos, eles provavelmente passaram mais tempo juntos do que eu passei com meu irmão.

As gotas de sangue secaram na lateral de seu rosto, formando uma faixa ondulada sinistra. No brilho fraco do seu capacete de aquário, a expressão de Gem me remete à estátua de bronze de Shiva que meu pai mantinha no santuário da família: sereno e vigilante, pronto para destruir o mal de qualquer maneira. Vejo algumas similaridades entre Gem, Dev e o dr. Hewett, afinal, os três têm a mesma aura de ferocidade latente.

— Quando chegarmos lá — falo —, nossa prioridade será salvar os reféns.

— Se ainda estiverem vivos.

— Vão estar. — Eu me forço a acreditar nisso. — Caso contrário, Dev não estaria correndo de volta para a base. Vamos fazer de tudo para libertá-los, mas só usaremos força letal se for necessário.

Gem franze o rosto.

— Defina "necessário".

— Gem...

— Estou brincando. Mais ou menos.

Mergulhamos na boca da caverna.

Queria ter tempo para aproveitar a navegação incrível do esquife. As aventuras que eu poderia viver aqui! Fico me perguntando o que Sócrates acharia se eu aparecesse neste esquife para lhe dar lulas e aulas de dança.

Pensar no meu amigo golfinho me traz de volta para o presente. Sócrates provavelmente é quem está correndo *menos* perigo na base Lincoln. Mesmo assim... giro a esfera de controle, nos fazendo acelerar pelo túnel.

Assim que emergimos do túnel de lava, o display do LOCUS se acende.

— EJETAR! — grito, antes de ter tempo de processar o motivo.

O esquife de Dev está esperando por nós. Um milissegundo depois de vê-lo no LOCUS, eu o vejo com meus próprios olhos: uma estrutura preta pontilhada por armamentos, como um baiacu cheio de espinhos. Está virado para nós, a apenas quinze metros de distância. Por trás do para-brisas dianteiro, no banco do piloto, está meu irmão.

Talvez seja algo em sua expressão, ou só os meus instintos. Aperto o botão de emergência: o comando ao mesmo tempo desliga o motor, abre o teto e ejeta os passageiros dos assentos. Que bom que eu e Gem já estávamos com os trajes de mergulho. Disparamos para a frente, impulsionados pela ejeção e pelas botas, e passamos por cima do submersível de Dev, enquanto ele atira um projétil contra o nosso esquife abandonado. O arpão prateado empala o assento onde eu estava sentada, descarregando uma teia fractal de raios azuis.

Nadamos até a popa de Dev. Antes que ele possa se virar, Gem apoia o rifle de Leiden no ombro e atira duas vezes no sistema de propulsão do submersível. Clarões verdes iluminam o motor. A hélice para. Sem energia, o submarino de Dev se inclina a bombordo e começa a afundar.

— A gente tira a tripulação? — pergunta Gem.

Estou tremendo de raiva e de adrenalina. Parte de mim quer tirar meu irmão daquela caixa de sapatos fortemente armada só para dar um chute no saco dele. Dev não estava usando traje de mergulho quando o vi pela janela do esquife. Ele e seu grupo vão precisar de tempo para restabelecer a energia ou vestir os trajes e abandonar a embarcação, mas tenho certeza de que vão sobreviver. Dev é esperto.

— Os reféns são mais importantes — falo. — Vamos em frente.

Atravessamos a lagoa, agitando grupos de fitoplânctons luminosos. Quando vemos as pilastras do píer, tiros começam a chover de cima. As balas criam nuvens na água até que o arrasto e a densidade interrompem seu movimento.

A cinco metros de profundidade, estamos seguros contra basicamente qualquer munição convencional vinda do píer. Mas nós também não podemos atirar. O Instituto Land deve saber disso. Só estão nos mandando uma mensagem. *Estamos aqui e sabemos que vocês estão aí. Se tentarem sair da água, estão mortos.*

— Debaixo do píer — sugiro. — Vamos chegar por trás deles.

— Entendido — responde Gem.

Mas o Instituto Land não nos dá a oportunidade de fazer isso. Aparentemente, estão se sentindo como crianças em uma manhã de Natal. Nós somos seus presentes, e eles querem nos abrir *agora*. Os tiros param. Dois mergulhadores entram na água, bem em cima da gente, nos envolvendo em um tornado de bolhas.

CAPÍTULO 55

COMBATE CORPO A CORPO debaixo d'água é um horror.

É como entrar em um confronto de vida ou morte usando uma fantasia inflável de lutador de sumô. Os movimentos ficam lentos, difíceis, ridículos. Não dá para colocar muita força nos socos e chutes. Mas, como não podemos dar choques nos inimigos à queima-roupa sem nos eletrocutarmos também, eu e Gem não temos escolha.

O mergulhador mais próximo me ataca com uma faca.

Se eu estivesse com uma roupa de mergulho tradicional, estaria morta. Com meu traje de nemônio, o metal desvia a ponta da faca, mas não me protege totalmente. A lâmina afiada rasga o tecido e raspa a minha pele.

Água salgada e ferida aberta é uma combinação dolorosa. O lado esquerdo da minha barriga queima. Pontos brancos nadam na minha visão. Mesmo assim, uso as botas para afastar meu inimigo, empurrando-o contra uma das pilastras do píer. Seu cilindro atinge o pilar com um *clank* abafado. Agarro o pulso dele, e a faca para a poucos centímetros do meu rosto.

À esquerda, o som de bolhas e grunhidos irritados me diz que Gem está lutando com o segundo mergulhador. Não posso arriscar uma olhada para ver como ele está.

Meu oponente me encara através da máscara de mergulho, seus olhos cheios de ódio. Provavelmente já sabe que o *Aronnax* foi destruído. E quer se vingar.

Não vou ganhar uma disputa de força contra ele, ainda mais com a dor agoniante que sinto no meu lado esquerdo. Minha arma de Leiden é inútil à queima-roupa, então, enquanto meu inimigo tenta me apunhalar na cara, eu pego a minha faca. Antes que o mergulhador perceba o que está acontecendo, tiro a faca da bainha e a enfio em seu colete equilibrador.

Não tenho força para feri-lo seriamente, mas esse nem é o meu objetivo. Com a câmara de ar perfurada, as bolhas cegam meu oponente. Ele começa a afundar e instintivamente solta meu pulso, agitando os braços em busca de equilíbrio. Enquanto desce, ainda dou um chute na cara dele só para garantir.

Imagino que daqui a pouco ele volte, mas, enquanto isso, eu me viro para Gem.

Apesar de todas as suas armas, o sr. Twain está em apuros. O segundo mergulhador do IL aparentemente entrou na água *atrás* dele e envolveu seu pescoço com um dos braços. Agora, está tentando tirar o capacete de Gem para conquistar mais um prêmio. Gem está lutando para se soltar e dispara uma das SIG Sauers perto da orelha do inimigo, mas, até para Gem, é difícil acertar uma pessoa que o ataca por trás.

Dou um impulso com as minhas botas e deslizo até eles. Infelizmente, bato no cilindro do mergulhador, o que é pior para mim do que para ele.

Pelo menos, chamo sua atenção. Ele se vira para me encarar.

Só tenho tempo de registrar os olhos azuis e o cabelo escuro ondulando na água, porque, de repente, ele some como se tivesse sido ejetado do universo. Uma grande mancha prateada o atinge com tanta força que, num piscar de olhos, ele parece se teletransportar para um ponto a vinte metros de distância.

Sócrates entrou na conversa.

E trouxe alguns amigos. Enquanto dá cabeçadas no mergulhador de olhos azuis até ele ceder, três golfinhos locais avançam sobre o outro cara, que escolheu o momento errado para reaparecer. Deve ser apavorante ser atacado por três animais marinhos grandes ao mesmo tempo. Os golfinhos lhe dão as boas-vindas com uma saraivada de nadadeiras.

A voz de Gem soa no meu capacete.

— Eu amo esses golfinhos.

— Golfinhos são os melhores — concordo. — Muito melhores que os Tubarões.

— Não foi isso que eu falei.

Dou uma risada, e é como se mil agulhas quentes espetassem a minha barriga.

— Você está ferida.

— Estou bem.

— Essa nuvem de sangue saindo do seu traje diz o contrário.

— Não se preocupe com isso. Precisamos seguir em frente.

Agradeço a Sócrates rapidamente em língua de sinais. Não sei se ele vê, porque ainda está se divertindo com seu novo mergulhador de brinquedo.

Eu e Gem disparamos até o píer. Subimos à superfície com cautela, avaliando os arredores, mas, pelo visto, não tem mais ninguém nos aguardando. Até os drones-libélula parecem ter abandonado a caverna. Espero que tenham escapado sozinhos e não tenham sido capturados ou destruídos.

Gem puxa sua arma de Leiden, me dando cobertura enquanto subo pela escada mais próxima. O esforço me causa uma dor excruciante, mas consigo chegar ao topo sem desmaiar ou ser atacada. Chamo Gem com um gesto.

Depois que ele se junta a mim, tiramos os capacetes.

— A gente precisa fazer um curativo aí — diz ele, apontando para as minhas costelas.

O sangramento parece bem pior fora da água. Nem quero saber a gravidade do ferimento.

— Não dá tempo...

— Também não dá tempo de você desmaiar no meio do combate. — Gem tira a parte de cima do seu traje de mergulho.

Meu rosto começa a esquentar.

— Gem, o que você...?

— Só vai levar um segundo.

Ele tira a camiseta.

— Mas...

E a rasga ao meio.

— A gente pode amarrar isso em volta...

— Gem, sem querer atrapalhar a sua vibe de "príncipe salvador", mas tem um kit de primeiros socorros naquele armário.

Eu aponto para um dos muitos armários de suprimentos do Luca.

Gem franze a testa para a camiseta rasgada.

— Eu sabia disso.

A gente se esconde entre dois armários. Gem faz um curativo com gaze enquanto eu fico de vigia. O fato de ele estar sem camisa não me deixa nem um pouco constrangida ou distraída. Imagina. Nada de mais.

Meus olhos vão das águas calmas da lagoa até a porta de cofre no fim do píer. Estou esperando o esquife destruído de Dev chegar à superfície, ou mais guardas correrem da base para o cais. A questão não é se mais alguém vai nos atacar — é quando e de onde.

— Já está bom — falo para Gem, enfim. — Amarre as bandagens e vamos.

CAPÍTULO 56

A PORTA DE COFRE SE abre com o toque da minha mão. Ao que parece, não dá para manter um bom Dakkar longe daqui. Nem um ruim, já que Dev provavelmente foi o último a usar esta porta.

Com as pistolas em punho, Gem dá uma olhada no corredor. Está vazio. Não vejo ninguém de guarda na outra ponta, mas isso não significa nada. Pode ter gente nos esperando no cômodo seguinte. Pelos próximos quinze metros, a passagem cilíndrica e reta não vai nos oferecer nenhuma cobertura. Qualquer som que fizermos vai reverberar. Infelizmente, de onde estamos, esta é a única forma de voltarmos para a base.

— Espere aqui, por favor — sussurra Gem.

Agachado como um gato, ele começa a atravessar o corredor. Avança uns seis metros quando dois alunos do IL surgem da saída mais distante do túnel e sacam armas de Leiden. Eles deviam estar de tocaia, mas Gem está preparado. Um nanossegundo antes de puxarem o gatilho, Gem dispara as SIG Sauers. Os dois guardas caem como sacos de batata. Seus projéteis de arpão em miniatura arranham as paredes do corredor, deixando um rastro inócuo de faíscas.

Tenho que me lembrar de respirar. Não sei se estou aliviada ou horrorizada. Será que Gem…? Não, ele não deve ter usado munição letal. Olho para trás, mas a caverna da lagoa ainda está vazia. Se os tiros de Gem não chamaram a atenção de todos os inimigos na base, tenho certeza de que meu coração disparado vai completar o serviço.

Gem se abaixa ainda mais. Vai para a esquerda, mantendo os olhos fixos na saída ao longe. Ninguém mais aparece. Ele continua lentamente. Quando chega ao fim, vasculha a área com a mira da arma, depois chuta os guardas caídos para se certificar de que estão apagados.

— Pode vir — fala para mim, com a voz baixa.

Atravesso o corredor mancando, meu ferimento pegando fogo. O sangue já se espalhou pela atadura. Quando alcanço Gem, olho para os guardas e para as horríveis manchas vermelhas que têm no meio da testa. Digo o nome de um certo carpinteiro de Nazaré em vão.

— Por favor, sem blasfêmia — comenta Gem automaticamente. — Eu usei balas de borracha. Eles vão ter uma dor de cabeça bem forte quando acordarem, mas não vão morrer.

— Como você não está em choque?

— Estou em choque há vários dias — sussurra ele, então aponta para o próximo corredor. — Os monitores de segurança não ficam naquele cômodo?

Sem mais obstáculos, chegamos aos monitores em questão. Não sei por que a sala de segurança está desprotegida, mas talvez Gem tenha derrubado justamente os guardas que estavam lá. Ele fica de vigia na porta enquanto checo a imagem das diversas câmeras.

A base está quase vazia... vazia *demais*. Limparam o arsenal. As caixas de nível ouro e os experimentos de tecnologia alternativa de Luca desapareceram da oficina. Na sala dos servidores, os computadores de Ophelia ou sumiram, ou foram desmontados, e provavelmente estão sem os HDs. E na enfermaria...

Um cubo de gelo se aloja na minha garganta. A cama está vazia.

— Cadê o Hewett? — pergunto.

Gem leva um susto.

— O quê?

— Espera... — Mexo nos botões, alternando entre mais câmeras com os dedos trêmulos. Se eu tirei a conclusão errada sobre os reféns, se eles e o dr. Hewett estavam a bordo do *Aronnax*... Troco para a imagem do píer frontal, e meus ombros relaxam um pouco.

— Lá está ele — digo a Gem. — Dois inimigos estão levando a maca para o *Varuna*.

Gem franze a testa.

— Por que...?

— Para ter uma garantia — suponho. — Tiraram toda a informação e a tecnologia da base. Sem o *Aronnax*, o *Varuna* é a única saída que eles têm.

A expressão de Gem fica mais séria.

— E, com Hewett a bordo, eles acham que não vamos atirar. E os outros reféns?

— Não sei... — Alterno entre mais câmeras. — Ah. — O cubo de gelo escorre pelo meu esôfago. — Sala de jantar. A boa notícia é que eles ainda estão vivos...

Gem arrisca uma olhada para a tela.

A má notícia é que os nossos amigos estão sob a mira de várias armas. No meio da sala de jantar, Luca, Ophelia, Franklin e Tia estão de joelhos, com as mãos amarradas nas costas. Dois inimigos estão logo atrás, com armas de Leiden apontadas para a cabeças deles. Mais dois inimigos, também armados com miniarpões elétricos, andam de um lado para outro ansiosamente, como se esperassem ordens...

— Escudos humanos — murmura Gem. — Eles levam Hewett para o navio e deixam o resto do nosso pessoal aqui, sob vigia. Mais uma garantia para o *Varuna* partir em segurança. Temos que tomar a sala de jantar e depois chegar ao barco antes que ele vá embora.

— Mas se a gente entrar atirando...

Acima das nossas cabeças, o respiradouro do teto estremece. Quase salto das minhas botas de lula. Gem aponta as armas para a grade. A cabeça de um pequeno inseto metálico surge, os olhos brilhantes parecidos com ovos Fabergé.

Dou uma risada de alívio.

— *Inseto Piloto?*

Não dá para saber se é o mesmo drone que guiou nosso navio para a lagoa dias atrás, mas ele cospe uma faísca elétrica festiva, como se estivesse feliz por nos ver. Então, vem zumbindo do esconderijo junto com meia dúzia de amigos insetos verde-esmeralda.

— Ah, seus robozinhos incríveis! — Passo a ponta do dedo nas costas do Inseto Piloto, fazendo suas asas se agitarem. — Que bom saber que vocês estão bem.

Os insetos estalam as mandíbulas e cospem faíscas, compartilhando sua opinião sobre o ataque do IL à sua base.

Gem balança a cabeça, impressionado.

— Eles devem ter passado esse tempo todo escondidos nos dutos.

Os dutos.

Uma ideia começa a se formar no fundo do meu cérebro. Olho para os insetos, depois para o monitor, depois para o duto de ventilação.

— Gem, você tem alguma granada não letal?

— Claro, mas por que...? — Seus olhos brilham. — Ah, entendi. — Ele tira da bandoleira uma das granadas de tecnologia alternativa. — Inseto Piloto, você consegue voar com esse peso?

As asas do Inseto Piloto zumbem de indignação. Ele estica a língua de cobre e a enrola em torno da granada.

— Perfeito — diz Gem. — Um inseto carrega e o outro pode puxar o pino. É um pulso eletromagnético de curto alcance. Não vai machucar ninguém, mas deve apagar qualquer aparelho eletrônico em uma sala. Inseto Piloto, assim que vocês soltarem isso aqui, têm que dar o fora *rápido*.

— Espera — falo. — Vai funcionar nas armas de Leiden dos guardas?

Gem inclina a cabeça.

— *Acho* que sim. Em geral, uma barreira fina de metal é suficiente para proteger um eletrônico. As nossas balas de Leiden estão envoltas em carbonita dentro de um pente de nemônio. Se a gente ficar do lado de fora quando a granada estourar, nossas armas devem ficar bem. Mas as deles... Aqueles arpões levam a carga na parte externa do projétil. Uma explosão de pulso eletromagnético deve pelo menos causar um curto-circuito, tornando--os menos perigosos. Talvez até faça as armas pararem de funcionar.

— *Talvez.*

Ele ergue as mãos.

— Não posso prometer nada.

— Então vamos precisar de mais alguma coisa. Algo que desoriente os guardas... — É difícil pensar com um ferimento no corpo e a adrenalina fazendo minha cabeça latejar, mas me lembro de como os soldados do IL atacaram o *Varuna* quando estávamos saindo de San Alejandro. — Gem, você não teria...

Parece que ele está seguindo a mesma linha de raciocínio que eu.

— Uma versão Nemo da granada de atordoamento? — Ele tira outra granada da bandoleira e abre um sorriso típico de Tubarão. — Mas é claro que eu tenho. E vingança é o meu prato favorito.

CAPÍTULO 57

— A GENTE SE RENDE! — GRITO.

Essa parece uma boa forma de começar as negociações.

Eu e Gem estamos encostados em paredes opostas do corredor, ao lado da sala de jantar. A porta está fechada, e ainda bem que não estou atrás dela, pois a ponta de um arpão de Leiden atravessa a madeira bem na hora em que eu grito. Os guardas devem estar nervosos. Ficar para trás em uma base inimiga, vigiando reféns enquanto os colegas tentam fugir, não deve ser muito bom para a autoestima de uma pessoa.

— PAREM DE ATIRAR! — grito. — AQUI É A ANA DAKKAR! EU QUERO ME RENDER!

Silêncio na sala de jantar. Mais nenhum arpão atravessa a porta.

— *Miei amici!* — berra Luca lá de dentro. — Fujam! Não...

— Cale a boca! — interrompe outra voz, seguida por um *paf* dolorido.

— Deixem meu marido em paz! — berra Ophelia.

— EI! — exclamo. — EI, IL, ME ESCUTA! Ou vocês não querem o crédito por me capturar viva?

Ouço uma conversa tensa entre os guardas. Ao que parece, esse cenário não estava previsto no manual de estratégias dos veteranos.

Um deles grita:

— Abra a porta devagar! Com as mãos para cima!

Gem me encara e assente, mas não porque ouviu o guarda. Diferente de mim, ele pegou algodão no kit de primeiros socorros e tapou os ouvidos, então não está escutando muita coisa. Mas nossas libélulas combatentes já devem ter chegado a seus postos.

— Tá bom, estou abrindo a porta! — grito para os guardas. — Não me matem! Eu não sou útil para vocês se estiver morta!

Essa é a parte difícil. Bom, o plano todo é difícil, mas quero que os guardas se concentrem na minha entrada triunfal, não nos reféns. Seguro a maçaneta. Viro-a devagar e começo a puxar a porta.

— Vou levantar as mãos agora! — minto. — *Chiudete gli occhi!*

Digo a frase no mesmo tom de voz, para que pareça só mais uma concessão que estou prestes a fazer. Mesmo se os guardas do IL souberem italiano, aposto que a ordem *Fechem os olhos* não vai fazer sentido para eles neste contexto, mas talvez Luca entenda a mensagem. E os insetobôs vão ouvir a senha que combinamos.

Tudo acontece muito rápido. Lá dentro, escuto o *plec, plec* de dois objetos metálicos batendo no chão, seguido de um confuso "MAS QUE...?", pois granadas não costumam cair dos dutos de ventilação. De repente, um tsunami de cor e som explode na sala de jantar.

Penso que estou mentalmente preparada para a granada de tecnologia alternativa, mas não estou. Mesmo protegida pela porta entreaberta, é como se, em um milissegundo, tivessem enfiado na minha cabeça um festival de música psicodélica de três dias. Águas-vivas fluorescentes dançam em frente aos meus olhos. Mal consigo sair do caminho quando Gem passa por mim e entra na sala de jantar, atirando sem hesitação.

Tropeço atrás dele, erguendo a pistola de Leiden, mas não sobrou nenhum alvo.

Nossos amigos ainda estão vivos, mas a aparência deles não é das melhores. Estão encolhidos, gemendo e com os olhos semicerrados. Luca está com um olho roxo. Ophelia tem um corte no lábio. Sangue escorre pela orelha esquerda de Tia. Franklin acabou de vomitar.

Os quatro inimigos estão desacordados, esparramados no chão com sorrisos bobos no rosto, como se tivessem adorado o milissegundo de show antes de Gem acertá-los com balas de borracha na cabeça. Os arpões de Leiden estão fumegando, queimados.

— Bom, deu certo — comento.

— O QUÊ? — pergunta Gem.

Aponto para seus ouvidos, lembrando-o do algodão. Em seguida, corro para soltar nossos amigos.

— Oi, pessoal — resmunga Ophelia. — Que bom ver vocês de novo. Muito obrigada pelas granadas.

— Foi mal por isso.

Pego a faca de mergulho e corto as algemas de plástico.

— Sem problemas — responde ela. — A *Náutilus*? A tripulação?

Conto a eles uma versão resumida: o *Aronnax* foi destruído, a *Náutilus* sofreu alguns danos, mas está bem, e a base está livre (por enquanto) graças aos nossos robôs-libélula defensores da liberdade.

Luca ri, com a voz ligeiramente histérica.

— Ah. *Chiudete gli occhi!* Agora eu entendi! Acho que posso estar cego!

— Vai passar — digo a ele, torcendo para estar certa.

Franklin continua com ânsia de vômito.

— Estou sentindo o gosto da cor turquesa. Isso é normal?

— Ana, você está bem? Seu curativo está encharcado de sangue.

— Você tinha que ver o outro cara. — Não menciono que Tia, Franklin, Luca e Ophelia também parecem ter sido derrubados por uma gangue de golfinhos. — Me desculpe por não termos chegado antes.

— Tá falando sério? — Tia faz uma careta quando a liberto. — A gente estava preparado para aguentar pelo menos um mês.

— Bom, se vocês quiserem, podemos voltar depois...

— Agora está ótimo. Obrigada, capitã.

— Precisamos ir para o *Varuna* — diz Gem, cortando as algemas de plástico de Franklin.

— Isso. — Franklin estala os lábios, provavelmente tentando afastar o gosto de bile e de turquesa. — Eles levaram o dr. Hewett. Ele estava respondendo bem ao tratamento, mas não tem a *menor* condição de ser transportado.

— Também levaram a nossa pesquisa e os nossos melhores equipamentos — completa Ophelia. Sem seus óculos metálicos, ela parece desorientada e pisca para ajustar a visão, como uma toupeira que foi tirada à força de um aconchegante túnel escuro. — Precisamos detê-los. Vamos!

— Vocês não estão em condições de lutar — argumento, preocupada. — E o Dev pode voltar da lagoa a qualquer momento.

— As suas armas de Leiden ainda estão funcionando? — pergunta Ophelia. — Deixem algumas com a gente.

Gem doa seu rifle de Leiden para Tia, a pistola de Leiden para Franklin e as granadas que sobraram para Luca.

Ele abre um sorriso.

— Eu amo granadas! Obrigado!

Estendo minha pistola para Ophelia. Fico só com minha faca de mergulho, e Gem com as SIG Sauers, mas vai ter que ser suficiente.

— E os nossos amigos aqui? — Gem indica os quatro guardas desacordados.

— Ah, não se preocupem. — Os olhos de Tia brilham de malícia. — Eu vou pessoalmente dar a eles o tratamento da boia de patinhos. Agora vão!

CAPÍTULO 58

ENQUANTO EU E GEM atravessamos às pressas o corredor frontal, tento usar o comunicador na gola do meu traje.

— Dakkar para *Náutilus*, na escuta?

A linha solta um sibilo.

— *Náutilus* na escuta — responde Halimah. — Vocês estão bem?

— Mais ou menos. O Instituto Land tomou o *Varuna*. Estão tentando fugir. Levaram o dr. Hewett. Eu e Gem vamos tentar interceptá-los. Entendido?

— A gente... Como...? — O comunicador desliga.

— O meu também não está funcionando.

Considerando tudo que nossos trajes sofreram hoje, não é uma grande surpresa. Mesmo que Halimah tenha entendido a mensagem, a *Náutilus* não está em condições de nos ajudar. Estamos sozinhos.

Seguimos para o píer da lagoa. A luz do sol me cega. Faz mais de uma semana que não ando ao ar livre. Tem céu demais. O horizonte é amplo demais. As cores são brilhantes demais.

O ronco de um motor de barco me desperta da paralisia. O *Varuna* está se afastando do píer.

Gem sai correndo atrás dele, dá um pulo e se segura no púlpito da popa. Meu salto não é tão elegante. Eu me choco contra a grade, o que não ajuda o meu ferimento. Gem agarra o meu braço para que eu não caia no mar.

— Valeu — resmungo.

— Fique com uma das pistolas. — Ele me oferece uma das SIG Sauers. Eu nunca vi Gem deixar alguém tocar nas suas gêmeas preciosas.

Começo a protestar.

— Gem...

— Por favor — insiste ele. — Faça isso por mim.

Eu pego a arma.

O *Varuna* acelera, seguindo a norte para a nova passagem ampla que as armas do *Aronnax* formaram no anel do atol. De onde estamos, não vejo mais ninguém a bordo. Com sorte, isso significa que a tripulação a bordo é reduzida. Gosto de números pequenos, tipo um ou dois.

— Vamos nos separar? — pergunta Gem, indicando bombordo e estibordo.

— Isso sempre dá errado nos filmes.

— Verdade.

Andamos juntos pelo convés de bombordo, comigo à frente e Gem vigiando a retaguarda.

Chegamos ao meio do convés. Ainda não tem ninguém à vista. Isso parece estranho. O rugido dos motores é ensurdecedor. Esqueci como o mundo superior é barulhento.

Eu me volto para Gem... E a pergunta que eu ia fazer se transforma em um grito quando vejo uma figura familiar se erguendo atrás dele.

Tarde demais, Gem se vira. Meu irmão acerta uma chave catraca em sua cabeça.

Gem cai no chão. Dev chuta sua pistola para o outro lado do convés.

Dou um passo para trás, com o coração na boca. A segunda P226 de Gem treme na minha mão como uma vara de radiestesia.

Meu irmão me fuzila com os olhos. Seu cabelo está com o redemoinho de sempre na frente, só que não acho mais isso simpático. Parece que algo sombrio e ameaçador está tentando escapar de seu crânio. De algum jeito, ele deve ter consertado o esquife para interceptar o *Varuna*. Não sei onde está o restante da equipe, mas Dev sozinho já é um grande problema. A água escorre do neoprene preto da sua roupa de mergulho. É o mesmo que ele usou na última manhã em que mergulhamos juntos — decorado com o brasão de capitão dos Tubarões. Eu seguro a pistola com mais força.

Dev crispa o lábio e larga a chave.

— Você vai mesmo atirar em mim? Então atira.

Meu Deus, como eu quero fazer isso. Sei que as balas não são letais. Odeio que meu dedo no gatilho esteja se rebelando contra mim. Mas Dev ainda é meu irmão. Não importa o que ele fez, atirar nele à queima-roupa ainda é muito difícil para mim.

— Foi o que eu pensei — rosna ele. — Sua garotinha burra, você estragou tudo.

Então ele me ataca.

CAPÍTULO 59

NÓS DOIS RECEBEMOS O mesmo treinamento de combate, mas Dev teve mais anos de prática.

Ele agarra meu pulso, derrubando minha arma, então se aproxima e gira o corpo, tentando me jogar por cima do ombro. Uso a estratégia "peso morto", deixando meu corpo mole para dificultar o ataque. Dev dá alguns passos para recuperar o equilíbrio, e transformo minha queda em uma cambalhota, arrastando meu irmão comigo. Ele passa por cima da minha cabeça e bate na amurada a estibordo do navio.

Um ponto para Ana.

Meu ferimento pega fogo. Sinto o sangue morno descendo pela barriga. Eu me esforço para ficar em pé. Dev se levanta e não parece nem um pouco abalado.

— Você está ferida — diz ele.

Ele tem a audácia de soar preocupado. Suas palavras de antes ainda gotejam na minha mente como ácido clorídrico. *Garotinha burra*.

— Você já perdeu, Dev.

— Acho que não. Agora temos tecnologia e informações suficientes para fazer do próximo *Aronnax* um exterminador de *Náutilus*. E duvido que seus amigos vão incomodar este navio enquanto o seu pobre professor doente estiver a bordo.

Ele me ataca com uma saraivada de socos que me empurra até o parapeito a bombordo.

Bloqueio, me defendo e me esquivo, mas meus braços estão ficando cansados. Minha cabeça parece flutuar acima do pescoço.

Dou um passo para o lado e prendo o braço de Dev, tentando deslocar seu ombro. Mas ele conhece bem demais esse golpe. Apoia um dos joelhos no chão e me dá uma rasteira. Rolo para longe e me levanto a tempo de bloquear seu próximo chute.

Ele se afasta, e aproveito para respirar um pouco.

— Não precisamos lutar, Ana. Ainda somos uma família.

Minha fraqueza está deixando-o mais calmo, mais gentil. Odeio essa característica de Dev. Ele gosta que eu seja sua irmãzinha frágil — a Dakkar júnior.

— Sim, somos uma família. — Meu rosto se contrai enquanto recupero o equilíbrio. — E é por isso que a sua traição dói tanto.

Eu o empurro pelo convés, determinada a arrancar o sorriso convencido de rosto dele, mas Dev defende meus ataques com facilidade.

O *Varuna* acelera pelas ondas do recife. O sol de meio-dia assa meus ombros. O traje de nemônio é leve e flexível, mas não foi feito para combate corpo a corpo na superfície. Estou arfando, cada vez mais lenta e cansada. Dev sabe disso.

A raiva me dá ímpeto.

Faço uma finta, então dou um soco na barriga dele. Dr. Kind, meu professor de condicionamento físico, teria ficado orgulhoso. Infelizmente, estou tonta demais para dar sequência. Eu me afasto, ofegando, enquanto Dev massageia a barriga machucado.

— Eu não sou o traidor, Ana — diz por entre os dentes cerrados. — Foi a Harding-Pencroft que matou os nossos pais. A HP poderia ter usado a tecnologia de Nemo mil vezes para salvar o mundo. Em vez disso, mantiveram tudo em segredo. E nos impediram de pegar nossa herança.

Olho para Gem, ainda caído de bruços no convés. Seus dedos estão se mexendo, mas ele não vai conseguir lutar tão cedo. Pelo menos não tem nenhum veterano do Instituto Land correndo para ajudá-lo.

Somos apenas eu e meu irmão. Como nos velhos tempos. Só que bem diferente disso.

— A *Náutilus* não é nossa herança — falo. — Ela pertence a si mesma.

— A si *mesma*? — zomba ele. — Ah, Ana. É uma máquina criada pelo príncipe Dakkar. Pertence a nós!

Dev parte para cima de mim, tentando me atirar no chão. Danço para fora do caminho, embora minha "dança" seja mais um tropeço desajeitado. A ferida no meu peito lateja. Uma camada de sangue quente e pegajosa cobre o interior do meu traje.

— Pensei em te contar — continua ele, como se estivéssemos tendo uma conversa casual —, mas você não estava pronta. Não sabia sobre as tecnologias alternativas. Não entendia o que a HP tinha feito com a nossa família. Eles ainda estão enganando você. É hora de acordar.

Grito e ataco. Não é a ação mais inteligente. Simulo um soco e tento dar uma joelhada na sua virilha, mas Dev já estava preparado. Bloqueia o golpe e me joga para longe, como se eu fosse um boneco de pancada. Caio de bunda no chão. A dor incendeia a minha coluna.

— Desista — diz Dev. — Não seja burra.

Garotinha burra.

Atrás de mim, meus dedos se fecham sobre metal texturizado. Uma das pistolas de Gem.

— Admito que subestimei você — diz meu irmão. — Aquele polvo enorme... — Ele balança a cabeça. — Vai ter que me explicar como fez *aquilo*. Mas o seu lugar também não é na HP. Nós dois vamos subir a bordo do *Náutilus*, e você vai passar o comando para mim. Eu *vou* pegar o que é meu por direito.

De alguma maneira, me levanto.

Dev franze o cenho ao ver a arma na minha mão.

— Ana, você já teve a chance de me matar. Mas não conseguiu, lembra?

Matar?

De repente, entendo por que Dev não mostrou interesse algum nas armas de Gem. Ele acha que estão carregadas com munição normal. Uma gargalhada surge na minha garganta. Dev não quer me matar. E sabe que não vou matá-lo, então as armas são inúteis. Nunca ocorreria ao meu irmão usar algo diferente de munição letal. *Dev costuma fazer um jogo agressivo.*

Minha risada histérica parece inquietá-lo.

— Ana, você perdeu muito sangue. — Seu tom de voz é muito carinhoso, tão fraternal. — Largue isso...

— Você não entende, Dev. — Levanto a arma. — O que é *seu por direito* não é o submarino. É a sua família. Os seus amigos. E você destruiu tudo isso.

Disparo três vezes. A última bala de borracha joga sua cabeça para trás, deixando uma mancha vermelha horrível entre os olhos. Ele cai de costas no convés, com os braços abertos.

Minha histeria se transforma em desespero. Choro e largo a arma.

Não sei exatamente quanto tempo passei chorando ao lado do meu irmão. Ele vai sobreviver. Seu pulso está forte. Mesmo assim... estou de luto. Algo entre nós morreu.

Ali perto, Gem sussurra.

— Ana?

Limpo as lágrimas do rosto.

— Ei... — Ainda mancando, me aproximo de Gem. Ele parece grogue e meio vesgo, mas não está tão mal para alguém que acabou de ser golpeado com uma chave catraca.

Levanto o dedo indicador e o médio.

— Quantos dedos você vê?

Ele aperta os olhos.

— Vinte e cinco?

— É, você vai ficar bem.

— O Dev...

— É um problema resolvido — completo, tentando manter a voz firme. — Atirei nele com as balas de borracha.

Gem arregala os olhos.

— Não deve ter sido fácil, Ana. Você está...?

— Estou bem — minto. — Vou ficar bem.

Tento ajudá-lo a se sentar, mas ele geme e se deita de novo.

— Acho que vou só... ficar aqui um minutinho. Por que o navio parou?

Nem tinha percebido. Os motores estão em silêncio. Estamos parados na água. Isso significa que há mais inimigos a bordo.

— Vou dar uma olhada no passadiço — falo.

— Você está com uma aparência horrível.

— Valeu. Não se preocupe, estou com a arma.

— É uma boa arma — reforça Gem. — Tome cuidado.

Cambaleio para longe. Só tenho chance de vencer uma luta se for contra uma criança de três anos armada com um macarrão de piscina, mas tenho que garantir a segurança do navio.

No passadiço, sou surpreendida outra vez. De pé, acima do corpo inconsciente de um veterano do IL, está uma garota com cabelo frisado, traje de mergulho feito de nemônio e uma arma de Leiden na mão.

— Ester? — chamo.

Ela se vira, parecendo envergonhada.

— Eu ouvi a mensagem que você mandou pelo comunicador. Fui até a sua cabine e, pelo visto, golfinhos não são as únicas criaturas que conseguem entrar pelo tubo que leva ao tanque.

— Eu te amo tanto nesse momento — declaro.

— Eu sei. Acho que você está prestes a desmaiar.

Como sempre, Ester tem razão. Meus joelhos se dobram. Ela me pega quando desabo, e minha consciência vai mais fundo do que meu corpo jamais foi.

CAPÍTULO 60

SEMPRE FUI MELHOR EM fazer bagunça do que em arrumá-la.

Temos muita bagunça para arrumar na base Lincoln.

Descanso durante os dois dias seguintes. Franklin e Ester me ligam às máquinas da enfermaria da *Náutilus* e dizem que elas vão me reidratar, repor meu sangue e garantir que meus órgãos internos não explodam.

Meus colegas de quarto são Gem, que se recupera do ferimento na cabeça, e o dr. Hewett, que parece melhor do que antes. Durante seus raros momentos de semiconsciência, ele murmura algo sobre as notas baixas dos alunos. Nunca quis saber com o que os professores sonham. Agora eu sei.

Franklin me informa que a *Náutilus* parece ter algumas ideias para tratar o câncer de pâncreas. Ele não sabe bem que substâncias as máquinas da enfermaria estão produzindo, mas, aos poucos, estão retirando as células cancerígenas do corpo de Hewett.

Considerando que Nemo compreendeu o DNA há cento e cinquenta anos, isso não deveria me surpreender. Porém, enquanto estou de molho na cama, tenho tempo para pensar no que Dev falou — sobre como a HP poderia ter usado essa tecnologia para salvar o mundo mil vezes.

Por outro lado, vi o que a sede de poder do Instituto Land fez com o meu irmão. Os seres humanos *ainda* não estão prontos para todos os avanços de Nemo. Não sei qual é o lema escolar do IL, mas quero que seja *É por isso que a gente não pode ter coisas boas.*

Quanto a Gem, ele provavelmente já poderia ter saído da enfermaria. Porém, até quando Franklin lhe dá alta, Gem diz:

— Acho que vou descansar aqui mais um pouco. Ferimentos na cabeça podem ser complicados, né?

Franklin franze o cenho para ele e depois para mim.

— É. Claro. Complicados.

Dou uma risada, o que faz doer a minha lateral recém-costurada.

— Gem, você não precisa mais ser meu guarda-costas. Estou bem.

Ele observa o corredor, e acho que é a primeira vez que o vejo tirar os olhos de um alvo.

— Não como guarda-costas. Talvez eu possa ficar, sei lá, como amigo.

Uma sensação reconfortante se espalha pelo meu peito. Lembro-me do que ele me falou dias atrás, na enfermaria da base Lincoln: *Não tenho muitas conexões. Então as que eu tenho são importantes.*

Percebo que agora faço parte desse pequeno grupo de conexões importantes e adoro a ideia.

— É claro — respondo. — Vou gostar da sua companhia.

Franklin começa a protestar.

— Mas o ferimento do Gem não é tão...

— Franklin — falamos eu e Gem, em uníssono.

— Tá bom — resmunga o médico. — Vou almoçar.

Felizmente, nossas outras baixas da batalha não tiveram problemas graves. Não houve mortes em nenhum dos lados, o que, por si só, é um milagre. Graças aos esforços rápidos das Orcas, toda a tripulação do *Aronnax* foi resgatada. Muitos estavam feridos. Alguns quase se afogaram. A maioria vai ter pavor de polvos pelo resto da vida, mas todos vão sobreviver. Machucados e em choque, eles não resistiram nem um pouco quando minha tripulação os colocou nas celas improvisadas da base Lincoln.

No quarto dia após a batalha, me sinto bem o suficiente para dar um mergulho.

Encontro Romeu, nosso gigantesco amigo, aninhado em um abismo aconchegante ao sul da ilha. Ele aparece para dar oi quando toco o meu keytar. Faço o melhor que posso para demonstrar nossa gratidão. Também pergunto se ele quer uma carona de volta para onde estava antes, mas ele parece contente em permanecer conosco.

Pelos dias seguintes, sempre que Ester e Top passeiam pelo que restou do atol, Romeu emerge e os observa, enquanto o cachorro late feliz e fica querendo brincar. Tenho pesadelos com Romeu aprendendo a jogar bolinha para o cão, lançando-a até Fiji, e Top tentando nadar atrás.

Já Sócrates não parece confiar muito no polvo colossal. O golfinho prefere cefalópodes pequenos e saborosos, não grandes o suficiente para fazer *dele* o seu almoço. Sócrates e o restante da sua família adotada de golfinhos mantêm distância de Romeu, mas, tirando isso, parecem felizes. Dou a eles muitas lulas deliciosas e os agradeço pela ajuda na batalha.

Quando Sócrates pergunta sobre o meu irmão — fazendo um movimento rápido com a barbatana que aprendi a traduzir como *Dev* —, não sei o que dizer. Pelo menos posso chorar à vontade debaixo d'água. O oceano não se importa com mais algumas gotas de água salgada.

Assim que a *Náutilus* volta a funcionar normalmente, Tia Romero gerencia as ações para recuperar os destroços do *Aronnax*. Vai levar semanas, mas precisamos entender quão longe o Instituto Land chegou em sua pesquisa. Além disso, não queremos todo aquele lixo no fundo do oceano, bem no quintal da nossa casa.

No quinto dia, liberamos nossos prisioneiros — todos exceto Dev. Não foi uma decisão popular. Eles ainda são nossos inimigos, com sangue demais nas mãos, mas não estamos preparados para gerir uma prisão indefinidamente, e não há uma forma simples de levar o IL à justiça ou provar em um tribunal o que fizeram. A melhor escolha ruim é liberá-los, sabendo que talvez os enfrentemos de novo no futuro. Dou o *Varuna* a eles, embora isso me doa. Estocamos o navio com comida, água e combustível suficiente para chegarem à costa da Califórnia. Tiramos tudo que pode ser perigoso ou valioso — armas, LOCUS, camuflagem dinâmica. Removemos até os livros da biblioteca.

Para falar a verdade, nossos reféns não deveriam reclamar. Foram bem tratados e comeram as delícias feitas pelo Júpiter. Chegaram até a engordar um pouquinho. Os alunos do IL nunca vão admitir, mas suspeito que sentirão saudade do *gâteau mille-feuille d'orang-outan*.

Caleb South fica indignado quando lhe dou o comando do *Varuna*.

— Por que estão fazendo isso? Estão deixando a gente ir sem mais nem menos. E sabemos onde fica a sua base.

— Sim, sabem — falo. — Mas também sabem o que aconteceu quando tentaram nos enfrentar. Vinte dos nossos alunos do segundo ano acabaram com toda a sua turma de veteranos. Se quiserem uma revanche, é só voltar.

Ele respira fundo, mas não diz nada. Poucos minutos depois, observo o primeiro navio que capitaneei deixar o lago.

— Você acha que foi bom provocá-lo daquela maneira? — pergunta Gem.

Nelinha faz uma careta.

— Foi *perfeito*. Eles que voltem se tiverem coragem.

Isso parece mais bravata do que qualquer outra coisa. Ninguém quer passar pelo menos sufoco de novo. Mas Nelinha ganhou o direito de se gabar um pouco. Foi uma vitória difícil. Todos os meus amigos devem se sentir orgulhosos do que fizeram.

No dia seguinte, o dr. Hewett consegue se mover com a ajuda de um andador. Levo-o até o píer da caverna, que ele nunca tinha visto. Admiramos os insetobôs verdes e brilhantes zumbindo no alto e o festival luminoso de fitoplânctons na água. Acima de tudo, admiramos a *Náutilus*.

Hewett usa um velho roupão azul e pijama. Seu rosto ainda está abatido. Seu cabelo branco é como um tufo gorduroso de algodão recém-colhido, mas ele está vivo e não cheira mal. Vejo essas duas coisas como sinais de progresso.

— Ana, você se saiu melhor do que eu imaginava — diz para mim.

Observo sua expressão. Ele nunca tinha me chamado de Ana.

— Isso é um elogio? — pergunto com cuidado. — Não sei como você imaginava que eu me sairia.

Ele arqueja.

— Ah, por favor, não me faça rir. Isso dói. Não, representante... *capitã* Dakkar. Sempre soube que você era capaz de grandes façanhas. Sinto muito por não ter deixado isso claro e por não ter lhe dado o respeito que merecia.

Aperto os olhos.

— Mas?

— Sem *mas* — diz ele. — É verdade que todos, incluindo eu, estavam focados em Dev. Eu me preocupava, pois achava que ele era muito impetuoso, muito irritado, muito... bem, muito parecido comigo e com os alunos que tive no Instituto Land. Foi por isso que tentei tanto aconselhá-lo. Mesmo assim, nunca pensei que ele... — Hewett balança a cabeça, triste. — De qualquer maneira, deveríamos estar preparando *você* para o comando. Apesar do treinamento insuficiente, no meio de uma tragédia tão devastadora, veja o que você conseguiu fazer. — Ele faz um gesto na direção da *Náutilus*. — Já decidiu o que faremos a seguir?

Meus pés parecem colados ao píer.

— *Nós?* Essa decisão é realmente minha?

O dr. Hewett arqueia as sobrancelhas peludas.

— Ah, sim, *você* é a capitã Nemo agora. A *Náutilus* a aceitou. Os estudantes que sobreviveram a aceitaram. E o corpo docente... o que restou de nós... viu o seu potencial. Vamos ajudá-la, continuar o seu treinamento, se quiser. Mas é você quem vai decidir o próximo passo. E qualquer que seja a sua decisão, estaremos aqui para apoiá-la.

Fico grata ao ouvir essa declaração, mas também me sinto estranhamente inquieta. Eu me pergunto se isso é ser uma líder, e se a dúvida um dia vai embora.

— Tenho que conversar com Ester — falo. — E com o restante da turma, claro. Mas, sim, acho que sei o que faremos a seguir...

CAPÍTULO 61

A RESPOSTA É JANTAR.

A resposta é sempre jantar.

Converso com Ester primeiro. Ela concorda plenamente com o meu plano. Então, conto para Gem e Nelinha. Os dois topam. O único comentário de Nelinha é:

— Óbvio. Dã.

Top escuta e balança o rabo, o que significa que ele ou amou minha ideia ou quer um petisco.

Naquela noite, toda a tripulação se reúne à mesa de jantar do salão principal. *The Great British Bake Off* está passando ao fundo — nossa trilha sonora reconfortante. Júpiter ginga pelo salão, entregando pratos de *crespelle alla fiorentina*. As panquecas, tão finas quanto um wafer, são feitas com farinha de *porphyra* e um óleo de algas que tem gosto de manteiga. O recheio de "ricota e espinafre" é extrato de musgo-do-mar e macroalgas. O molho... Quer saber? Não me importo. Vou apenas comer, porque é bem gostoso.

Luca entretém a tripulação contando como resistiu aos ataques do Instituto Land à ilha. Já ouvimos a história umas dez vezes, mas a cada repetição ela fica mais elaborada. Ophelia apenas balança a cabeça e sorri, às vezes puxando o marido para lhe dar um beijo.

— Casei com um gênio que também é um idiota — diz ela, admirada. — Como é possível?

Depois de terminarmos o prato principal, peço a Gem para diminuir o som de *The Great British Bake Off*. Com o garfo, dou batidinhas no copo para chamar a atenção de todos. Eu me levanto, porque parece um momento para ficar de pé.

— Tripulação da *Náutilus* — começo. — Turma de segundo ano da Harding-Pencroft, só estamos vivos hoje por causa da inteligência e bravura de todos vocês.

Nelinha levanta seu copo.

— Um brinde a estar vivo!

Algumas pessoas riem e erguem os copos.

Quando o barulho diminui, continuo.

— Agora temos escolhas a fazer. Sei que muitos de vocês... — Minha voz falha. — Muitos de vocês têm família no continente. Devem querer informar aos seus parentes que estão vivos e provavelmente aproveitar o verão em casa. Depois do que passamos, alguns talvez decidam que estão cansados de toda essa loucura e prefiram voltar a ter uma experiência normal de ensino médio.

— *Normal?* — murmura Franklin, como se fosse o pior insulto do mundo.

— Se for o caso — falo —, apoio essa decisão. Vocês podem pegar sua parte do tesouro da *Náutilus* e ir embora, sem ressentimentos.

Halimah se inclina para a frente.

— Ou?

Exceto por Mary Berry ao fundo, que fala apaixonadamente sobre a temperatura do forno, o cômodo está em completo silêncio.

— *Ou* continuamos a trabalhar juntos — completo. — Eu amo essa equipe. Também sei que o Instituto Land não vai parar por aqui. Vão continuar pesquisando. Vão construir um novo submarino. Vão tentar capturar a *Náutilus* outras vezes. Vão estar mais determinados do que nunca, ainda mais se pensarem que destruíram a única outra escola em seu caminho.

Meus colegas trocam murmúrios. Suas expressões ficam sombrias. Isso costuma acontecer quando alguém menciona o Instituto Land.

— Então Ester e eu conversamos um pouco — continuo. — Pensamos em criar algo totalmente novo... recomeçar do zero. Todos sabemos que a Harding-Pencroft não era perfeita. Havia segredos demais. Pouca confiança nos estudantes.

Luca tosse.

— Isso é meio constrangedor.

— Mas ela tem razão — reconhece Ophelia.

— No entanto — falo —, a Harding-Pencroft fez muita coisa *certa*. Nemo os escolheu para cuidar do seu legado. Não quero jogar cento e cinquenta anos de tradição no lixo. Além disso, vamos precisar de novas gerações de alunos para manter o IL na linha. E esses alunos vão precisar de treinamento. Visto que o *Aronnax*... que o *Dev* mandou um alerta para a HP antes do ataque, é possível que alguns dos nossos colegas e professores tenham sobrevivido. Então talvez eles estejam escondidos, temendo por suas vidas. Precisamos encontrá-los e ajudá-los. E *nós* temos, bem, recursos praticamente ilimitados. Por causa de tudo que... Ester?

Ela se levanta. Está quase tão vermelha quanto molho de tomate.

— Eu quero reconstruir a Harding-Pencroft.

— Volume, gata — comenta Nelinha.

— Desculpa.

— Não. — Nelinha sorri. — Quis dizer para falar mais ALTO!

Ester fica surpresa, então grita a plenos pulmões:

— EU QUERO RECONSTRUIR A HARDING-PENCROFT!

A tripulação aplaude. Diversos Tubarões batem o punho na mesa, para o imenso incômodo de Júpiter, que está tentando servir o tiramisù.

— NÃO VAI SER EXATAMENTE IGUAL! — avisa Ester.

— Agora pode diminuir o volume — aconselha Nelinha.

— Vamos ter defesas melhores — continua Ester. — Talvez a gente possa ficar mais longe do penhasco.

Muitas cabeças assentem.

— Vamos honrar os desejos do meu antepassado — diz ela. — E do antepassado da Ana, é claro. Nossa tecnologia precisa continuar fora do alcance de governos e corporações. *Definitivamente* precisa ficar longe do Instituto

Land. Mas, daqui para a frente, vamos treinar na *Náutilus*. E na base Lincoln também. Agora podemos ir e voltar da Califórnia sem problemas.

Tia assobia em aprovação.

— O terceiro ano está começando a parecer interessante.

— Vamos continuar treinando — falo. — Vamos continuar lutando contra o IL. Vamos continuar aprendendo sobre a tecnologia do Nemo. Sabemos que ele tinha pelo menos doze bases secretas, e Ester acha que há outras que ainda não foram descobertas. Quem sabe o que podemos encontrar? E nós não vimos nem metade do que a *Náutilus* pode fazer com força total. — Observo a equipe. — Seremos a primeira turma da HP a trabalhar como *tripulação* no submarino do capitão Nemo. Conseguem imaginar quanto a gente vai aprender até a nossa formatura?

— O suficiente para deixar o Instituto Land morrendo de medo — responde Nelinha.

— Mas não vou mentir — completo. — Teremos três anos difíceis pela frente. Faremos uma reconstrução total. Estaremos sempre em estado de alerta, buscando sinais de um novo ataque. Quem tiver interesse em participar levante a mão, por favor...

Espero que mais ou menos metade queira ficar. Para mim e para Ester, no fundo, não é uma escolha — é o nosso destino. Mas, para os outros... Eles podem se mandar e levar vidas normais, com uma boa quantia de dinheiro para entrar na faculdade.

Em vez disso, todas as mãos se levantam.

Gem se diverte contando os votos.

— Acho que é unânime. Minha única pergunta é: qual é o próximo passo, capitã?

— À Harding-Pencroft! — grita Nelinha.

— À Harding-Pencroft! — responde a tripulação. — Ao capitão Nemo!

Compartilho o brinde e as gargalhadas. Sinto um amor e uma gratidão imensos pelos meus amigos. Mas, ao mesmo tempo, também penso na pergunta de Gem: *Qual é o próximo passo?* Porque ficou faltando uma conversa, e será a mais difícil de todas.

CAPÍTULO 62

DEV ANDA DE UM lado para outro em sua cela.

Não posso culpá-lo. *Já* se passaram duas semanas. Por melhor que seja o antigo quarto de hóspedes, ele deve estar ficando louco por causa do confinamento.

Ele para quando me vê. Está usando short cáqui e uma das camisetas velhas de Luca, com os dizeres UMBRIA JAZZ '09. Está de braços cruzados, provavelmente congelando, como sempre.

— Você está aqui. — Ele tenta parecer zangado, mas seu lábio inferior treme. Dá para ver que está prestes a chorar. Isso dói ainda mais que os insultos lançados durante as visitas anteriores.

Ele marcha até a grade que atravessa o batente e agarra a parte de cima com os dedos. Fica pendurado da mesma forma que Júpiter ficaria. A barreira, feita de uma liga de nemônio, foi criada pelos Cefalópodes. É leve e flexível, mas Dev nunca conseguiria quebrá-la, até porque os itens mais perigosos no quarto são um travesseiro e um rolo de papel higiênico.

— Você sabe que precisa de mim.

Pensei que ele fosse dizer muitas coisas, mas essa não foi uma delas.

— Preciso?

— Você vai atrás deles, não é? Se atacar o Instituto Land, vai precisar de alguém que conheça o campus, a segurança, as pessoas.

Encaro-o, tentando achar o Dev que conheci um dia.

— Você está oferecendo *ajuda*?

— É melhor do que ficar aqui para sempre. — Ele balança a grade. Nunca pensei que meu irmão fosse claustrofóbico, mas começo a considerar essa possibilidade. Ele parece desesperado, perdido, assustado. — Vamos fazer um acordo. Eu te ajudo e você me deixa ir embora. Você... nunca mais vai me ver, eu juro.

Suas palavras despedaçam o meu coração, mas tento não demonstrar. Balanço a cabeça.

— Não vai ter acordo.

— Ana, por favor... Eu... O que você quer? Você libertou os outros. Não posso ficar preso nessa caixa para sempre. Você não é tão cruel assim.

— Talvez não. Mas você vai ter que fazer outra coisa se quiser sua liberdade.

Ele inclina a cabeça, sem dúvida antecipando alguma armadilha.

— O quê?

Aceno para a câmera de segurança no corredor. A grade se abre.

— Tenho algo para lhe mostrar — digo. — Vem comigo.

Ele ri sem acreditar.

— Vai me deixar sair assim?

— Por ora — respondo.

— Cadê os seus guardas?

— Sem guardas — afirmo. — Pedi para todo mundo manter distância. Somos só eu e você. — Levanto uma sobrancelha. — Se quiser tentar me derrubar, vá em frente.

A maior parte dos animais, incluindo os humanos, consegue sentir o medo. Pode farejar a fraqueza. Estou aterrorizada, claro, mas acho que consigo esconder. Dev atravessa o batente com cautela, como se *eu* pudesse atacá-lo.

— Por aqui. — Eu me viro e o conduzo pelo corredor.

Minha nuca se arrepia. Sento meu irmão encarando as minhas costas, pensando em diferentes formas de me atingir e escapar. Talvez ele tente. Mas isso é algo que preciso fazer. Só vai dar certo se eu agir como se estivesse completamente no comando — mesmo que não me sinta dessa forma.

Paramos na porta de cofre que leva para a lagoa.

— Pode ir. — Indico a porta. — Ela vai reconhecer o seu DNA.

Seus olhos têm um brilho frio.

— Agora eu *sei* que é uma armadilha. Você vai me deixar chegar perto do *Náutilus*? O que você fez, programou a porta para me dar um choque? Quer me dar uma lição?

Eu me sinto tão triste e consternada que mal consigo balançar a cabeça.

— Não tem nenhuma armadilha. Nenhum choque. Não somos o Instituto Land, Dev. E você também não é.

Ele franze a testa, então coloca a mão sobre o painel. Os mecanismos internos clicam e liberam a tranca. A porta se abre.

Dentro da caverna, libélulas verdes de metal rodopiam preguiçosamente sobre as nossas cabeças. Atracada no píer, na luz multicolorida das nuvens de fitoplâncton, a *Náutilus* cintila como uma miragem de tecnologia alternativa. As cerdas, a fiação e o delicado trabalho do seu casco não são mais estranhos para mim. Ela parece a minha casa.

Dev perde o fôlego. Ele só viu a *Náutilus* debaixo d'água e a distância, ou como um pontinho brilhante no radar do *Aronnax*. Agora, vendo-a de perto pela primeira vez... Bem, eu me lembro do que senti.

— É lindo — murmura ele. Seu tom é uma mistura de inveja e deslumbramento.

Perto dos nossos pés, Sócrates aparece na superfície da água. Ele conversa furiosamente com Dev.

— Oi, cara.

Sua voz começa a falhar. Ele se agacha na beira do píer.

Sócrates continua a brigar com ele.

Dev olha para mim com vergonha.

— Posso imaginar o que ele está dizendo.

— Sócrates não está feliz com você — concordo.

Taciturno, Dev assente. Pelo menos confio que ele não vá machucar o Sócrates. Mesmo que Dev tenha se convencido a destruir nossa escola, a ferir propositalmente aqueles que o amam, cara a cara... isso é bem mais difícil. Não somos coisas abstratas que Dev pode odiar. Somos a família dele. Preciso que ele veja a diferença, *sinta* a diferença.

— Não tenho nada para você, Sócrates. — A expressão vazia de Dev me faz pensar que ele não está falando só de comida. Quer dizer que não tem qualquer explicação ou pedido de desculpas que seja forte o bastante.

Abro o armário mais próximo, pego a caixa térmica de Luca e tiro uma lula congelada. Ofereço-a ao meu irmão.

Dev olha para a *Loligo opalescens* como se ela tivesse saído de outra dimensão. Imagino que, como eu, está se lembrando da última vez que nos preparamos para alimentar Sócrates.

Ele arremessa a lula. Sócrates a pega no ar, porque um golfinho nunca vai recusar comida, não importa quanto esteja chateado com você. Sócrates dispara outros insultos mordazes de golfinho, então se vira para ir embora, jogando água na gente ao submergir.

Dev abaixa a cabeça.

— Tá bom. Já entendi. Essa é a punição. A cela era melhor.

— Não, Dev — falo, com a voz dura. — Ainda não acabamos. Vamos entrar na *Náutilus*.

CAPÍTULO 63

ANTES DE CHEGARMOS AO pé da escada, as mãos de Dev já estão tremendo.

Ele fica pasmo na primeira câmara, sem saber por onde começar.

Falo com a embarcação em bundeli.

— *Náutilus*, esse é o Dev. Conversei com você sobre ele.

O submarino zumbe. As luzes ficam mais claras.

Dev olha para mim. A essa altura, tenho certeza de que qualquer intenção de me atacar já desapareceu. Meu irmão está abalado demais, vulnerável demais.

— A embarcação é controlada por voz? — pergunta ele. — Em bundeli?

— Não, Dev — respondo calmamente. — Ela não é *controlada*. Está viva.

— Viva...? Não, não é...

A *Náutilus* balança sob nossos pés. Uma mensagem sutil. *Escute a sua irmã, garoto.*

— Venha — digo a ele.

Dev me segue até o passadiço.

— Meu Deus... — Ele toca na cadeira do capitão. Fica boquiaberto com o órgão, com as grandes janelas de olhos, com as esferas de LOCUS brilhando sobre os painéis de controle. — Por que está me deixando ver isso, Ana? Esse é o meu castigo?

Seu tom de voz com certeza é amargo; no entanto, há algo a mais. Acho que Dev está começando a perceber o que perdeu... e não foi apenas a *Náutilus*. Foi a HP. Seu próprio futuro. Talvez até a mim.

— Queria que você a conhecesse — respondo. — E também queria mostrar uma coisa. A *Náutilus* já ouviu falar de você. Você é um Dakkar. Se quiser, pode tentar dar uma ordem a ela.

Dev olha para mim, cético, mas seus olhos brilham de desejo.

— *Náutilus* — diz, enfim. Seu bundeli está mais enferrujado que o meu, mas ele faz uma tentativa. — Sou Dev Dakkar. Eu... ia ser o seu capitão. Pode submergir para mim? A cinco metros de profundidade.

Nada acontece.

Acho que Dev esperava por isso. Mesmo assim, ele suspira.

— Você impediu o meu acesso.

— Não — afirmo. — A *Náutilus* só não confia em você. Você a insultou, tentou capturá-la.

Ele franze o cenho, desanimado.

— Ana... eu sei o que aconteceu. Essa embarcação matou os nossos pais.

As luzes do passadiço ficam arroxeadas.

— Essa embarcação — argumento — foi abandonada no fundo de uma lagoa por um século e meio. Estava zangada e não funcionava bem. Então atacou. Agora está de luto, assim como nós.

— Luto... — Dev parece tentar relembrar o significado da palavra. — Você perdoou mesmo o submarino?

— Estou me esforçando para fazer isso — admito. É a verdade. Dev e a *Náutilus* merecem uma resposta sincera. Ainda de olho no meu irmão, comando o submarino a fazer algo que estou evitando desde que subi a bordo pela primeira vez. — *Náutilus*, leve-nos ao fundo da lagoa, por favor. Mostre os jardins para a gente.

Na mesma hora, os motores zumbem. As amarras se soltam. A água envolve as grandes janelas conforme submergimos.

Descemos devagar, de maneira quase reverente, até o centro escuro do velho vulcão.

— O que são os jardins? — pergunta Dev, cauteloso.

— Vamos ver — respondo.

Caminho até a proa e olho pelas janelas. Depois de alguma hesitação, Dev se junta a mim.

Ficamos em silêncio até a *Náutilus* parar, flutuando nas profundezas. Ela acende as luzes dianteiras. Diante de nós, se estende uma paisagem aquática de milhares de plantas marinhas: pomares de kelp que refletem um brilho alaranjado sob a luz do submarino, campos grossos de musgos roxos, arbustos verdes de uvas-do-mar. Algumas das plantas parecem ser apenas decorativas, pontuadas por estranhas flores que podem ser anêmonas, orquídeas ou algo de outro planeta, vicejando em tons de violeta e vermelho.

Dev engole em seco.

— É lindo.

— Nossos pais encontraram a *Náutilus* nesses jardins — falo. — Foi aqui também que Luca e Ophelia jogaram as cinzas dos mortos. O príncipe Dakkar está aqui. Assim como a mamãe e o papai. — Olho para o meu irmão. — A gente nunca teve a oportunidade de se despedir direito. Achei que você gostaria de fazer isso. Sei que eu quero.

Ele treme ainda mais, até cair de joelhos. Começa a se agitar e a chorar, deixando escapar anos de raiva e tristeza. Espero que esteja liberando um pouco da amargura também. Eu me lembro de um garotinho em uma tarde de verão, dançando no Jardim Botânico com uma estrelinha. Lembro-me dos meus pais sentados juntos, admirando felizes o campo de girassóis e miosótis.

Não posso confiar em Dev. Não sei se um dia isso será possível, mas eu o amo mesmo assim. Ele ainda é meu irmão. Talvez comece a entender o que fez e quanto precisa lutar para voltar para mim. Tenho que ser forte por ele, como fui pela minha tripulação. Fico por perto enquanto ele chora e observo as flores do mar mudarem de cor sob a luz da *Náutilus*.

Eu me despeço da minha mãe e do meu pai.

Faço uma oração pelo meu irmão e também pelo futuro. Não vou desistir de nenhum dos dois.

AGRADECIMENTOS

Gostaria de agradecer aos meus leitores beta pela ajuda com este livro: Roshani Chokshi, autora da pentalogia de Aru Shah; as leitoras sensíveis Riddhi Kamal Parekh e Lizzie Huxley-Jones; e o dr. Robert Ballard, oficial da reserva da Marinha norte-americana e professor aposentado de oceanografia, que agora é explorador marinho em tempo integral. Se quiserem ler sobre suas incríveis aventuras subaquáticas da vida real, deem uma olhada em seu livro *Into the Deep: A Memoir From the Man Who Found Titanic*.

intrinseca.com.br
@intrinseca
editoraintrinseca
@intrinseca

1ª edição	NOVEMBRO DE 2021
reimpressão	OUTUBRO DE 2024
impressão	SANTA MARTA
papel de miolo	HYLTE 60 G/M²
papel de capa	CARTÃO SUPREMO ALTA ALVURA 250 G/M²
tipografia	ADOBE CASLON